현대 시인 연구

김수영, 김용택, 김남주, 박노해, 유하

류찬열

제이앤씨
Publishing Corporation

**책머
리에**

　●
　●
　●

　지금도 가끔씩 대학교 일학년 때 쓴 일기를 꺼내 읽곤 한다. 1988년 5월 2일 날짜에 이런 내용이 보인다. "문과대 뒤쪽 벤치에 앉아 황인숙의 시집 ≪새는 하늘을 자유롭게 풀어 놓고≫를 읽고 있었다. 그 때 그곳을 지나가던 00 선배가 무슨 시집을 읽고 있느냐 물었고, 나는 황인숙의 첫 시집이라고 답했다. 그러자 00 선배가 대뜸 그딴 시집은 읽을 가치가 없다고 말했다. 어이가 없어 '선배 이 시집 읽어 보았어요' 하고 되물었다. 동일한 답변이 돌아왔다. '읽을 가치가 없는 시집은 읽지 않는다'라는. 한참을 분개한 다음 읽을 가치가 있는가 없는가는 읽은 자가 읽은 후에 결정하는 것 아닌가 하고 나는 생각했다."

　대학에 입학한 1학년 때 쓴 일기에는 이런 내용들이 많다. 그때는 문학이 민중해방의 무기가 되어야 한다는 생각이 지배적이었다. 내 주위의 선배들 역시 이러한 생각들로 무장해 있었다. 하지만 나는 그들의 생각에 쉽게 동의할 수 없었다. 그 때문에 나는 그들과 자주 부딪혔다. 몇 번의 충돌을 겪은 후, 나는 나의 문학을 찾아야겠다고 생각했고 그것을 찾기 위해 노력했다.

　나의 문학 찾기는 두 방향으로 구체화되었다. 하나는 80년대 생산된 문학을 체계적으로 공부하는 것이었고, 다른 하나는 그 공부를 바탕으로 현대문학반 선배들과 치열하게 논쟁하는 것이었다. 현대문학반에 참여하면서, 2학년 선배들에게 지지 않기 위해 열심히 시와 소설 그리고 평론을 읽어댔다. 특히 80년대 생산된 시와 평론은 거의 빠짐없이 목록을 짜서 독파했다. 1학년 겨울 방학이 끝날 무렵에는 창작과비평사, 문지과지성사, 민음사에서 펴낸 거의 모든 시집과 평론집을 수박 겉핥기식으로나마 읽어낼 수 있었다. 다소 치기어린 짓이긴 했지만, 이런 과정을 통해 나는 본격적으로 문학에 입문하게 되었다.

공부에 뜻을 두었으니 당연히 대학원에 진학했다. 대학원 과정은 처음 생각했던 것보다 길어졌다. 1995년 9월에 석사 과정에 입학해 2006년 2월에 박사 학위를 받았으니 10년이 걸린 셈이다. 박사 논문을 기반으로 하고 있는 이 책은 그러므로 나의 10년 공부를 결산하는 의미를 갖는다.

이 책의 1부는 박사 논문인 '김수영 문학 연구'를 수정 · 보완해서 실었다. 김수영에 대한 관심은 대학교 1학년 때부터 시작되었다. 하지만 이때의 관심은 다소 막연하고 추상적인 것에 불과했다. 앞에서 밝힌 바 있듯이, 80년대 출판된 시집과 평론집을 읽으면서 간접적으로 얻게 된 관심일 뿐이었기 때문이다. 김수영의 시와 산문을 본격적으로 읽기 시작한 것은 석사 과정 '시인론' 수업 시간에 제출할 텀 페이퍼를 작성하면서부터였다. 엉성하긴 했지만, 그 논문에서 나는 김수영이 서정주류의 전통주의와 동시대 모더니스트들의 모더니즘을 동시에 넘어서고 있다는 점을 밝히려 했다. 나의 박사 논문은 이때 가졌던 문제의식을 계속해서 심화하고 확장한 것이다. 문제의식은 분명했으나 그것을 충분히 논증하지 못한 것 같아 못내 아쉽다. 눈 밝은 독자들의 질정을 기대한다.

이 책의 2부는 80년대와 90년대 주요 시인인 김남주, 김용택, 박노해, 유하의 시를 다룬 글들을 실었다. 연구 대상이 된 시인들은 각각 민중시, 농민시, 노동시, 키치시라고 명명할 수 있는 당대 시적 흐름의 대표주자라 할 수 있는 시인들이다. 좋은 시는 항상 언어와 삶의 팽팽한 경계 혹은 긴장으로부터 탄생한고 믿고 있다. 그 경계 혹은 긴장이 붕괴될 때, 시는 언제라도 헛것으로 전락하고 만다. 네 시인을 통해 나의 이러한 시에 대한 생각을 전달하고자 했다. 역시 눈 밝은 독자들의 질정을 기대한다.

그간 공저 형태로 두 권의 책을 내 보았지만, 단독 저서는 이번이 처음이다. 그것도 동시에 두 권을 내게 되었다. 나의 가족에게는 다른 책을 통해 감사의 말씀을 드리기로 하고, 이 자리에서는 지금의 나를 만들어 주신 스승, 선배, 동료께 감사의 말씀을 드리고자 한다.

지도교수이신 김흥식 교수께 감사드린다. 스승께서는 항상 제자의 단점은 작게 보아 주시고, 제자의 장점은 높이 보아 주셨다. 정약용은 『이담속찬』에서 "경서를 가르치는 스승은 얻기 쉬우나, 인간을 가르치는 스승은 얻기 어렵다"는 중국 속담을 "문장의 구절은 통달하기 쉬우나, 덕행의 모범을 보이기는 어렵다"고 풀이했다. 무심한 듯 다감한 스승께 '덕행의 모범'을 배웠다. 아울러 모교의 여러 은사님들께도 감사드린다.

학문 공동체 '문학과 비평 연구회'의 선배·동료들인 박명진, 손종업, 임영봉, 최익현, 최강민, 염철, 강진구, 오창은, 김효석, 홍기돈,

김주현, 박죽심, 오혜진, 한승우, 진설아, 강유진 선생께 감사드린다. 이들이 없었다면, 내 학문과 삶은 무척이나 쓸쓸했을 것이다. 이들과 함께여서 외롭지 않았다.

남서울대학교의 안기수, 허만욱 두 분 교수 그리고 전공은 다르지만 사랑하는 엄홍준, 이명현, 이유미, 김성문 선생께 감사드린다. 이 분들의 격려와 배려가 항상 힘을 주었다. 제이앤씨 출판사 관계자 여러분께도 감사드린다.

마지막으로 의식을 잃고 죽음과 싸우고 있는 주인 선생에게 이 책을 전한다. 주인 선생이 병상에서 일어나 사람 좋은 웃음을 지으며 "축하해요 선생님"하고 말해주었으면 좋겠다. 쾌유를 빈다.

2007년 11월
용문산 백운봉이 마주보이는 서재에서
류찬열

목
차
●
●
●
●

제1부

김수영 문학 연구

• • • ■1
서 론

　김수영은 새로운 문학이 요구되는 시기마다 현재로 거듭 소환되었다. 새로운 문학이 요구된다는 판단에는 현재의 문학이 한계에 다다랐다는 위기의식이 전제되기 마련이다. 이러한 위기의식은 흔히 '문학이란 무엇인가'라는 질문과 그에 대한 답변의 형식으로 표면화되곤 한다. '문학이란 무엇인가'라는 질문은 이제까지 자명한 것으로 믿어왔던 '문학'에 대한 관념과 태도를 문제시하면서, 그것을 폐기하거나 수정할 것을 요구한다. 위기의식을 동반한 문제의식이 전면적인 것이 될 때, '문학이란 무엇인가'라는 질문은 근원적인 동시에 급진적인 답변[1]을 토대로 새로운 문학을 모색하게 한다. 문학사는 이 시기를 문학사적 전환기로 기술하는데, 이러한 의미에서 문학사적 전환기는 위기와 기회가 공존하는 시기로 파악할 수 있다. 문학사적 전환기마다 현재로

---

1) 잘 알려져 있듯이 radical의 어원은 root이다. 뿌리까지 파고드는 근원적인 정신이 곧 급진적인 정신인 것이다. 시대의 급진적 정신은 항상 시대의 근원적 정신과 맞닿아 있다.

거듭 소환된 김수영은 현재의 문학적 위기를 극복하고 미래의 문학적 기획을 모색할 수 있도록 하는 한국문학사의 가능성이자 진행형으로 존재해 왔다.

1970년대와 80년대, 그리고 90년대를 거쳐 현재에도 계속되고 있는 김수영에 대한 문단과 학계의 지속적인 관심과 달리, 생전의 김수영은 비평적 조명을 거의 받지 못했다. 김수영에 대한 관심과 조명은 그의 갑작스런 죽음과 더불어 시작되었다. 특히 1974년과 1976년에 간행된 시선집『巨大한 뿌리』(민음사, 1974)[2]와『달의 행로를 밟을지라도』(민음사, 1976), 1975년과 1976년에 간행된 산문선집『시여, 침을 뱉어라』(민음사, 1975)와『퓨리턴의 肖像』(민음사, 1976), 1981년 같은 해에 간행된『金洙暎 전집』[3](민음사, 1981)과 시인 최하림의 김수영 평전(『自由人의 肖像』(문학세계사, 1981)), 그리고 1983년에 '김수영

---

2) 『巨大한 뿌리』는 간행 당시 큰 반향을 일으켰다. 이러한 큰 반향은 이 시선집의 출간 시점이 유신 체제가 긴급 조치 체계로 본격화된 시점과 맞물리면서 더욱 증폭되었다. 김수영의 시적 주제인 '자유'가 유신 체제의 정치적 '억압'과 극명하게 대비되었기 때문이다. 이로 인해 김수영의 시적 '자유'는 정치적 '저항'으로 해석되었다. 이는 사회・역사적 상황이 시 해석에 개입한 흥미로운 사례를 보여준다.
3) 본 연구는 시의 경우에는 1981년 민음사에서 간행한『金洙暎 全集 ① 詩』를 기본 텍스트로 했고, 산문의 경우에는 2003년 민음사에 간행한 개정판『김수영 전집 ② 산문』을 기본 텍스로 했다. 민음사에서 22년 만에 새롭게 간행한 2003년도 개정판은 1981년도 판을 기준으로 하되, 1) 맞춤법과 띄어쓰기를 현행 규정으로 바꿨고, 2) 한글 표기를 원칙으로 하여 원본의 한자는 모두 한글로 고치면서 병기하였으며, 3) 외래어 표기 역시 현행 표기법에 맞도록 고쳤다. 따라서 2003년도 개정판은 발표 당시의 원문을 그대로 반영하지 않고 있다. 산문의 경우에는 이러한 변화가 큰 문제가 없지만, 시의 경우에는 큰 문제가 될 수 있다. 이러한 이유로 본 연구에서 시를 인용하는 경우에는 1981년도 판을 기준으로 제목만을 본문에서 밝혔고, 산문을 인용하는 경우에는 2003년도 개정판을 기준으로 저자명 없이『김수영 산문』으로 약칭하고 제목과 인용 페이지를 각주에서 밝혔다.

전집' 별권으로 간행된 『金洙暎의 文學』(민음사, 1983)은 김수영 문학 연구를 본격화하는 데 결정적으로 기여했다.

『金洙暎 전집』[4]이 간행된 이후 본격화된 김수영 연구는 그가 한국 현대시에 미친 영향만큼이나 깊고 넓게 축적되었으며, 지금도 김수영을 연구 대상으로 한 석·박사 논문, 대표적 연구 성과를 묶은 연구서[5], 개별 연구자의 단행본[6]이 쉼 없이 간행되고 있다.

현재까지 진행된 김수영 문학에 대한 선행 연구[7]는 크게 7개 범주로 나누어 고찰할 수 있다. 그 연구들은 1) 모더니즘, 참여문학, 모더니티 (근대성 혹은 현대성) 등의 키워드를 통해 김수영 문학에 접근한 연

---

4) 황현산은 민음사 판 김수영 전집에 대한 아쉬움을 다음과 같이 지적하였다. "김수영의 작품으로 판명되는 모든 시를 발표 제작 연대순으로 늘어놓은 이 전집에서는 김수영의 손으로 발간된 유일한 시집인『달나라의 장난』이 사라지고 없다. 물론 이 시집을 구성하는 40편의 시들은 전집의 여기저기에 흩어져 있지만, 이 시집을 거기서 재구성해낼 수 없는 것은 말할 것도 없고, 느끼거나 짐작하는 것조차도 불가능하다. 한 시인이 자신의 시편들 가운데 어떤 작품을 골라 어떤 방식으로 배열하였는가를 아는 일은 그의 시 몇 편을 이해하는 일보다 더 중요할 수 있다." 이에 대해서는 황현산, 「김수영 시 자세히 읽기」, 황정산 편, 『김수영』(새미, 2003), p.177을 참조.
5) 현재까지 간행된 연구서는 다음과 같다. 황동규 편, 『김수영의 문학』(민음사, 1983); 김승희 편,『김수영 다시 읽기』(프레스21, 2000); 황정산 편, 『김수영』 (새미, 2003); 김명인 편,『살아있는 김수영』(창작과 비평사, 2005); 최동호 편, 『다시 읽는 김수영의 시』(작가, 2005).
6) 개별 연구자들의 단행본 대부분은 자신들의 박사 학위 논문을 출판한 것이다. 학위 논문을 제외한 단행본 목록은 다음과 같다. 김혜순,『김수영』(건국대학교 출판부, 1995); 김상환,『풍자와 해탈 혹은 사랑과 죽음』(민음사, 2000); 최성칠, 『물의 모험』(아세아문화사, 2000); 문광훈,『시의 희생자 김수영』(생각의 나무, 2002); 강웅식,『김수영 신화의 이면』(응동, 2004); 오봉옥,『김수영을 읽는다』 (랜덤하우스 중앙, 2005).
7) 선행 연구가 방대하므로 여기서는 본고에 영향을 준 연구만을 밝히도록 한다. 더욱 상세한 선행 연구 목록은 본고의 참고문헌을 참조하기 바람.

구8), 2) 김수영의 시적 주제에 해당하는 '정직', '자유', '사랑', '혁명', '죽음' 등에 주목한 연구9), 3) 형식과 구조에 초점을 맞춰 김수영 시의 미학적 특질을 규명한 연구10), 4) 김수영 문학 전체를 대상으로 하여 김수영 문학의 총체적인 해명을 시도한 연구11), 5) 김수영의 시론을

---

8) 김현승, 「김수영의 시사적 업적과 위치」, 황동규 편, 『김수영의 문학』(민음사, 1983); 백낙청, 「김수영의 시세계」, 같은 책; 염무웅, 「김수영론」, 같은 책; 이종대, 「김수영 시의 모더니즘 연구」(동국대 박사논문, 1993); 강연호, 「김수영 시 연구」(고려대 박사논문, 1996); 김재용, 「김수영 문학과 분단 극복의 현재 성」, ≪역사비평≫(1997, 가을호); 조현일, 「김수영의 모더니티관에 관한 연 구」, ≪작가연구≫(1998, 5호); 하정일, 「김수영, 근대성 그리고 민족문학」, ≪실천문학≫(1998, 봄호); 남진우, 「미적 근대성과 순간의 시학 연구 : 김수영 · 김종삼 시의 시간 의식」(중앙대 박사논문, 2000).

9) 김현, 「자유와 꿈」, 『거대한 뿌리』해설 (민음사, 1974); 황동규, 「정직의 공간」, 『달의 행로를 밟을 지라도』해설 (민음사, 1976); 김우창, 「예술가의 양심과 자 유」, 『궁핍한 시대의 시인』(민음사, 1978); 김인환, 「한 정직한 인간의 성숙 과정」, ≪신동아≫(1981, 11월호); 정과리, 「현실과 전망의 긴장이 끝간 데」, 『김수영』해설 (지식산업사, 1981); 구모룡, 「도덕적 완전주의」, ≪조선일 보≫(1982년 1월 8, 13, 14, 16, 20, 21일); 유종호, 「시의 자유와 관습의 굴레」, ≪세계의 문학≫(1982, 봄호); 김기중, 「윤리적 삶의 밀도와 시의 밀 도」, 김승희 편, 『김수영 다시 읽기』(프레스21, 2000); 유재천, 「시와 혁명」, 같은 책; 최두석, 「김수영의 시세계」, 같은 책.

10) 서우석, 「시와 리듬 - 김수영, 리듬의 희열」, ≪문학과 지성≫(1978, 봄호); 김혜순, 「김수영 시 연구」(건국대 박사논문, 1993); 이은정, 「김춘수와 김수영 시학의 대비적 연구」(이화여대 박사논문, 1993); 황혜경, 「김수영 시의 아이러 니 연구」(이화여대 박사논문, 1998); 권혁웅, 「한국현대시의 시작방법 연구」 (고려대 박사논문, 2000); 장석원, 「김수영 시의 수사적 특성 연구」(고려대 박사논문, 2004).

11) 유재천, 「김수영의 시 연구」(연세대 박사논문, 1986); 김종윤, 「김수영 시 연 구」(연세대 박사논문, 1986); 김명인, 「김수영 시의 '현대성' 연구」(인하대 석 사논문, 1994); 이중, 「김수영 시 연구」(경원대 박사논문, 1994); 강웅식, 「김 수영의 시 의식 연구」(고려대 박사논문, 1995); 박수연, 「김수영 시 연구」(충남 대 박사논문, 1999); 한명희, 「김수영의 시정신과 시방법론 연구」(서울시립대 박사논문, 2000).

중점적으로 고찰한 연구12), 6) 김춘수, 김종삼, 신동엽 등의 시인과 50년대 '후반기' 모더니스트들을 김수영과 대비·고찰한 연구13), 7) 김수영의 독서체험과 번역 목록을 바탕으로 김수영 문학과 외국문학의 영향 관계를 규명한 연구14) 등이다.

---

12) 김화영, 「미지의 모험, 기타」, 황동규 편, 『김수영의 문학』(민음사, 1983); 김윤식, 「김수영 변증법의 표정」, 같은 책; 정남영, 「김수영의 시와 시론」, ≪창작과 비평≫(1993, 가을호); 구용모, 「김수영의 시론 연구」(한양대 석사논문, 1996); 최두석, 「현대시론과 참여시론」, 한계전 외, 『한국현대시론사 연구』(문학과 지성사, 1998); 황정산, 「김수영 시론의 두 지향」, ≪작가연구≫ (1998, 5호); 김명인, 「급진적 자유주의의 산문적 실천」, 같은 책; 노철, 「김기림의 모더니즘과 김수영의 모더니티」, ≪민족문학사연구≫(2000, 16집); 오형엽, 「김춘수와 김수영 시론 비교 연구」, ≪한국문학이론과 비평≫(2002, 16집); 조달곤, 「자유의 이행으로서의 김수영 시론」, ≪어문학≫(2002, 75호); 오문석, 「김수영의 시론 연구」(연세대 박사논문, 2002); 이성혁, 「시의 모더니티 추구와 그 정치화」, ≪한국시학연구≫(2005, 11호).

13) 윤정용, 「1950년대 한국 모더니즘 시 연구」(서울대 박사논문, 1992); 이광수, 「1950년대 모더니즘 시 연구」(고려대 박사논문, 1995); 금동철, 「1950 - 60년대 한국 모더니즘 시의 수사학적 연구」(서울대 박사논문, 1999); 류순태, 「한국모더니즘시의 표상 연구」(서울대 박사논문, 1999); 남진우, 「미적 근대성과 순간의 시학 연구 : 김수영·김종삼 시의 시간 의식」(중앙대 박사논문, 2000); 이기성, 「1950년대 모더니즘 시의 시간의식과 시쓰기」(이화여대 박사논문, 2001); 엄성원, 「한국 모더니즘 시의 근대성과 비유 연구」(서강대 박사논문, 2002); 남기택, 「김수영과 신동엽 시의 모더니티 연구」(충남대 박사논문, 2002); 강영기, 「김수영 시와 김춘수 시의 대비적 연구」(제주대 박사논문, 2003); 고봉준, 「한국 모더니즘 문학의 미적 근대성 연구 - 이상과 김수영의 문학을 중심으로」(경희대 박사논문, 2005).

14) 한명희, 「김수영 시에서의 고백시의 영향」, ≪전농어문연구≫(1997, 9집); 권오만, 「김수영 시의 고백시적 경향」, 김승희 편, 『김수영 다시 읽기』(프레스21, 2000); 오문석 「김수영 시론과 실존주의 철학」, ≪국제어문≫(2000, 21집); 박지영, 「김수영 시 연구 - 시론의 영향 관계를 중심으로」(성균관대 박사논문, 2002); 한명희, 「김수영 시의 영향관계 연구」, ≪비교문학≫(2002, 29집); 박지영, 「번역과 김수영의 문학」, 김명인 편, 『살아있는 김수영』(창작과 비평사, 2005); 임동확, 「왜 우리는 아직도 김수영인가 : 김수영 시세계와

　　이들 연구 중에서 본고의 논점과 밀접하게 관련된 연구들을 살펴보
도록 한다. 1)과 관련된 연구들은 초기에는 김수영 시에 나타난 '모더
니즘적 경향'과 '참여문학적 경향'의 상관성을 해명하는 데 집중되었으
나, 최근에는 김수영 문학의 현대성을 규명하는 데 초점을 맞추고 있
다. 전자의 경우, 김수영의 시가 모더니즘 자장 밖으로 나아갔다는
평가15)와 모더니즘 자장 안에 머물렀다는 평가16)가 상반되게 제기되
었고, 이에 따라 김수영은 '참여문학의 수립자'로 평가되거나, '모더니
즘의 완성자'로 평가되기도 하였다. 이후 이러한 김수영에 대한 이원화
된 해석과 평가는 '창작과 비평' 그룹과 '문학과 지성' 그룹 평론가들에
의해 리얼리즘 대 모더니즘이라는 진영론적陣營論的 구도로 정착되었다.
　　김수영에 대한 평가도 양측의 세계관과 문학관이 차별화됨에 따라
점차 도식화되어 갔다. '창작과 비평' 그룹이 김수영의 모더니즘적 경
향을 부정했다면, '문학과 지성' 그룹은 김수영의 모더니즘적 경향을
옹호했다. 김수영의 모더니즘적 경향을 부정적으로 보았던 '창작과
비평' 그룹이 김수영의 시보다는 신동엽의 시에서 민족문학의 전범성
과 가능성을 발견17)하게 됨으로써 김수영은 서서히 계승보다는 극복

　　하이데 거」, ≪문학과 경계≫(2005, 여름호).

15) 김현승은 김수영의 초기시와 이후의 시가 현저히 다른 면모를 보이고 있다고
　　주장하면서, 김수영의 시가 모더니즘의 자장에서 벗어났다고 평가한 바 있다.
　　이에 대해서는 김현승, 앞의 논문, pp.58~59를 참조.
16) 이종대와 강연호의 박사 학위 논문과 김수영을 1950년대 모더니즘시의 맥락에
　　서 검토하고 있는 윤정용, 이광수, 금동철, 류순태, 이기성, 엄성원 등의 박사
　　학위 논문들이 대표적이다. 이들 연구자들은 김수영의 시가 모더니즘의 자장
　　아래 형성·전개되었다는 전제에서 출발하고 있기 때문에 모더니즘과 참여문
　　학의 관계 해명을 시도하지 않는다.
17) 창작과 비평사는 신동엽의 문학정신을 기리고 계승하기 위해 '신동엽 창작상'

의 대상으로 간주되었다.[18) 이러한 김수영에 대한 양측의 견해차가

을 제정하여 운영하고 있다. 2003년까지는 창작기금 형식으로 수여했고, 2004
년부터는 '신동엽 창작상'이라는 명칭으로 수여하고 있다. 김수영 문학상과
달리 시, 소설, 평론 등 모든 장르를 대상으로 한다. 신동엽 창작 기금이 처음
수여된 시기는 '김수영 문학상'을 둘러싸고 창비 계열과 문지 계열이 견해차를
드러내기 시작한 1981년 이후인 1982년이다. 수상자들의 면면에서 확인할
수 있듯이, 소위 민족문학 계열의 작가들이 신동엽 창작기금을 받았다. 1회부
터 23회까지의 수상자 명단은 다음과 같다. 1회 소설가 이문구 (1982); 2회
시인 하종오, 소설가 송기원 (1983); 3회 시인 김명수, 평론가 김종철 (1984);
4회 시인 양성우, 소설가 김성동 (1985); 5회 시인 이동순, 소설가 현기영
(1986); 6회 소설가 박태순, 평론가 김사인 (1987); 7회 소설가 윤정모 (1988);
8회 시인 도종환 (1990); 9회 시인 김남주, 소설가 방현석 (1991); 10회 시인
곽재구, 소설가 김하기 (1992); 11회 시인 고재종 (1993); 12회 시인 박영근
(1994); 13회 소설가 공선옥 (1995); 14회 시인 윤재철 (1996); 15회 시인
유용주 (1997); 16회 시인 이원규 (1998); 17회 소설가 박정요 (1999); 18회
소설가 전성태 (2000); 19회 소설가 김종광 (2001); 20회 시인 최종천 (2002);
21회 소설가 (천운영); 22회 시인 손택수 (2004); 23회 소설가 박민규(2005).

18) 김지하가 1970년에 발표한 「풍자냐 자살이냐」가 이러한 관점을 대표한다.
이 글에서 김지하는 「누이야 장하고나」의 "누이야/ 諷刺가 아니면 解脫이다"
라는 시구를 "누이야/ 諷刺가 아니면 自殺이다"로 誤讀했다. 이러한 오독을
바탕으로 전개되는 김지하의 논점은 명확하다. 김수영이 풍자를 선택한 것은
올바르지만, 풍자를 모더니즘의 틀 안에 가둔 것은 올바르지 않다는 것이다.
김지하의 말을 그대로 옮기면, "그(김수영 - 인용자)가 시적 폭력 표현방법으로
서 풍자를 선택한 것은 매우 올바"고, "이것을 이어받아야 할 것이"지만,
그럼에도 불구하고 "그의 풍자가 모더니즘의 답답한 우리 안에 갇히어 민요
및 민예 속에 난파선의 보물들처럼 무진장 쌓여 있는 저 풍성한 형식가치들,
특히 해학과 풍자 언어의 계승을 거절한 것은 올바르지 않다"는 것이다. 이처
럼 김지하는 김수영의 풍자는 계승해야 하지만, 김수영의 모더니즘은 극복해
야 한다고 판단하였다. 김지하의 이러한 관점은 모더니즘의 극복과 민중시학
의 정립이라는 테제로 발전했다. 김지하의 테제는 다음의 문장에 집약되어
있다. "국민문학 특히 국민적인 시문학 건설의 첫걸음은 앞서도 말한 바와
같이 예리한 현실의식과 역사의식 그리고 민중적 정서를 토대로 하여 현대적
인 지성의 조명 아래 민요와 현대시를 서로 통일시키는 곳에서부터 내딛어져
야 한다." 지금까지 살펴본 김지하의 논의에 대해서는 각각 「풍자가 아니면
자살이다」, 김지하 전집 ④ 『이것 그리고 저것』(동광출판사, 1991), pp.206

결정적으로 부딪치게 된 것은 ≪세계의 문학≫이 제정한 '김수영 문학
상'[19] 수상 시인 선정과정이었다. 이 상이 제정된 시기(1981년)에는
이미 양측의 문학적 견해차가 상당히 예각화鋭角化된 이후였으므로 수
상작 선정과 관련해 논란이 벌어졌다. 특히 제 1회 수상작인 정희성의
「저문 강에 삽을 씻고」에 대해 김현이 끝까지 반대했고, 제 2회 수상작
인 이성복의 「뒹구는 돌은 언제 잠 깨는가」에 대해 염무웅이 끝까지
반대했다는 사실은 이러한 문학관의 차이가 이미 돌이킬 수 없을 만큼
벌어졌다는 것을 확인시켜 준다.[20]

~207과 「민족의 노래 민중의 노래」, 같은 책, p.216을 참조.
19) 김수영의 문학 정신을 기리고 계승하기 위해 제정된 상이다. 민음사에서 발행
하는 계간지 ≪세계의 문학≫이 주관하여 2005년 현재까지 24회 수상자를
배출했다. 1회부터 24회까지의 수상자와 수상작품은 다음과 같다. 1회 정희성,
『저문 강에 삽을 씻고』(1981); 2회 이성복 ,『뒹구는 돌은 언제 잠 깨는가』
(1982); 3회 황지우,『새들도 세상을 뜨는구나』(1983); 4회 김광규,『아니다
그렇지 않다』(1985); 5회 최승호,『고슴도치의 마을』(1986); 6회 김용택,『맑
은 날』(1987); 7회 장정일,『햄버거에 대한 명 상』(1988); 8회 김정웅,『천로역
정, 혹은』(1989); 9회 이하석,『우리 낯선 사람들』(1990); 10회 조정권,『산정
묘지』(1991); 11회 장석남,『새떼들에게로의 망명』(1992); 12회 이기철,『지
상에서 부르고 싶은 노래』(1993); 13회 차창룡,『해가 지지 않는 쟁기질』
(1994); 14회 김기택,『바늘구멍 속의 폭풍』(1995); 15회 유하,『세운상가
키드의 사랑』(1996); 16회 김혜순,『불쌍한 사랑 기계』(1997); 17회 나희덕,
『그곳이 멀지 않다』(1998); 18회 백주은,『지금 어디에 계십니까』(1999); 19
회 송찬호,『붉은 눈, 동백』(2000); 20회 이정록,『제비꽃 여인숙』(2001); 21회
채호기,『수련』(2002); 22회 이윤학,『꽃 막대기와 꽃뱀과 소녀와』(2003); 23
회 황인숙,『자명한 산책』(2004); 24회 함민복,『말랑말랑한 힘』(2005). 수상
자들의 면면에서 확인되듯, 몇몇 예외를 제외하고는 모더니즘 계열의 시인들
이 이 상의 수상자로 선정되었다.
20) 이에 대해서는 류찬열, 「7,80년대 비평사 연구」, ≪어문논집≫(1998, 26집),
p.268과 홍기돈, 「현대의 순교와 부활하는 사랑」, ≪작가세계≫(2004, 여름
호), pp.51~55를 참조.

　　김수영에 관한 최근의 주목할 만한 연구는 리얼리즘과 모더니즘이
라는 진영론적 관점에서 탈피하여 김수영의 시와 시론을 현대성 혹은
미학적 현대성과 관련하여 해명하는 데 집중되고 있다. 이러한 현대성
혹은 미학적 현대성에 관한 연구는 우리 문학사 연구의 해묵은 관념인
'리얼리즘/모더니즘', '사회역사주의 비평/형식내재주의 비평'의 강고
한 이분법적 틀을 해체하고 재구성[21]할 수 있는 상호소통의 가능성[22]
을 열어주었다. 이러한 태도는 "리얼리즘, 모더니즘, 혹은 이른바 순수

21) 이러한 해체와 재구성에 대한 모색은 1996년 11월 16일 '민족문학론의 갱신을
　　위하여'라는 주제로 민족문학작가회의와 민족문학사연구소가 공동 개최한 심
　　포지엄을 계기로 본격화되었다. 이 심포지엄에서 진정석은 '민족문학론'의 '근
　　대문학＝민족문학＝리얼리즘' 도식을 문제 삼았다. 그러면서 그는 "근대성 범
　　주를 가운데 놓고 리얼리즘과 모더니즘의 이분법적 도식을 재고"할 것을 제안
　　했다. 마샬 버먼의 모더니티 해석에 의지한 진정석의 제안은 즉각적으로 윤지
　　관과 김명환의 반론을 불러일으켰다. 윤지관과 김명환은 진정석의 제안을 모
　　더니즘에 대한 리얼리즘의 투항으로 받아들이면서, 오히려 리얼리즘의 심화를
　　요구했다. 진정석의 문제 제기와 이에 대한 반론은, 진정석, 「민족문학과 모더
　　니즘」, 《민족문학사연구》(1997, 11호); 윤지관, 「문제는 모더니즘의 수용이
　　아니다」, 《사회평론 길》(1997, 1월호); 김명환, 「민족문학론 갱신의 노력」,
　　《내일을 여는 작가》(1997, 1·2월호); 진정석, 「모더니즘의 재인식」 《창
　　작과 비평》(1997, 봄호); 윤지관, 「민족문학에 떠도는 모더니즘의 유령」,
　　《창작과 비평》(1997, 가을호); 김명환, 「달을 가리키는 손가락보다 달을」,
　　《내일을 여는 작가》(1997, 9·10월호)를 참조.
22) 진정석과 윤지관, 김명환 간에 벌어진 리얼리즘/모더니즘 논쟁이 '민족문학'
　　내부에서 벌어진 논쟁이라면, 임규찬이 최원식, 윤지관, 황종연의 평론집을
　　검토하면서 촉발된 리얼리즘/모더니즘 논쟁은 각기 리얼리즘/모더니즘 회통
　　론, 리얼리즘 옹호론, 모더니즘 옹호론을 주장하는 논자들 간에 벌어진 논쟁이
　　다. 이 논쟁은 몇몇 논점에 대한 치열한 논의가 실제 작품 분석을 토대로
　　몇 차례 오가긴 했지만, 결국 서로의 입장 차이만을 확인한 채 후속 논의로
　　이어지지 못한 아쉬움을 남겼다. 이에 대해서는, 임규찬, 「리얼리즘과 모더니
　　즘을 둘러싼 세 꼭지점」, 《창작과 비평》(2001, 가을호); 윤지관, 「놋쇠하늘
　　에 맞서는 몇 가지 방법」, 《창작과 비평》(2002, 봄호); 황종연, 「모더니즘에
　　대한 오해에 맞서서」, 《창작과 비평》(2002, 여름호)를 참조.

문학의 어느 한편을 한국현대문학의 정통으로 파악하는 편협한 태도
에서 벗어나, 한국문학의 근대성 형성에 참여한 다양한 문학적 시도들
을 보다 유연하고 거시적인 문학사의 지도 속에 자리매김"[23]할 수
있다는 장점이 있다.

이와 관련해서는 존 브렌크만의 논의가 시사적이다. 그는 "리얼리
즘, 모더니즘, 포스트모더니즘 문학론은 진정한 문학적 논의가 아니었
다"고 선언하는 것으로 자신의 글을 시작하고 있다. 이러한 선언의
타당성을 입증하기 위해서 그는 대표적인 모더니즘 비판론자들인 뷔
르거, 제임슨, 리오타르의 주장을 비판적으로 검토한다. 브렌크만이
제기한 세 이론가들에 대한 핵심적 논거를 제시하고, 브렌크만이 '문학
의 혁신'을 어떻게 이해하고 있는지 살펴보도록 한다.[24]

브렌크만은 뷔르거의 핵심 논지를 "20세기 초의 아방가르드들은
예술과 삶의 분리에 도전했다는 측면에서 가장 혁신적이었다. 하지만
결국 모더니즘을 통해 이러한 혁신을 제도화함으로써 결국 이를 죽여
버리고 말았다"[25]는 것으로 파악한다. 뷔르거는 아방가르드 초기의
예술가들이 새롭게 혁신적일 수 있었지만, 막상 더 새로워진 아방가르
드 이후의 예술가들은 그렇게 할 수 없다고 본 것이다. 따라서 가장
혁신적인 아방가르드였던 미래파와 초현실주의 이후에 전개된 20세기
예술은 실패한 아방가르드적 기획의 "잔광 또는 반감기"에 불과한 것

---

23) 이광호, 『미적 근대성과 한국문학사』(민음사, 2001), p.121.
24) 이후의 뷔르거, 제임슨, 리어타르에 대한 논의는 브렌크만의 글을 참조하여
   필자가 재구성하였다. 이에 대한 자세한 논의는 존 브렌크만, 조형준 역, 「문학
   의 혁신」, ≪세계의 문학≫(2001, 가을호), pp.173~178을 참조.
25) 같은 책, p.173.

이 된다. 브렌크만에 따르면 뷔르거는 아방가르드의 제도화를 비판하면서 아방가르드의 제도화를 추인하는 역설에 빠지게 된 것이다.

다음으로 제임슨은 「포스트모더니즘 또는 후기 자본주의의 문화 논리」에서 리얼리즘, 모더니즘, 포스트모더니즘은 산업 자본주의, 제국주의, 전 지구적 자본주의의 세 단계에 상응한다는 관점에서 출발하였다. 이러한 관점을 토대로 제임슨은 "소비 사회가 개인들을 점점 더 상품들로 가득 찬 사적인 세계로 밀어 넣고 또 지구화가 개인이 분명하게 감지할 수 있는 한도를 넘어서까지 경제적 착취를 흩뿌리게 되면서 예술은 다름 아니라 재현 능력을 잃어버리기 시작한다"[26]고 보았다. 소비 사회가 만들어 낸 '재현 능력의 상실'에도 불구하고, 제임슨은 루카치의 리얼리즘관을 고수하는데, 브렌크만은 이러한 제임슨의 태도를 "그(제임슨은 - 필자)는 이 사회가 생산하는 문학을 통해 사회를 비판하는 대신 (이미 이론적으로 알고 있는) 사회를 재현할 수 있는 문학을 요구한다"[27]고 꼬집는다.

마지막으로 리오타르는 뷔르거나 제임슨과는 달리 모든 곳에서, 심지어 포스트모더니즘에서까지도 영구적인 아방가르드 혁명을 본다. 진정한 예술은 끊임없이 앞의 것을 부정한다는 것이다. 리오타르에 의하면, 20세기 초의 형식주의의 정신, 즉 아방가르드는 관습들을 낯설게 만든다는 정신을 부활시키며 전통과 단절한다. 결국 예술은 '재현의 불가능성'과 '불화'를 추구하게 되고, 그것이 바로 원칙이 되어야 한다는 것이다. 예술 작품은 대중에 의해 이해되기 때문에 리오타르는

---

26) 같은 책, p.174.
27) 같은 책, p.175.

혁신을 둘러싼 수수께끼를 역사적 역설이 아니라 논리적 역설을 통해 해결한다. "즉 모든 진정한 예술 작품은 모던하기 전에는 항상 포스트모던하다는 것이다. 즉 포스트모던이 모던에 앞선다는 것이다."[28]

브렌크만에 따르면 뷔르거, 제임슨, 리오타르는 각기 다른 방향에서 모더니즘을 비판하고 있지만, 결국 어떤 식으로든 역설에 빠지게 된다. 이러한 비판을 통해 브렌크만이 제시하는 '문학의 혁신'에 대한 관점은 평범하지만 날카롭다. 그에 의하면 현대 소설의 위대한 혁신자들은 "리얼리즘의 요청들, 즉 개인의 생활사를 집단적 역사의 흐름 속에서 조명하고, 시간과 몰개성의 힘들이 개인적 체험과 친밀한 관계들을 통해 어떻게 움직이는지를 평가하고 도덕적 행동의 경계선들을 평가하라는 요청"을 다양한 기획과 문체를 가로질러 실천했다는 것이다.

브렌크만의 관점은 다음의 문장으로 집약된다. "(위대한 문학의 혁신자들은) 리얼리즘을 전복시키기 위해 그렇게 하는 것이 아니라 아주 정확한 시간과 장소들에 속하는 존재들의 모습에 가 닿기 위해서 그렇게 하는 것이다."[29] 그러면서 브렌크만은 "리얼리즘과 혁신은 현대 소설의 이중적 요구"라는 명제를 제시한다.

필자는 브렌크만의 이 명제에서 소설이라는 말을 시로 바꾸어 받아들이고자 한다. 문제는 혁신에 대한 강박이 아니라 그 혁신이 '아주 정확한 시간과 장소들에 속하는 존재들의 모습에 가 닿고 있느냐 그렇지 않느냐'에 있는 것이다.

본고의 일차적인 목적은 김수영의 산문과 시론 그리고 시에 나타난

---

28) 같은 곳.
29) 같은 책, p.177.

'현대성'을 해명하는 데 있다. 하지만 본고는 김수영이라는 개별 시인의 분석을 넘어 한국 현대시 일반을 향해 나아간다. 다시 말해, 김수영의 시와 시론을 통해서 한국현대시의 과거를 사유하고 한국현대시의 미래를 전망해 보려는 것이다.

한국현대문학사 100년은 근대 혹은 근대성을 둘러싼 다양한 담론과 실천의 각축장이었다. 그 각축이 근대의 '추구'로 드러나든지, 혹은 근대의 '부정'으로 나타나든지, 아니면 근대의 '극복'으로 표현되든지, 근대 혹은 근대성 문제는 과거에도 그리고 현재에도 한국문학의 항구적인 과제이자 숙명이라 할 수 있다. 한 연구자의 지적처럼, "근대를 찬양하든 아니면 저주하든, 지지하든 아니면 혐오하든, 선망하든 아니면 경멸하든 근대는 이미 우리 속에 들어와 있는 현실의 일부였으며 결정적인 힘을 발휘하는 변화의 동인"[30]이었기 때문이다.

일본의 식민 지배를 받아야 했던 우리의 경우, 근대 혹은 근대성을 둘러싼 담론과 실천은 역사적 전환기마다 전통과 근대의 이항 대립을 기반으로 한 극단적 충돌의 양상으로 거듭 쟁점화되곤 했다. 이 과정에서 전통은 근대의 대(對) 개념인 '전근대'로 쉽게 오인되거나 무시되기도 했다. 하지만 역사적 근대가 파국과 환멸로 점철되었다는 반성과 성찰을 매개로 전통은 '반근대'라는 좀 더 적극적인 의미를 부여받게 되었다. 이러한 전통에 대한 패러다임 전환은 연구자들에게 우리 문학의 근대와 근대성을, 전통을 매개로 새롭게 규명할 것을 적극적으로 요청하고 있다.

---

30) 남진우, 『미적 근대성과 순간의 시학』(소명, 2002), p.10.

제국 일본과 식민지 조선의 적대적 모순은 전통과 근대의 극단적 충돌이라는 역사적 특수성을 창출하였고, 이러한 전통과 근대의 극단적 충돌은 당대 식민지 주체들의 심리 속에 '자기 모멸'과 '모방 욕망'의 형식으로 급속히 내면화되었다. 김수영의 문학사적 의의와 가치는 식민지 근대가 주조한 이러한 '자기 모멸'과 '모방 욕망'에 대한 반성과 성찰 그리고 이를 극복하기 위한 고투를 그가 쉼 없이 실천했다는 점에 있다. 그가 '모더니스트'라는 에피셋을 넘어서 '한국문학'의 비판자이자 갱신자로 평가받는 이유도 바로 이 때문일 것이다.

한국문학의 현대성을 탐구하고 있는 선행 연구는 서구적 현대성 담론을 넘어서기 위한 자생적 현대성 담론을 경유하여, 최근에는 미학적 현대성 문제에 집중되고 있다. 그러나 미학적 현대성에 관한 연구는 많은 강점에도 불구하고 역사적 현대성의 폐해를 극복할 수 있다고 전제된 예술과 문학에 과도한 의미를 부여할 수 있다는 점에서 적잖은 파행과 한계를 보여주고 있다. 현대성의 모순적인 틀을 발본적으로 탐구하지 않는다면, 미학적 현대성은 예술적 자율성의 다른 이름인 허울 좋은 이데올로기적 장치로 전락할 가능성도 크기 때문이다. 미학적 현대성이 그 '미학적'이라는 수식어를 통해 지배 이데올로기를 교묘하게 은폐할 수도 있다는 점은 거듭 환기되어야 할 것이다. 그러므로 우리에게 던져진 한국 문학의 현대성 문제는 언제든지 비판받고 재구성될 수 있는 열린 개념으로 새롭게 구축될 필요가 있다.31)

한국 문학의 현대성 논의는 모더니즘 문학에 집중되어 왔다. 이러한 연구 경향에 거슬러 황종연은 문장파의 전통주의를 '반근대'로 설정하

---

31) 백지연, 「주체의 기원, 문학의 기원」, ≪무애≫(1998. 여름호), p.298.

고 그 문학사적 위상을 적극적으로 재평가한 바 있다. 그에 따르면 '문장파'의 전통주의는 "한국학의 성장을 통해 강화된 전통의식과 서양 추수적 근대주의에 대한 회의의 결합 형태"이다. 문장파의 전통주의로 부터 우리문학이 '서양 모델의 근대에 대한 부정의 계기들'을 확보할 수 있었고, 해방 이후 우리 문학사에 주기적으로 나타나는 '근대에 대한 불만의 계보'를 형성할 수 있었다는 것이 황종연의 결론이다.32) 이렇듯 '근대에 대한 불만의 계보'의 기원으로 재정립된 '전통주의'는 한국문학에 나타난 미학적 근대성 해명의 중요한 참조틀로 화려하게 복권되었다. 이러한 최근의 연구 경향33)은 프로이트가 말한 '억압된 것의 귀환'이라는 언명을 떠올리기에 충분하다.

우리의 현대시는 대체로 '전통서정시', '모더니즘시', '리얼리즘시'로 불릴 수 있는 세 범주의 시들이 서로 역동적인 상관관계를 형성하면서 발전해 왔다. 김소월로부터 출발하는 전통서정시는 한을 위주로 하는

---

32) 황종연, 「한국문학의 근대와 반근대」(동국대 박사논문, 1992), p.219.
33) 전통주의와 관련된 대표적 연구 성과물들은 다음과 같다.
한형구, 「日帝末期 世代의 美意識에 관한 연구」(서울대 박사논문, 1992); 최승호, 「1930년대 후반기 시의 전통 지향적 미의식 연구 : 문장파 자연시를 중심으로」(서울대 박사논문, 1994); 최승호, 『한국적 서정의 본질 탐구』(다운샘, 1998); 남기혁, 「1950년대 시의 전통지향성 연구」(서울대 박사논문, 1998); 구모룡 외, 『서정시의 본질과 근대성 비판』(다운샘, 1999); 금동철, 『구원의 시학』(새미, 2000); 최승호, 『21세기 문학의 유기론적 대안』(새미, 2000); 최승호 외, 『21세기 문학의 동양 시학적 모색』(새미, 2001); 전영주, 「1950년대 시의 전통주의 연구 : 김관식, 박재삼, 이동주의 시를 중심으로」(동국대 박사논문, 2001); 최승호, 『서정시의 이데올로기와 수사학』(국학자료원, 2002); 차승기, 「1930년대 후반 전통론 연구 : 시간-공간 의식을 중심으로」(연세대 박사논문, 2003); 배개화, 「1930년대 후반 전통담론의 탈식민성 연구」(서울대 박사논문, 2004); 여지선, 「한국 근대시에 나타난 전통론과 전통 수용 양상 연구」(건국대 박사논문, 2004).

토착적 정서를 바탕으로 김영랑, 서정주를 거쳐 박재삼으로 이어지는 맥락을 형성했고, 정지용이나 이상에 의해 본격화된 모더니즘시는 현대성 추구에 역점을 두면서 김수영을 거쳐 발전했으며, 임화와 이용악에 의해 실천된 리얼리즘시는 사회의 진보와 관련하여 신경림이나 김지하 등의 시적 성취로 이어졌다.[34] 최두석의 한국 시사에 대한 이러한 통시적 조망은 대체로 수긍할만한 것인데, 다만 한국 전쟁 이후 한국 사회를 전일적으로 옭아맨 반공이데올로기에 대한 고려가 미흡[35]했다는 점은 특별히 지적되어야 할 듯하다.

이와 관련하여 최원식은 한국 전쟁 이후의 문학적 상황을 "30년대 모더니즘에서 기원하여 해방 직후 반좌파투쟁과 결합하면서 매우 독특한 이념적 성격을 갖춘 채 구성된 순수문학론이 일종의 지배이데올로기로 올라섰다"고 간략하지만 적확하게 요약한다. 물론 최원식도 "순수문학론이 처음부터 반공 친독재 어용문학론은 아니었다"는 단서를 잊지 않았다. 초기의 순수문학론은 "'자본주의'와 '사회주의'를 동시에 넘어서고자 하는 나름의 '현대성'에 대한 자각이 맥맥했다"는 것이다. 그러나 순수문학론은 "정치적 상황의 악화를 기화로 삼아 지배이데올로기로 상승하면서 식민지적 성격 속에 고뇌하던 30년대 모더니

---

34) 이상의 한국시사에 대한 개괄적 논의는 최두석의 견해를 참조하였다. 이에 대한 자세한 논의는 최두석, 「한국 현대 리얼리즘시 연구」, 『시와 리얼리즘』 (창작과비평사, 1996), pp.11~12를 참조.

35) 이는 그의 연구가 1930년대의 임화, 오장환, 백석, 이용악의 시를 대상으로 하고 있고, 특히 '리얼리즘적 성취'에 초점이 맞춰져 있기 때문이다. 최두석 연구의 미덕은 '리얼리즘시'라는 선험적 범주로부터 연역적으로 리얼리즘시를 규정하지 않고 '리얼리즘적 성취'로부터 귀납적으로 리얼리즘시를 범주화하고 있다는 점에 있다. 따라서 그에게 '리얼리즘시'라는 범주는 역사적으로 상대화될 수 있는 탄력적인 개념이다.

즘의 선(善)한 맹아"[36]조차 질식시키고 말았다.

'전통서정시', '모더니즘시', '리얼리즘시'는 서정시의 하위 범주로서 미학적 원리나 시 창작 방법에 따라 정치하게 규정된 개념이라기보다는 시 속에 나타나는 지배적 자질들을 귀납적으로 수렴하여 설정한 상대적이고 대타적인 개념이라 할 수 있다. 그렇기 때문에 이 세 범주에 속하는 시들이 공유하는 미학적 원리나 시 창작 방법은 시적 계보의 역사적 전개과정을 추적할 때 보다 명확해질 수 있다. 각 계보에 속한 시인들의 입장 차이는 이미 1920년대부터 의식화되었다고 할 수 있지만, 시와 문학에 대한 입장 차이가 최초로 명확해진 것은 1930년대 후반에 임화, 김기림, 박용철이 벌인 소위 '기교주의 논쟁'을 통해서이다. '기교주의 논쟁' 이후 이들 세 범주의 시들은 보다 정교한 시론을 바탕으로 각자의 방식으로 미학적 현대성을 추구할 수 있었다.

전통주의와 근대주의의 대립은 근대를 경험한 모든 국가가 과거와 단절하고 근대와 대면하기 위해 겪어야만 했던 산고(産苦)와도 같은 것이었다. 역사적 근대의 변두리에 위치한 저개발 국가의 경우 전통주의와 근대주의의 대립과 갈등은 근대화 과정 속에서 지속적이고도 첨예하게 반복된다는 점에서 더욱 세심한 고찰을 요구한다. 이를 염두에 두고 한국시문학사의 시적 계보를 살펴볼 때, 특히 눈여겨볼 대목은 '전통서정시', '모더니즘시', '리얼리즘시'라는 세 범주가 한국 전쟁이라는 특수성에 의해 '역동적인 상관관계'를 잃고 1950년대 이후 순수문학/순수시 대 참여문학/참여시라는 기이한 범주로 양극화되었다는 점이다.

---

36) 최원식, 「'리얼리즘'과 '모더니즘'의 회통」, 『문학의 귀환』(창작과 비평사, 2001), p.45.

이러한 양극화는 한국전쟁의 폐허를 극복하기 위해 추구된 '모더니즘', '실존주의', '전통주의' 수용을 둘러싼 논자들의 입장 차이 속에서 지속적으로 작동하였다. 이 시기 문학 담론의 특징은 리얼리즘 문학이 양극화된 이데올로기적 상황에서 침묵을 강요받았고, 따라서 리얼리즘이 담당해야 했던 현실성과 역사성에 대한 시적 형상화의 과제가 모더니즘에게 요구되었다는 점일 것이다. 김수영이 리얼리즘과 모더니즘의 양쪽 계보에서 특별히 동시에 주목받은 이유도 이 때문이다. 김수영의 시와 시론은 이러한 담론 지형 속에서 탄생한 것인데, 그의 독창성과 탁월성은 순수시/참여시라는 대립의 허구성을 누구보다 먼저 간파하고 이를 넘어서고자 했다는 데 있다.

본고는 이러한 문제의식을 바탕으로 김수영이 우리의 현대 혹은 현대성을 어떻게 사유하고 성찰하고 실천했는지를 탐구해보고자 한다. 김수영은 미학적 현대성을 발판으로 역사적 현대성을 넘어서고자 했다. 이 때 중요한 것은 그가 현대 혹은 현대성을 넘어섰느냐에 있지 않다. 아무도 현대 혹은 현대성의 심연을 훌쩍 뛰어 넘을 수는 없는 것이다. 그렇기 때문에 중요한 것은 그가 현대를 어떻게 넘어서려 했느냐, 다시 말해 그의 넘어섬이 아니라 넘어서려는 시적 실천 행위의 '진정성'과 '현대성'[37]에 있다. 그리고 그 넘어서려는 시적 실천 행위의 '진정성'과 '현대성'이 지금 이곳에서 어떤 의미가 있는지 새롭게 전유하는 것이다.

---

37) 김오영은 김수영이 "자유와 혁명의 가장 날카로운 대변자이면서 또 한편으로 가장 실험적이고 전위적인 예술가였다"고 전제하면서, 이 두 측면을 '현대성'과 '진정성'이란 이름 아래 조명한 바 있다. 이에 대해서는 김오영, 「김수영론」(연세대 석사논문, 1992)을 참조.

이러한 연구 목적을 수행하기 위하여 본고는 다음과 같은 연구 절차를 밟는다.

Ⅱ장에서는 해방공간과 한국 전쟁 이후의 문학사적 지형과 맥락을 '정전의 탄생'과 '고아들의 출현'에 주목하여 재구성한다. 필자가 '정전의 탄생'과 '고아들의 출현'에 주목한 이유는 이 양자의 지양과 극복이 요구되는 시점에서 김수영이 누구보다 먼저 이를 간취하고 실천했다고 판단하기 때문이다. 따라서 Ⅱ장은 김수영이 시작 초기부터 문협 정통파의 '몰현실'과 후반기 모더니스트들의 '비현실'을 넘어서는 곳에서 한국문학의 새로운 가능성을 발견했다는 사실을 밝히기 위한 예비적 고찰의 성격을 띠게 된다.

Ⅲ장에서는 Ⅱ장의 분석을 토대로 김수영의 산문과 시론을 분석한다. 시인의 산문과 시론이 항상 자신의 시작 행위와 일치하는 것은 아니지만, 김수영의 산문과 시론은 그의 시적 의도와 시적 실천에 대한 비교적 상세한 정보를 제공한다. 김수영의 산문과 시론은 실제로 그가 근대를 어떻게 사유했고, 그 사유를 토대로 어떻게 시적 전략을 수립하고, 시작 행위를 실천했는지를 파악할 수 있는 핵심적인 논거가 된다.

Ⅳ장에서는 앞 장의 논의들을 토대로 구체적인 텍스트 분석을 시도한다. 텍스트 분석은 크게 두 방향에서 진행되는데, 첫 번째 방향은 시적 주체와 시적 대상의 문제이고, 다른 한 방향은 근대적 시간성의 문제이다. 이때 전자는 개별 텍스트 해석을 위한 미시적 분석틀을, 후자를 전체 텍스트 해석을 위한 거시적 분석틀을 제공할 것이다. 필자는 이러한 미시적·거시적 분석틀을 '해방 이후부터 한국 전쟁 이전까지', '한국 전쟁 이후부터 4·19 직전까지', '4·19 이후부터 사망 직전까지'

의 세 시기로 분할한 김수영 텍스트에 적용하여, 각 시기별 텍스트의
의미를 각각 '作亂과 作戰을 넘는 바로보기', '설움의 인식과 자유의
지향', '혁명의 경험과 사랑의 이행'으로 해석하였다.

김수영 시의 시적 주체는 '성찰적 주체'로서의 특징을 갖는다. 이러
한 '성찰적 주체'는 시적 주체와 시적 대상 간의 이화와 동화를 적극적
으로 매개하여 텍스트에 갈등과 긴장을 부여하고 고조하는 역할을
담당한다. 김수영 시의 독자성과 독창성은 이러한 시적 주체와 시적
대상 간의 치열한 대결 구도 속에서 탄생한 것인데, 이는 김수영의
시작 초기부터 시작 후기까지 그의 시작 전 과정을 관류灌流하는 항수恒
數로 존재하였다. 이러한 치열한 대결 구도는 근대적 시간성에 대한
성찰과 맞물리면서 각 시기별로 새로운 시적 주체를 구성하였고, 시적
대상과 관계 맺는 변화된 시적 원리를 창출하였다.

김수영 문학의
발생 조건과 형성 과정

정전의 정당성에 대한 서구 세계의 문제 제기는 그것이 본질적으로 제국주의적, 인종주의적, 남성주의적, 엘리트주의적이라는 비판에서 출발했다. 이러한 비판은 문화공동체의 다양한 전통과 이상을 올바르게 대표한다고 믿어왔던 정전에 대한 믿음과 신뢰에 타격을 주었다.[1] 서구 세계의 정전 비판과 달리 우리의 정전 비판은 다분히 정치적 이데올로기와 긴밀히 맞물려 진행되었다. 우리의 정전 비판은 해방 이후 '식민지 청산'과 '나라 만들기'와 관련한 좌·우의 대립, 한국

---

1) 송무는 영문학에서 정전 문제가 논의된 양상을 '인종주의 문제', '남성주의 문제', '엘리티즘의 문제'로 설정하여, 이를 각각 '종족의 도전', '여성의 도전', '대중의 도전'이라는 측면에서 살폈다. 이러한 논의를 통해, 그는 정전이 명목상으로는 근대 국민 문학의 이상과 이념을 체현하고 있는 듯 보이지만, 실질적으로는 근대 사회에서 헤게모니를 획득한 특정 국민, 즉 부르주아 계급에 봉사하고 있었다는 것을 밝히고 있다. 이에 대해서는 송무, 「영문학 교육의 정당성과 정전의 문제」(고려대 박사논문, 1994)를 참조.

전쟁 이후 반공이데올로기의 전일적 지배에 대한 암묵적^{暗黙的} 옹호(순
수문학론)와 실천적^{實踐的} 저항(참여문학론)의 대립, 70년대 이후 근대
성 문제와 맞물린 리얼리즘과 모더니즘의 대립 과정에서 제기되었다.
이러한 정치적 이데올로기에 기반한 문학적 대립 구도는 70년대 이후
리얼리즘, 모더니즘, 순수문학이라는 문학사적 구도로 안착되었다. 흔
히 '진영론적' 관점으로 불리는 이러한 대립 구도는 특정 작가와 작품
을 바라보고 평가하는 데도 큰 영향을 미쳤다.

특정 시인의 시는 발표되는 순간부터 다양한 역학 관계 속에서 상징
투쟁에 돌입하게 된다. 이때 고려되어야 할 사항은 해방기의 상징 투쟁
이 문학 장 내부에서만 이루어진 것이 아니라는 점이다. 당시의 상징
투쟁이 국가 만들기 차원의 이데올로기 투쟁과 맞물려 있었다는 점에
서, 「청문협」소속의 문인들은 문학의 순수성과 자율성의 이름으로 가
장 첨예한 이데올로기 투쟁을 벌였던 셈이다. 극한의 좌·우 이데올로
기 투쟁에서의 패배는 곧 문학사적 퇴장을 의미했다. 카프 계열의 시인
들뿐만 아니라 김기림, 정지용, 백석, 이용악 등의 시인들이 우리문학
사에서 실종되었던 것이다. 이들이 사라진 문학 장에서 '청문협' 소속
의 젊은 시인들은 중견이 되었고, 주류가 되었고, 정전이 되었다. 김동
리, 서정주, 조연현을 중심으로 한 문협정통파들은 일찍이 정전적 지위
를 획득하게 됨으로써, 등단 초기의 아비 부정을 그들 스스로가 아비가
되는 방식으로 대체하였다.

이렇듯 청문협 중심 문인들의 정전화는 주체의 자발성(미학적 성과)
과 구조의 제약성(사회·역사적 상황)이 동시에 작용한 결과이다. 이
러한 과정을 거쳐 '문협정통파' 문인들과 그들의 작품들은 해방 공간과

한국 전쟁을 거쳐 '인준된 정전'으로서의 지위를 확고히 하게 되었다. 따라서 김수영을 위시한 새로운 세대가 자기 세대의 존재를 증명할 수 있는 길은 주류 문학에 순응하거나 저항하는 길밖에 없었다. '전통주의'를 계승한 신진 시인들이 전자의 길을 따랐다면, '모더니즘'을 표방한 '후반기' 모더니스트들은 후자의 길을 따랐다.

이때 문제가 될 수 있는 것은, 모더니즘을 표방한 후반기 모더니스트들이 '모더니즘'을 시적 태도와 시적 정신의 차원으로 고양하지 못하고, 즉 그것을 현대성에 대한 태도와 정신이라는 차원으로 이해하지 못하고, 그것을 단지 시적 발상과 시적 방법 차원으로 제한했다는 데 있다. 그들의 시적 실천이 생산적인 결과를 이루어내지 못한 것도 이 점과 밀접히 결부된다. 김수영의 경우는 이들과 달랐는데, 그는 모더니즘을 현대성의 문제와 결부시켜 사유하고 실천하였기에 오랫동안 그리고 충분히 아비와 대결하고 불화할 수 있었다. 이와 더불어 그의 도덕적 완전주의[2]와 실천적 역경주의[3]가 아비와의 손쉬운 타협과 화해를 거부하게 했고, '머리'와 '심장'이 아닌 '온몸'으로 이행하려는 시작 태도가 또한 그것을 부정하게 했다.

개화기 지식인들의 근대 기획은 전통과의 단절을 통해 새로운 '근대

---

[2] 구모룡은 김수영의 의식세계에서 중요한 지향적 체험을 '도덕적 완전주의'로 보았다. 그에 의하면 김수영의 "생애와 문학적 저작은 바로 도덕적 완전을 실천하려는 부단한 노력과 반성적 의지의 소산"이다. 이에 대해서는 구모룡, 「도덕적 완전주의」, ≪조선일보≫ 1982년 1월 8일 7면을 참조.

[3] 김수영은 자신의 역경주의에 대해 "나는 무슨 일이든 얼마가 남느냐 보다도 얼마나 힘이 드느냐를 먼저 생각하는 버릇이 있는데, 아내는 아직도 나의 이 '역경주의(力耕主義)'에는 그리 신뢰를 두지 않고 있는 모양이다"라는 글을 남긴 바 있다. 이에 대해서는 「토끼」, 『김수영 산문』, p.78을 참조.

적' 관계를 구축하는 것이었다.[4] 이러한 개화기 지식인들의 성격에 대해서는 이미 '고아 의식'[5]이라는 규정이 일반화되어 있다. 프로이트 적 의미의 '고아 의식'은 "자신이 낮게 평가하게 된 부모로부터 벗어나 자유로워지기 위해 사회적 지위가 높은 사람들이 진짜 자기 부모라고 상상"[6]할 때 발생한다. 프로이트는 이러한 아이의 상상을 '가족 로망 스'[7]로 명명하였는데, 마르크 로베르는 이를 좀 더 세분화해 이론화하 였다. 로베르에 따르면 어린아이에게는 의식적이고, 정상적인 어른들 에게는 무의식적이며, 신경증 환자에게는 집요하게 나타나는 가족 로 망스는 업둥이의 방식과 사생아의 방식으로 나타난다. 업둥이는 자기 의 부모가 절대적인 능력의 소유자가 아니라 보잘것없는 평민이라는 것을 알고 그들을 진짜 부모로 생각하지 않게 되면서 자신의 진짜 부모는 왕족으로서 언젠가는 자신의 신분을 회복할 수 있으리라고 이야기를 꾸민다. 반면 사생아는 아버지와 어머니 사이에 성적 차이가

---

4) 권명아, 『가족이야기는 어떻게 만들어 지는가』(책세상, 2000), p.22.
5) 이에 대해서는 김윤식, 『이광수와 그의 시대(전3권)』(한길사, 1986)을 참조.
6) 지크문트 프로이트, 김정일 역, 「가족 로맨스」, 『성욕에 관한 세편의 에세이』(열 린책들, 1996), p.59.
7) 프로이트의 '가족 로망스'를 문학 논의에 적극적으로 끌어온 대표적 이론가는 헤럴드 블룸이다. 그는 프로이트의 '가족 로망스'를 선배시인과 후배시인의 영향 관계를 밝히는 데 적용하였다. 그에 따르면, 시는 '주체'에 관한 것도 아니고 '시 자체'에 관한 것도 아닌, 다른 시에 대한 반응이다. 그는 이러한 전제를 바탕으로 시의 기원과 발전에 관한 6단계의 심리학을 제시하였다. 이를 간단히 제시하면 다음과 같다. 후배시인은 선배시인의 힘에 사로잡히고(선택), 선후배 의 두 시적 비전간의 합의(계약)가 발생하며, 그에 대립적인 영감의 선택이 뒤따르고(경쟁), 마침내 해방된 젊은 시인이 자신의 참된 모습으로 나타난다(육 화). 이는 후배의 선배에 대한 재평가(해석)이자, 새로운 재창조(수정)이다. 이에 대해서는 해럴드 블룸, 윤호병 역, 『시적 영향에 대한 불안』(고려원, 1983), pp.20~25를 참조.

있다는 것을 깨닫고 어머니는 진짜 어머니지만 아버지는 현재의 아버지가 아니라고 생각하여 아버지를 부인하게 된다.8)

다시 로베르에 따르면 소설 쓰기에는 오직 이 두 방식이 있을 뿐인데, 세계와 저돌적으로 싸우면서 그 세계를 뒷받침해주는 사실주의를 따르는 '사생아'의 방식이 그 하나이고, 경험이나 싸우기 위한 수단이 결여되어 있어서 도피하거나 거부함으로써 세계와의 대면을 회피하는 '업둥이'의 방식이 그 다른 하나이다.9) 그가 근대 소설의 기원을 추적하면서 도출한 이러한 소설 쓰기의 두 양식은 김수영 시에 나타나는 아비 부정과 전통 거부의 양상, 그리고 이후에 그가 전통을 수용하는 맥락을 조망할 수 있는 시야를 제공한다. 동시대 모더니스트들 대부분이 '업둥이의 방식'으로 작품 활동을 전개한 반면 김수영은 '사생아의 방식'을 견지했기 때문이다.

한국 전쟁 이후에 전개된 문학적 상황에 대해, 구상은 '초토의 시'로, 고은은 '폐허의 문학'으로, 이어령은 '화전민의 문학'으로, 고석규는 '여백의 사상'으로 각각 명명한 바 있다. 이와 같은 명명에는 당대 문인들의 절대적 상실감과 새로운 사명감이 복합적으로 반영되어 있었다. 모든 것이 파괴된 상황에서 새롭게 출발해야 한다는 의식이 앞의 명명들을 가능하게 했고, 새로운 고아들의 출현10)을 가능하게 했다. 새로운

---

8) 마르트 로베르, 김치수·이윤옥 공역, 『기원의 소설, 소설의 기원』(문학과지성사, 1999), p.39.

9) 같은 책, pp.38~39.

10) 이 새로운 고아들은 등단 방식마저 '제멋대로'였다. 이동하에 따르면, "해방 후의 혼란과 격동 속에서 문단은 아직까지 질서를 찾지 못하고 있었으며 따라서 신인의 등장에도 일정한 기준이 없고 제멋대로였다. 신춘문예제도나 잡지의 추천제도는 아직 부활하지 않고 있었으므로 그냥 작품을 써서 동인지를

고아들 중에서도 자신들을 '후반기'로 명명한 일군의 모더니스트들의 활동이 집단적이고 의식적이었던 만큼 가장 소란스럽고 요란했다.

김수영 역시 '후반기'로 대표되는 50년대 모더니즘 운동의 연장선[11]에 놓여 있었다고 평가할 수 있겠지만, 김수영이 박인환과 김경린이 주도한 후기 모더니즘 운동[12]에 참여한 시기는 한국 전쟁 이전 시기에 한정된다는 점을 놓쳐서는 안 된다. 김수영은 이 잠깐 동안의 동행기同行期를 제외하고는 아니 그 동행기조차도 온전히 그들과 행보를 같이하지 않았다(혹은 못했다).

이 시기에 김수영은 「아메리카 타임誌」와 「孔子의 生活難」두 편을 사화집 『새로운 도시와 시민들의 합창』에 발표하였다. 훗날 김수영은 이 두 작품에 대해 "사화집에 수록하기 위해서 갑작스럽게 粗製濫造한 히야까시같은 작품"이라는 혹평과 함께 "그 후 나의 마음의 작품 목록으로부터 깨끗이 지워버렸다"[13]는 고백을 남겼다. 당대 모더니스트들에 대한 김수영의 반감은, 다른 글이나 시에서는 비교적 긍정적으

<hr>

만들거나 안면을 이용하여 신문·잡지에 내면 그것으로 문인이 되는 것이었다." 이에 대해서는 이동하, 「박인환 평전」, 이동하 편, 『박인환』(문학세계사, 1993), p.24를 참조.

11) '후반기'의 정확한 멤버 구성에 대해서는 논자마다 약간의 의견 차를 보이고 있다.

12) 일반적으로 문학사는 1930년대 출현한 정지용, 김기림, 이상, 김광균 등의 모더니즘을 전기 모더니즘(1차 모더니즘)으로, 1950년대 출현한 박인환, 김경린, 조향, 김규동 등의 모더니즘을 후기 모더니즘(2차 모더니즘)으로 각각 명명하고 있다.

13) 김수영은 1959년에 간행한 자신의 첫 시집 『달나라의 장난』에도 이 두 편의 시를 넣지 않았다. 이는 자신의 시적 출발을 강하게 부정하는 것이라 할 수 있다. 이를 통해 김수영이 당대 모더니스트들에 대해 갖고 있었던 반감과 적의의 강도를 추정해볼 수 있다.

로 언급되고 있는 김병욱에게조차도 "愛憎同時倂發症"에 걸리게 할 정도로 큰 것이었다. 당시 김수영이 느꼈던 복잡한 심경은 (김병욱을) "신용하면서도 경멸했기 때문에 앞서 말한 것과 같이 「아메리카 타임지」를 통해서 반격 내지는 배반을 하게 되었던 것이다"는 표현에 잘 드러나 있다. 「아메리카 타임誌」와 「孔子의 生活難」이 비록 "갑작스럽게 粗製濫造한 히야까시같은 작품"이긴 했지만, 김수영은 이 두 작품을 통해 당대 모더니스트들을 향한 "반격 내지 배반"을 준비하고 있었던 셈이다.

문학사적 관점에서 본다면, '후반기' 동인은 "모더니즘 운동의 맥락을 30년대에서 40년대를 거쳐 50년대로 이월시키는 교량 구실을 했다"[14]는 긍정적인 평가가 가능하지만, 문학적 성과라는 관점에서 본다면, "현실의 저항선을 넘어 신영토를 개척"하겠다는 그들의 선언은 구호 차원을 넘어서지 못했다. 이점을 1950년대 후반기 동인의 실질적인 리더였던 김경린의 글과 1930년대 모더니즘의 기수였던 김기림의 글을 검토하면서 해명해 보도록 한다.

①

우리의 많은 선배들도 자기스스로가 <모-던이스트>임을 자처했고, 또한 <아방·갈트>임을 자랑하였으나 그들은 너무나 강한 현실의 저항선을 넘어 신영토를 개척하지 못하였기에 시의 국제적인 발전의 <코-스>와는 정반대의 방향에 기우러져가고 말았든 것이다. 그러나 물리적 화학적 그리고 정신적 등의 세계가 끝임없이 확대되어

---

14) 한수영, 「1950년대 한국 문예비평론 연구」(연세대 박사논문, 1995), p.154.

가듯이 시의 세계도 하나의 역사적인 <코 - 스>를 향하여 발전하여
가고 있는 것이 엄연한 사실이다. 비록 지낸날의 과오를 버리고 실재
주의적인 경향으로 나아가고 있다하여서 이를 가르쳐 <시의 귀향>
이라고 불으며 안심하기에는 너무나 많은 미해결의 문제가 산재하여
있지 않는가. 시는 결국에 있어서 전진하는 사고인 것이다.[15]

②

그러나 「모더니즘」은 30년대의 중쯤에 와서 한 위기에 다닥쳤다.//
그것은 안으로는 「모더니즘」의 말의 重視가 이윽고 그 말류의 손으
로 언어의 말초화로 타락되어가는 경향이 어느새 발현되었고, 밖으로
는 명랑한 전망 아래 감수하던 오늘의 문명이 점점 심각하게 어두워
가고 이지러가는 데 대한 그들의 시적 태도의 재정비를 필요로 함에
이른 때문이다.//이에 시를 기교주의적 말초화에서 다시 끌어내고
또 문명에 대한 시적 감수에서 비판에로 태도를 바로잡아야 했다.
그래서 사회성과 역사성을 이미 발견된 말의 가치를 통해서 형상화하
는 일이다. 이에 말은 사회성과 역사성에 의하여 더욱 함축이 깊어지
고 넓어지고 다양해져서 정서의 진동은 더욱 강해야 했다.[16]

인용한 ①과 ②는 각각 김경린이 1949년 『새로운 도시와 시민들
의 합창』에 발표한 「매혹의 연대」라는 글과 김기림이 1939년 ≪인문
평론≫에 발표한 「모더니즘의 역사적 위치」라는 글이다. 정확히 10년
의 터울을 두고 발표된 두 글은 당대의 문학적 상황을 위기로 판단하고

---

15) 김경린, 「매혹의 연대」, 『새로운 도시와 시민들의 합창』(도시문화사, 1949),
p.11.
16) 김기림, 「모더니즘의 역사적 위치」, 『김기림 전집2 시론』(심설당, 1988), p.57.

있다는 점에서는 동일하지만, 그 위기를 극복할 수 있는 대안을 모색하
는 점에서는 상당한 차이를 보이고 있다. 김경린이 '모더니즘'을 새로
운 출발을 위한 강령으로 새롭게 정초하려는 야심을 드러내고 있는
반면, 김기림은 '모더니즘'의 한계를 직시하고 역사성과 사회성의 도입
을 그 위기 극복의 방책으로 제시하고 있기 때문이다.

인용한 ②는 「모더니즘의 역사적 위치」의 일부인데, 이 글은 모더니
즘의 발생 동기와 전개 과정을 역사적 맥락에서 검토하고 있는 글이다.
그는 한국현대시가 모더니즘을 토대로 질적 도약을 이룩할 수 있었다
고 긍정적으로 평가한다. 즉 낭만주의가 감상주의^{感傷主義}로 전락하고,
경향파 시들이 내용주의^{內容主義}로 기울자, 모더니즘이 감상주의와 내용
주의를 극복할 수 있는 대안이 될 수 있었다는 것이다. 그러나 이러한
모더니즘의 순기능은 30년대 중반에 이르러 커다란 위기에 봉착한다.
김기림에 따르면 그 이유는 모더니즘이 발생 초기의 참신성을 잃고
기교주의적 말초화로 전락했기 때문이다. 그는 기교주의적 말초화에
서 시를 구제하는 방책을 "역사성과 사회성을 이미 발견된 말의 가치
를 통해서 형상화하는 일"에서 찾았고, 그것이 "그 전대의 경향파와
모더니즘'의 종합"[17]으로 가능하다고 보았다.

잘 알려져 있는 것처럼, 「모더니즘의 역사적 위치」는 김기림이 임화
와 박용철과 벌인 소위 '기교주의 논쟁'을 딛고 서 있는 글이다. '기교주
의 논쟁'은 한국 문학사에서 시에 대한 입장 차이가 명확하게 드러난
최초의 본격적인 논쟁이라 할 수 있다. 당시 논쟁에 참여했던 김기림,

---

17) 같은 곳.

임화, 박용철은 이 논쟁을 통해 자신들의 시에 대한 관점과 이론을 체계화하게 되는데, 이렇게 정립된 이들의 시론은 소위 모더니즘 시론, 리얼리즘 시론, 유미주의 시론으로 정립되어, 현대시론의 큰 물줄기를 형성하게 되었다.18)

　'기교주의 논쟁' 이후 김기림은 뿌리 깊은 반낭만주의적 태도에서 벗어나 고전주의와 낭만주의를 "단순히 문예 사조상의 반대개념일 뿐이 아니고 예술가의 마음속에서도 이 두 가지의 정신은 끊임없는 투쟁을 계속하고 있다. 우리는 이 로맨티시즘이라는 말 대신에 휴매니즘이라는 말을 바꾸어 넣어도 좋다"19)라고 평가하게 된다. 이를 다시 표현한다면, "인간성에 대한 비인간적인 지성의 대립"20)이다. 김기림의 이러한 태도는 초기 시론부터 그가 일관되게 주장하던 반反낭만주의와는 다른 태도를 보여주고 있다는 점에서 주목을 요한다. 그는 고전주의와 낭만주의를 극지極地로만 생각하던 태도를 버리고, '중간지대'中間地帶를 생각할 것을 권고하기까지 한다. 김기림은 그 이유를 '예술은 육체의 참가'이기 때문이라고 설명한다. 다시 말해 "휴매니즘의 조력에 의하여 비로소 생명성을 획득한다는 것은 어떠한 고전주의자도 부정할 수 없"으며, "로맨티시즘은 질서 속에 조직됨으로써 고전주의에 접근해 가고 고전주의는 또한 그 속에 육체의 소리를 끌어들임으로써 로맨티시즘에 가까워 간다. 이 두 선이 연결되는 그 일점에서 위대한 예술은 탄생되는 것"21)이기 때문이다.

---

18) 오형엽, 『한국근대시와 시론의 구조적 연구』(태학사, 1999), p.65.
19) 김기림, 「오전의 시론」, 『김기림 전집 2』(심설당, 1988), p.163.
20) 같은 곳.
21) 같은 곳.

물론 김기림의 이러한 낭만주의와 고전주의에 대한 재평가가 이분법적인 도식 위에서 전개되고 있다는 것은 확실하다. 그럼에도 불구하고 우리가 주목할 만한 사실은, 이러한 낭만주의와 고전주의에 대한 재평가를 토대로 김기림이 시의 객관적 존재를 중시하는 절대주의적 관점에서 시의 현실 반영을 중시하는 반영론적 관점으로 시야를 확대하는 태도를 보여주고 있다는 점이다.[22] 이러한 태도는 "시의 기술의 진전은 시적 정신과 또 시의 실천과 병진竝進하는 것이다"[23]라는 지적에도 드러나 있다. 그것은 일종의 '종합의 세계'인 바, "시의 원천으로서의 인간정신의 문제" 위에서 "사상과 기술의 완전한 통일 조화의 세계로서의 새로운 시적 가치를 획득하려는 것"[24]이다.

이러한 인식의 연장선상에서 김기림은 「새 인간성과 비평정신」에서 새로운 휴머니즘을 제창하게 된다. 그 새로운 휴머니즘은 '공상적 낭만주의'와 '20세기적인 리얼리즘의 연옥'을 졸업한 "심오한 인간성을 집단을 통해 실현할 것을 목적"으로 하는 것이다. 이러한 주장을 염두에 둘 때, 김기림이 주장한 낭만주의와 고전주의는 '인간성'과 '지성' 그리

---

22) 김기림은 많은 논자들의 평가와는 달리 초기 시론부터 '현실 중시의 시관'을 일관되게 유지했다. 다만 김기림의 강조점이 초기 시론에서는 시 자체에 놓여 있었고, 후기 시론에서는 현실 자체에 놓여 있었다는 상대적인 차이점이 있을 뿐이다. 김기림 초기 시론의 '현실 중시의 시관'에 대해서는 오형엽, 「한국 근대시론의 구조적 연구」, 『한국 근대시와 시론의 구조적 연구』(태학사, 1999), pp.91~131고 참조. 이와 관련해서 김기림이 자신의 '문학적 정당성'을 확보하기 위해서는, 1920년대 문단을 풍미하던 낭만시와 경향시를 동시에 극복해야 했다는 사실도 고려해야 할 것이다. 김기림에 의해 '감정의 과잉'이라는 표현을 얻은 낭만시와 경향시를 동시에 극복하고 차별화하기 위해서, 김기림이 전략적으로 '지성'을 강조했다고 볼 수 있기 때문이다.
23) 김기림, 「속 오전의 시론」, 앞의 책, p.190.
24) 같은 책, p.189.

고 '현실'이 통합된 이상적인 시의 상태를 의미한다고 할 수 있을 것이다. 김기림이 '지성'에 대한 집착에서 벗어나, '인간성'과 '현실'을 적극적으로 인식하기 시작했다는 것은 그가 임화의 반론을 부분적으로 받아들이고 있는 데서도 발견된다.

그는 자신의 「기교주의의 반성과 발전」에 프로문학의 위상이 빠져 있다는 임화의 지적(「曇天下의 詩壇 1年」)을 타당하다고 인정한다.25) 그러나 김기림은 프로문학이 내용과 기교를 통일한 전체주의 시를 완성했다는 임화의 주장에 대해서는 다음과 같은 반론을 제시하고 있다.

> 1930년대 직전의 프로시는 암만해도 내용편중의 오류에 빠져든 것 같고 그것이 기교를 의식하고 내용과 기교를 통일한 한 전체로서의 시에 도달하는 것은 오히려 금후의 과제가 아닌가 생각된다. 나는 물론 右로부터 기울어지는 전체성의 선을 그려보았다. 경향시가 만약에 금후 전체성의 선을 좇아서 발전을 꾀한다고 하면 그것은 左로부터의 선일 것이다. 이 두 선이 어떠한 지점에서 서로 만날까, 反撥할까는 그 뒤의 과제다.26)

---

25) 이러한 김기림의 태도를 한 연구자는 김기림이 프로문학이 갖는 반파시즘적 성격과 대항력을 인정하고, 연대적 실천과 문학적 공동과제를 모색하고 있다고 평가하고 있다. 이러한 평가는 해방 후 김기림의 시적 변모를 어느 정도 설명할 수 있는 가능성을 제공한다는 장점이 있으나, 김기림 텍스트에서 나타난 반파시즘적 성격을 구체적으로 밝혀내기가 힘들다는 난점이 있다. 김기림 문학의 반파시즘적 성격에 대해서는 진영복, 「반파시즘 운동과 모더니즘」, 상허문학회 편, 『근대문학과 구인회』(깊은샘, 1996)를 참조.
26) 김기림 「시와 현실」, 앞의 책, p.102.

　기교주의에 대한 비판의 연장선상에서 행해지고 있는 위의 발언은, 현실 비판과 인간 옹호를 주장하는 행동주의 문학에 대한 관심을 배경으로 전개되고 있다. 특히 파리작가회의는 자신의 관점을 정당화하는 계기로 작용했다. 그러나 위의 발언에서도 경향시의 내용주의에 대한 김기림의 비판은 여전히 지속되고 있다. 그것은 형식에 대한 정당한 고려 없이 행해지는 내용 중심주의에 대해서나 기교만을 앞세우고 '시대정신'을 외면하는 기교주의에 대해서 그가 여전히 비판적 인식을 유지하고 있음을 보여준다.

　김기림이 모더니즘의 한계를 극복하기 위해 '역사성'과 '사회성'을 도입할 것을 주장한 반면, 김경린은 '역사성'과 '사회성'의 도입을 선배 모더니스트들의 한계로 지적한다. 김경린은 선배 모더니스트들의 한계를 "강한 현실의 저항선을 넘어 신영토를 개척하지 못하였기에 시의 국제적인 발전의 코-스와는 정반대의 방향에 기우러져 가고 말았든 것"에서 찾고 있다. 선배 모더니스트들의 실패는 그들이 모더니즘을 버리고 리얼리즘에 귀향한 것에 불과하다는 것이 김경린의 판단인 셈이다. 이러한 김경린의 판단은 몰역사적인 독단론에 빠져 있다. 비록 김기림이 주장한 '전체시론'이 '애매한 절충주의'에서 벗어나 독자적인 시론으로 정립되진 못했지만, 김기림이 주장한 '인간성'과 '지성' 그리고 '현실'이 통합된 시의 이상理想은 그 자체로 충분한 역사적 의의와 가치를 갖고 있기 때문이다.

　김경린은 1930년대 모더니스트들의 정치 지향성의 의미를 해방 공간이라는 역사적 맥락 속에서 성찰하지 못했다. 앞서 인용한 ①에서 김경린은 김기림을 위시해 좌경화한 1930대 모더니스트들의 행보를

'국제적인 코 - 스'에 역행하는 것으로 속단하고 있다. "시는 종국에
있어서 전진하는 사고"라는 강렬하고 매혹적인 수사에도 불구하고 이
후에 전개된 김경린의 시론은 이를 뒷받침할만한 구체적 성과를 보여
지 못했다. 그는 자신의 시론에서 매번 '시대감각', '시대정신', '생활'을
강조했지만, 그것이 정확히 무엇을 의미하는지, 그리고 어떻게 시로
이행될 수 있는지에 대해서는 충분히 밝히지 못했다. 그가 시론에서
제시한 것은 고작 '언어의 기능 확대'와 '이미지의 중시'[27]라는 원론적
이며 형식적인 처방에 불과했다. 이러한 사정은 후반기 동인들 중에서
유일하게 시론집(『새로운 시론』(산호장, 1959(단기4292))을 낸 김규동
에게서도 동일하게 발견된다.

　　김경린과 김규동[28]이 현대시를 판명하는 거의 유일하고도 절대적인
기준은 에즈라 파운드가 제시한 멜로포에이아[Melopoeia], 패노포에이아
[Phanopoeia], 로고포에이아[Logopoeia]의 도식이다. 잘 알려져 있듯이, 에즈라
파운드는 자신의 저서 『How to Read』(1931)[29]에서 언어의 세 가지
기능을 중심으로 시의 종류를 분류하였다. 멜로포에이아(운율적 요소
의 음악화), 패노포에이아(감각적 요소의 영상화), 로고포에이아(논리

---

27) 이광수, 「1950년대 모더니즘 시 연구」(고려대 박사논문, 1995), p.33.
28) 김경린과 김규동의 '후반기' 동인 활동 그리고 이후에 이들이 전개한 시작
　　활동에 대해서는 당사자들의 증언이 유용한 정보를 제공한다. 김경린이 자신
　　의 '후반기' 활동에 대해 자부심을 느끼고 있는데 비해, 김규동은 약간은 회의
　　적으로 평가하고 있다. 이에 대해서는 김경린 · 한수영 대담, 「현대성의 경험
　　과 모더니즘」, 강진호 · 이상갑 · 채호석 편, 『증언으로서의 문학사』(깊은샘,
　　2003), pp.19~49와 김규동 · 이재무 대담, 「사랑하지 않으면 다 죽습니다」,
　　≪계간 시작≫(2004, 봄호), pp.18~46을 참조.
29) 파운드의 이 책은 1987년에 한국어로 번역되었다. 이후의 논의는 에즈라 파운
　　드, 이덕형 역, 『시를 어떻게 읽을 것인가』(문예출판사, 1987)를 따름.

적 요소의 영상화)가 바로 그것이다. 그의 이러한 시 분류법은 그가
파악한 현대시의 성격과 관련되어 있는데, 그에 의하면 현대시는 음악
성^{音樂性}의 탈피와 영상성^{映像性}의 추구로 정의 된다. 이렇게 정의된 세
종류의 시중에서 멜로포에이아는 근대 이전의 시에 해당하고, 패노포
에이아와 로고포에이아는 근대 이후의 시에 해당한다. 그래서 현대시
는 과거의 노래하는 시에서 읽는 시로 변화하게 된다.

 파운드는 현대시에 해당하는 패노포에이아와 로고포에이아에도 각
각 질적 차이를 부여하였는데, 그는 패노포에이아를 감각적이고 평면
적인 시각성으로. 로고포에이아를 논리적이고 기하학적인 시각성으로
각각 차별화 했다. 파운드는 전자의 감각적 심상이 아닌 후자의 논리적
심상을 현대시가 추구해야 할 심상으로 제시하였다. 파운드의 이러한
현대시에 대한 논의는 김경린과 김규동에 의해 거의 절대적인 것으로
수용되고 있다. 아래의 예문이 이를 방증한다.

 從來에 있어서의 <이메지>란 다만 어떠한 事物을 言語가
 가지는 音樂性에 依하야 記述함으로써 足하였으나, 現代에 이르
 러서의 複雜한 經驗의 體得은 이러한 音樂性이 갖는바 單純한
 魅力으로서는 充分히 現象化할 수 없게끔 되었기 때문에 言語의
 視覺的인 面을 通한 造形性에 關心을 表示하게 된 것은 지극히
 자연스러운 變化가 아닐 수 없다. 이러한 움직임은 二十世紀를
 前後하여서 出發한 現代詩의 모든 流派 <플마리즘>, <다다이
 즘>, <이마지즘>, <슐·레알리즘> 等의 詩들이 서로서로가 相
 違한 主張을 갖고 있으면서도 그의 <이메지>에 있어서는 共
 通된 繪畵的인 造形性에 의한 魅力에 中心을 두려고 努力하여

왔다는 事實을 보아도 可히 그의 重要性을 認識할 수 있는 것이다.
<이마지스트>로 有名한 <에즈라·파운드>는 그의 詩論
(How to Read)에서 詩的인 美의 歷史的인 變化의 過程을
Melopoeia, Phanopoeia, Logopoeia의 세 가지로 分類하여 考察한바
있음은 매우 유명한 사실이거니와 Melopoeia란 主로 音樂性에 重
點을 둔 詩이고, Phanopoeia는 視覺的인 心象의 詩, 그리고
Logopoeia는 理論的인 詩를 말함이라고 한다. 이것을 다시금 詩史
的인 見地에서 본다면 Melopoeia는 <심볼리즘>을 絶頂으로 한
그 以前의 詩들이오, Phanopoeia와 Logopoeia는 <다다이즘>을 起
點으로 하여 現代에 이르는 詩들이라고 할 수 있는 바로서 詩의
對象의 世界로 본다면 Melopoeia의 詩는 自然的인 抒情을 中心
으로 한 詩들이오 Phanopoeia와 Logopoeia의 詩는 主知的이며 理
論的인 詩의 世界들이라고 할 수 있는 것이다.30)

저 有名한 비평가「에즈라·파운드」의 分類에 의할 것 같으면
詩의 種類는 다음의 세 가지였다.
1. Melopoeia - Melos 노래하는 詩. 여기서는 言語는 그 평범한
意味를 超越하여 音樂的資産으로써 채워진다. 節에 맞춰서 노래
를 부르는 것처럼 지어진 것이거나 朗讀할 수 있게끔 지어진 것,
또는 흡사 이야기(說話)처럼 지어진 것.
2. Phanopoeia - Phanoros는 視覺的인 想像 위에「이메지」를 彫
刻하는 것, 이 種類의 시는「이메지」만 전하면 되는 것이기 때문에
거의 전부 飜譯할 수 있다. 詩人에게 있어서 音樂的인 詩의 境遇
와는 반대로 완전한 言語의 驅使를 필요로 하며 描寫的 繪畫的

---

30) 김경린,「현대시의 이메이지와 메타포어」, ≪자유문학≫(1957, 6월호), p.147.

彫刻的인 「스타일」이 될 것이다.

　3. Logopoeia - Logos는 言語와 言語 사이의 理知의 舞踏. 즉 言語를 그것의 直接的인 意味 때문에 쓰는 것이 아니고, 言語의 慣習的 使用, 言語 속에서 발견한 文脈, 日常 그 相互連結 그것의 旣知의 承認과 및 反對的 使用의 Unique한 方法을 考慮한다.

　音樂을 高調함을 자랑으로 삼았던 詩는 1.즉 「멜로포이아」의 境遇다. 이 詩의 殘滓는 우리들의 詩 속의 會話로서 남아있을 뿐이고 二十世紀가 要望하는 詩는 바로 2와 3의 詩였던 것이다.

　「파운드」는 勿論 1보다는 2에, 2보다는 3에, 더 높은 詩的價値를 賦與하는 詩論家의 한 사람이다.31)

　두 인용문에서 김경린과 김규동이 에즈라 파운드를 수용하는 태도는 그들이 에즈라 파운드를 소개하면서 사용한 '有名'이라는 말("이마지스트로 有名한 에즈라 · 파운드"(김경린), "저 有名한 批評家 에즈라 · 파운드"(김규동))에 거의 전부가 드러나 있다. 이는 에즈라 파운드라는 유력한 시인이자 비평가의 권위에 의지해 우리시의 낙후성을 비판하고 자신들의 선진성을 과시하려는 것이다. 이러한 이들의 태도가 시인 고은으로 하여금 김경린과 박인환 등의 후반기 모더니스트들을 "해외문학파보다 더 저질"이라고 폄하한 원인이 된 것이다. 김현의 표현을 빌리자면 후반기 모더니스트들의 문학 활동은 '새것 콤플렉스' 그 이상도 이하도 아니었다. 이와 관련해서는 소설가 김연수가 박인환과 김수영의 차이를 지적하고 있는 아래의 글이 좋은 참조가 된다.

---

31) 김규동, 「시의 음악성」, 『새로운 시론』(산호장, 1959(단기4292)), pp.14~15.

예컨대 「사르트르의 실존주의」에 나오는 "근착의 뉴욕타임즈 매거진은 '실존주의자 햄릿'이라는 題 아래……"라거나 "금년 5월 10일의 『라이프』지가 소개하고 있는 비엔나 출생의 화가 헨리 코르너……", 혹은 「아메리카의 영화 시론」에 나오는 "이 글은 어떤 아메리카 문학사를 『런던타임즈』의 문학주보가 비평한 것이다"라는 것들이 그것이다. 이 구절들에 나오는 '근착의 뉴욕타임즈 매거진', '금년 5월 10일의 『라이프』지', '『런던타임즈』의 문학주보' 등은 국경을 넘어온 것들이다. 거기가 바로 고은이 "해외문학파보다도 더 저질"이라고 폄하했던 박인환 등 후반기 문학의 원류였다.[32]

하지만 김수영에게는 "근착의 뉴욕타임즈 매거진"이라든가 "금년 5월 10일의 『라이프』지" 같은 구절이 보이지 않는다. 이게 바로 김수영과 박인환의 차이점이다. 대신에 김수영에게는 이런 구절이 보인다. "『엔카운터』지가 도착한 지가 벌써 일주일도 넘었을 터인데 이놈의 잡지가 아직도 봉투 속에 담긴 채로 책상 위에서 뒹굴고 있다."[33]

김연수가 비교하고 있는 박인환의 글과 김수영의 글은 그 씌어진 시점이 현저히 다르다는 점에서 이의를 제기할 수 있다. 박인환의 글이 1948년에 씌어진 반면, 김수영의 글은 1961년에 씌어졌기 때문이다. 김연수도 이점을 의식해서인지, "「아메리카 타임誌」를 쓸 때 김수영은 박인환과 크게 다르지 않았다"고 쓰고 있다. 하지만 「아메리카 타임

32) 김연수, 「암흑 속에서 오들오들 떨면서 국경을 넘는 일」, ≪한국문학≫(2005, 봄호), pp.207~208.
33) 같은 책, pp.212~213.

誌」를 쓸 당시에도 김수영은 박인환과 크게는 아니지만 달랐다.34) 비록 그 차이가 60년대 이후에 발표된 김수영의 산문이나 시에서처럼 명시적인 표현을 얻고 있는 것은 아니지만, 「아메리카 타임誌」에도 김연수가 지적한 근대에 대한 '균형 감각'35)이 어느 정도 작동하고 있었다고 보아야 한다.

이러한 김수영의 '균형 감각'은 다음 장에서 살펴볼 산문과 시론에서 명시적이고도 적확한 표현을 얻게 된다. 김수영은 김경린을 위시한 당대의 모더니스트들처럼 모더니즘을 언어나 형식 차원의 새로움으로만 받아들이지 않았다. 이러한 태도는 「孔子의 生活亂」에서는 '반란성'叛亂性이라는 막연한 표현을 얻고 있으나, 후기에는 '불온성'不穩性이라는 명확한 표현을 얻고 있다. 김수영의 진정한 새로움은 그가 새로움을 불온성을 포함한 새로움으로 이해하고 실천했다는 데 있다. 김수영은 새로움을 불온성과 결합하여 사유하고 실천함으로써 당대 모더니스트들과의 경쟁에서 살아남아 이후에도 지속적으로 당대 문학에 개입하는 영광을 누릴 수 있었다.36)

---

34) 한기는 박인환과 김수영의 관계를 '문학사적 짝패'로 규정하고 둘 사이의 심리적 갈등과 길항을 세밀하게 추적하였다. 그에 따르면, "한때 절친한 친구 사이였던 두 사람이 문학사적 라이벌로서의 '짝패'가 되어 결과적으로 한국현대시를 이끈 두 바퀴로 기능하였다." 이에 대해서는 한기, 「박인환과 김수영, 혹은 문학사적 짝패의 초기 동행여정」, 김명인 편, 『살아있는 김수영』(창비사, 2005), p.305를 참조.

35) 이에 대한 상세한 분석은 김수영 초기 텍스트에 나타난 '바로 보기'의 의미를 해명하는 4-1에서 자세히 이루어질 것이므로 여기서는 간단히 지적하는 것으로 대신하기로 한다.

36) 김수영의 전위성과 결합된 '새로움'에 대해서는 장석원과 이성혁의 연구가 주목된다. 두 연구자 모두 김수영의 전위성을 부각시켰지만, 장석원의 경우에는 "김수영의 난해와 전위와 부정이라는 세 요소는 '새로움'이라는 궁극적

가치로 수렴된다"고 보았고, 이성혁은 "보수적 현실에 자유를 요구하고 현실 속에서 혁명과 사랑을 완성시키려는 '불온함'을 낳는다"고 보았다. 다시 말해, 전자가 '새로움'을 상대적으로 더 강조했다면, 후자는 '불온성'을 상대적으로 강조했다. 두 논자의 논의에 대해서는 장석원, 「김수영의 새로움 연구 - 전위 의식과 부정의식을 중심으로」, ≪현대시학연구≫(2003, 8호)와 이성혁, 「시의 모더니티 추구와 그 정치화 - 김수영 시론의 아방가르드적 성격에 관한 고찰」, ≪한국시학연구≫(2004, 11호)를 참조.

• • • **3**

'번역된 근대'와
'고안된 전통'의 극복

  김수영은 서정주를 체질적으로 싫어했다. 고은에 따르면 그 이유는 세 가지였는데, "하나는 그 토속성이 견딜 수 없다는 것, 둘은 그의 늘어지는 서정성이었고, 셋은 그의 반동성이 역겹다는 것"[1]이었다. 김수영이 서정주를 이런 식으로 비판했으리라는 개연성은 충분하지만, 정작 김수영은 서정주를 직접적으로 비판하는 글을 남기지는 않았다. 우리가 확인할 수 있는 표현은 현대와 진정으로 대결하지 않는 모더니즘 시인들을 비판하기 위해 사용한 '현대성에의 도피'[2] 정도의 의미를

---

1) 고은, 「미당 담론」, ≪창작과 비평≫(2001, 여름호), p.290.
2) 김수영은 신진시인들의 시를 검토하면서, "시의 내용이 도무지 한국의 현실 같지가 않다"고 비판한다. 이러한 비판 이후에 '현대성에의 도피'라는 표현이 등장한다. 김수영의 표현을 직접 인용하면 다음과 같다. "이것이 한국의 현실이라고 볼 수 있는가? 어릿광대의 유희도 분수가 있다. 이러한 시대착오는 단적으로 말해서 '신라에의 도피'나 '순수에의 도피'와 유를 같이하는, '현대성에의 도피'라고 볼 수밖에 없다." 이에 대해서는 「현대성에의 도피」, 『김수영 산문』, pp.530~531을 참조.

갖는 '신라에의 도피'[3]라는 완곡한 표현뿐이다. 결국 김수영에게 서정주는 진정으로 대결하고 극복해야할 '강한 시인'은 아니었던 셈이다. 고은이 적절하게 표현하고 있듯이, 김수영은 서정주를 논리적으로 싫어한 것이 아니라 체질적으로 싫어한 것이고, 사정은 서정주도 비슷했을 것이다. 이러한 상호간의 체질적 혐오는 다양한 수준에서 분석이 가능할 터이지만, 일차적으로는 근대에 대한 인식과 태도 차이에서 비롯된 것으로 보인다.

우리에게 '근대'는 '번역된 근대'translated modernity로부터 출발했다.[4] 그 '번역된 근대'는 개화기에 들어온 다른 많은 번역어와 마찬가지로 처음에는 현실적 규정력이 없는 형태적 의미만으로 존재해 오다가 시간이 흐르면서 시나브로 실체적 의미를 획득해 갔다. 비록 현실적 규정력이 없는 형태적 의미만으로 존재한 근대였지만, 당대인들의 근대에 대한 반응은 그야말로 강렬했다. 그 반응은 극단적인 거부에서 극단적인 추종에 이르는 다양한 스펙트럼을 보여주었지만, 정작 중요한 것은 이러한 당대인들의 반응이 '근대'라는 번역어에 좋다거나 나쁘다거나 하는 가치 개념을 만들어냈다는 점이다.

---

3) 김수영은 신동엽의 '고대에의 귀의'와 서정주의 '고대에의 귀의'를 비교하는 과정에서 '신라에의 도피'라는 용어를 쓰고 있다. 김수영의 언급은 다음과 같다. "'동학', '후고구려', '삼한' 같은 그의 고대에의 귀의는 예이츠의 '비잔티움'을 연상시키는 어떤 민족의 박명 같은 것을 암시한다. 그러면서도 서정주의 '신라에의 도피와는 전혀 다른 미래에의 비전과의 연관성을 제시해 주는 것이다." 이에 대해서는 「참여시의 정리」, 『김수영 산문』, p.395를 참조.

4) 황종연은 "문학이라는 역어의 동아시아적 일반화를 비롯한 번역, 번안, 전유와 그 밖의 '통언어적 실천'이 근대화 과정에 필수적인 절차"였음을 치밀하게 논증했다. 이에 대해서는 황종연, 「문학이라는 譯語」, 문학사와비평연구회 편, 『한국문학과 계몽담론』(새미, 1999), pp.9~12를 참조.

오늘날에도 이러한 사정은 별반 변하지 않았는데, "근대란 혼란이며 지옥이라는 의견 또는 근대란 '뭔가 매우 위대하다'고 하는 의견이 동시에 병존"[5]하고 있는 것이다. 따라서 특정 주체의 근대에 대한 인식과 태도를 분석해 보면, 주체의 이데올로기와 멘탈리티를 비교적 용이하게 추출할 수 있게 된다. 주체가 아무리 객관적인 태도를 취하려 해도 주체에게 각인된 근대에 대한 가치 판단은 지울 수 없는 흔적을 남기기 때문이다.

'전통'[6]은 "사회를 하나의 주어진 형태로 견지하는 관성의 힘"[7]을 갖는다. 쉴즈는 이러한 전통의 역할을 '전통의 규범성'으로 개념화하고 있는데, 이때 '전통의 규범성'은 사회의 갈등과 혼란을 극복하고 결속과 질서를 부여하는 '공동체의 재산'으로 의미화 된다.[8] 이렇듯 쉴즈로 대표되는 전통의 옹호자들은 전통의 가치와 역할을 전적으로 신뢰한다. 하지만 그 반대편에 전통의 가치와 역할을 의심하는 회의주의자들도 존재 한다.

에릭 홉스봄은 우리에게 낡은 것처럼 보이고 실제로 낡은 것이라고 주장되는 이른바 '전통'[traditions]이 실상 그 기원을 소급해 보면 극히 최근

---

5) 야나부 아키라, 서혜영 역, 『번역어 성립 사정』(일빛, 2003), p.55.
6) 류근조는 한국 현대시에 구현된 전통을 에릭슨의 아이덴티티 개념으로 고찰한 바 있다. 그는 소월과 만해 시에 구현된 전통을 '정서', '미의식', '사상성', '세계인 식', '표현과 형식'의 제 요소와 관련시켜 설득력 있게 규명했다. 이에 대해서는 류근조, 「韓國 詩文學 傳統의 代替槪念으로서 韓國的 아이덴티티」, ≪어문 논집≫(2005, 33집)을 참조.
7) 에드워드 쉴즈, 김병서·신현순 공역, 『전통』(민음사, 1992), p.40.
8) 쉴즈는 "전통이 계승되는 과정은 곧 전통의 선택"이라고 정의한다. 쉴즈는 재고와 재산의 비유를 들어 전통의 선택을 설명하고 있다. 이에 대해서는 같은 책, p.41을 참조.

의 것이거나 혹은 발명된 것9)임을 밝혀냈다. 홉스봄과 그의 동료들은
'전통의 창조'가 특별히 19세기 말과 20세기 초에 집중되었다는 사실에
주목했는데, '전통의 창조'가 국민국가 형성에 결정적으로 기여했음을
실증적으로 입증했다. '만들어진 전통'은 현재적 필요에 의해 조작된
것이지만, 조작된 기원은 곧바로 은폐되고, 마침내 역사적 사실로 등재
된다. 이렇게 '만들어진 전통'이 '국민 정체성'을 창출하고, 창출된 '국민
정체성'은 다시 국가주의를 강화하는 역할을 담당하게 된다는 것이다.

샤오메이 천은 '전통 담론'과 '서양 담론'을 좀 더 입체적으로 분석했
다. '옥시덴탈리즘'은 '서양에 의해 구성된 동양 담론'으로 정의되는 '오
리엔탈리즘'에 대응되는 개념인데, '동양에 의해 구성된 서양 담론'으로
정의될 수 있다. 그녀에 따르면, 중국의 옥시덴탈리즘은 두 가지 방식으
로 서양 담론을 전유했다. 그 하나는 '관변 옥시덴탈리즘'이고, 나머지
하나는 '반관변 옥시덴탈리즘'이다. '관변 옥시덴탈리즘'은 중국정부가
서양의 본질주의화를 자국 국민에 대한 내적 억압 기능을 수행하는
민족주의를 지탱하는 수단으로 이용하는 것인데 반해, '반관변 옥시덴
탈리즘'은 서양이라는 타자를 전체주의 사회의 이데올로기적인 억압에
저항하는 일종의 정치적 해방에 대한 은유로 이용하는 것이다.10)

샤오메이 천이 적절히 분석하고 있듯이, 특정 사회에서 형성된 담론
이 다른 사회로 번역될 때, 그 특정 담론은 번역된 사회의 지배이데올
로기를 강화할 수도 있고, 이와는 반대로 지배이데올로기를 폭로할

---

9) 에릭 홉스봄 외, 박지향·장문석 공역, 『만들어진 전통』(휴머니스트, 2004),
   p.19.
10) 샤오메이 천, 김정아·정계영 공역, 『옥시덴탈리즘』(강, 2001), pp.11~18.

수도 있다. 서정주가 추구한 전통과 김수영이 지향한 현대 역시 비슷한 담론 효과를 생산했다. 그렇기 때문에 문장파의 전통주의와 한국전쟁 이후에 전개된 서정주류의 전통주의가 그 강렬한 전통 지향성을 바탕으로 '반근대'로서의 '미학적 근대성'을 쟁취했다는 평가는 현재적 시각에서 사후적으로 정당화될 수 있는 논리다. 반근대가 "언제나 동시대 문명의 부정과 동의어이며, 근대의 내부에서 근대의 모순을 각성한 인식을 일컫는다"[11]고 한다면, 문장파와 서정주의 전통주의가 그러한 '각성한 인식'을 기반으로 전개된 것인가에 대한 답변은 부정적일 수밖에 없다. 미학적 근대성은 근대와 정면으로 대결한 자에게만 비로소 쟁취될 수 있는 것이기 때문이다. 김수영은 이러한 미학적 근대성의 본질을 비교적 일찍부터 간파하고 있었던 것으로 보인다.

김수영은 「모더니티의 문제」라는 논쟁적인 글에서 "시인의 스승은 현실이다"라고 단호하게 전제한다. 이어서 그는 "우리의 현실이 시대에 뒤떨어진 것을 부끄럽고 안타깝게 생각하지만, 그보다도 더 안타깝고 부끄러운 것은 이 뒤떨어진 현실을 직시하지 못하는 시인의 태도"라고 말한다. 김수영에게 시의 현대성은 "외부로부터 부과하는 감각이 아니라 내면에서 우러나오는 지성의 화염이며, 따라서 그것은 시인이 ― 육체로서 ― 추구할 것이지, 시가 ― 기술면으로 ― 추구할 것이 아니다."[12]

김수영이 가하는 이러한 비판의 방향은 표면적으로는 다른 시인들을 향하고 있지만, 김수영의 모든 시와 산문이 그렇듯이 비판의 방향은

---

11) 미요시 유키코, 정선태 역, 『일본문학의 근대와 반근대』(소명, 2002), p.171.
12) 「모더니티의 문제」, 『김수영 산문』, p.516.

궁극적으로는 김수영 자신에게 맞춰져 있다. 김수영에게 시의 현대성 지향은 피할 수도 거부할 수도 없는 현대시 존립의 근거이자 운명이었던 것이다.

김수영은 "내 시의 비밀은 내 번역을 보면 안다"[13]는 고백을 남긴 동시에 "스승, 없다, 국내의 선배시인한테 사숙한 일도 없고 해외시인 중에서 특별히 영향을 받은 시인도 없다"[14]는 선언도 함께 남겼다. 번역을 토대로 근대를 사유하지만, 결코 그것을 모방하거나 반복하지 않겠다는 김수영 특유의 자신감과 주체성이 엿보이는 대목이다. 김수영의 시와 시론은 역사적 근대성을 극복하기 위한 미학적 근대성의 쉼 없는 고투의 산물이라고 할 수 있는데, 이때 김수영이 추구한 미학적 근대성은 "현실적 정합성을 따져가면서 시행한 그의 서구미학이론 번역 작업"[15]을 매개로 실천되었다.

번역의 사전적인 의미는 한 언어를 다른 언어로 옮기는 행위를 가리킨다. 하지만 특정한 사회적 문맥에서 발생한 언어가 그와는 다른 사회적 문맥에 접합될 때, 번역어와 일상어 사이에는 일종의 위계가 발생한다. 특히 번역어가 "선진 문명을 배후로 갖는 상등(上等)의 바다 건너에서 온 말"[16]일 경우 그러한 위계는 언어의 권력화를 수반하기 마련이다. 한국 문학사를 떠들썩하게 했던 논쟁들을 냉정하게 반추해 보면 논쟁은 의외로 저급한 수준에서 종결되곤 했는데, 해방 전에는 일본을

---

13) 「시작 노우트6」 『김수영 산문』, p.450.
14) 「시작 노우트2」, 같은 책, p.432.
15) 박지영, 「김수영 시 연구 - 시론의 영향 관계를 중심으로」(성균관대 박사논문, 2001), p.12.
16) 야나부 아키라, 앞의 책, pp.31~32.

매개로, 해방 후에는 서구에서 직접 들여온 선진 담론을 누가 정확하게 이해하고 있느냐 하는 문제로 환원되기 일쑤였다. 사정은 한국전쟁 이후에 제기된 전통론, 모더니즘론, 실존주의론에서도 비슷한 양상으로 거듭 반복되었다.

김수영은 자신의 번역 행위를 '담배 값 벌기', '돈이 될 만한 재료'[17] 정도로 폄하했지만, 정작 김수영의 속내는 "구하려던 책이 나왔을 때는 게 탄 것보다도 더 반갑다"[18]는 표현 속에 잠복해 있었다. 김수영이 지독한 독서가[19]이었음은 익히 잘 알려진 사실이고, 그 독서 체험이 책과 도서관을 소재로 한 그의 작품들 속에 고스란히 반영되었다는 사실도 잘 알려져 있다. 우리는 그 작품들을 통해 김수영이 우리의 근대가 책과 도서관을 매개로 '번역된 근대'였음을 예리하게 간파했다는 사실을 알 수 있다.

이와 같은 인식은 1955년에 씌어진 일기 속에서 다음과 같이 명료하게 표현된다. 귀가 교훈이라는 제목 아래, 김수영은 "① 독서와 생활을 혼동해서는 아니 된다. 전자는 받아들이는 것이다. 그러나 후자는 뚫고 나가는 것이다. ② 확대경을 쓰고 생활을 보는 눈을 길러야 한다"[20]고 쓰고 있다. 김수영은 독서와 생활을 받아들이는 것과 뚫고나가는 것으로 설명하고 있지만, 좀 더 정확하게 표현하자면 독서와 생활은 번역 행위를 매개로 받아들이면서 뚫고나가는 시작詩作의 시작始作으로 존재하는 것이다. 이러한 점에서 김수영은 번역의 의의와 가치를 정확하게

17) 「1954년 12월 30일 일기」, 『김수영 산문』, p.486.
18) 같은 곳.
19) 최하림, 『김수영 평전』(실천문학사, 2001), p.78.
20) 「1955년 2월 2일 일기」, 『김수영 산문』, p.490.

인식하고 있었던 당대에는 지극히 이례적인 인물이었다고 할 수 있다.

> 우리 문학이 일본서적에서 자양분을 얻었다고 했지만, 정확하게 말하자면 일본을 통해서 서양문학을 수입해 왔고, 그러한 경우에 신문학의 역사가 얕은 일본은 보다 더 신문학의 처녀지인 우리에게 중화적인 필터의 역할을 (물론 무의식적으로) 해주었다. 그러나 해방과 동시에 낡은 필터 대신에 미국이라는 새 필터를 꽂은 우리 문학은, 이 새 필터가 헌 필터처럼 친절하지 않다는 것을 느꼈다. 「사케와 나미다카」는 의미를 알고 부를 수 있었지만 「하이 눈」의 주제가는 그것을 부르는 김시스터나 정시스터도 그 의미를 모르고 부른다.21)

김수영의 판단에 따르면, 해방 이후 우리는 일본이라는 '헌 필터'를 버리고 미국이라는 '새 필터'를 통해서 서양문학을 수입할 수 있게 되었다. 하지만 그는 당시의 지적 상황이 오히려 더욱 악화되었다고 보았다. 일본이라는 "중화적인 필터"가 있었을 때는 그래도 의미는 알 수 있었는데, 미국이라는 "새 필터"는 친절하지 않아 의미조차 알 수 없는 지경에 이르게 되었다는 것이다. 김수영은 당시의 지적 상황을 "도대체가 우리나라는 번역문학이 없다"고 일갈하면서, 그것을 지적 '후진성'으로 명명22)하였다. 이러한 지적 '후진성'은 '거룩한 속물'들을 양산해 냈는데, 속물들이 지배하는 사회에서는 "유명이 유명을 먹고, 더 유명한 것이 덜 유명한 것을 먹고, 덜 유명한 것이 더 유명한 것을 잡아 누르려고 기를 쓴다."23) 이쯤 되면 "모든 사회의 대 제도는 지옥"

---

21) 「히프레스 문학론」, 『김수영 산문』, pp.282~283.
22) 「모기와 개미」, 같은 책, p.89.

이고, "너나 할 것 없이 모두 다 속물"24)이다. 김수영은 속물들이 지배하는 우리 사회의 지적 후진성을 아래와 같이 날카롭게 적출해 낸다.

속물은 어디에 있는가. '거룩한 속물'은 어디에 있는가. 양서점에 있는가. 양서방의 주인은 일본 고본옥(古本屋)의 주인에 비하면 어디인지 모르게 거만하다. 양서방의 카운터에 타이프라이터를 놓고 앉아 있는 좁다란 바지통의 사나이의 그 야무진 눈동자. 우리들은 이 배미사상(拜美思想)의 눈동자를 오늘의 지성이라고 착각하고 있지나 않은가. 그의 눈동자에는 나일론 재킷이 씌워져 있나. 혹은 신간 양서를 진열해 놓은 외국 대사관 도서실의 카드 상자 앞에 앉아 있는 청년과의 대화. 지성적인 청년에게 "제임스 볼드윈의『조바니스 룸』있습니까?" 하고 물어봐 보라. 그는 대뜸 경멸하는 표정으로 변하면서, "여기에는 '제임스 본드' 같은 저급한 책을 보여주는 데가 아닙니다" 하고 대답할 것이다. 이것은 실제 얼마 전에 내가 당한 일이다. 이 말을 듣고 "네 그렇습니까" 하고 그대로 물러나왔더라면 멋이 있었던 것을 원래가 고급 속물도 저급 속물도 아닌 나는, 내가 찾고 있는 책이 '저급한 제임스 본드'가 아니라 '고급한 제임스 볼드윈'이라는 설명을 누누이 해주었다. 청년은 다시 발끈 화를 내면서, "그런 이름은 모르니까 저 카드서랍을 찾아보세요!" 물론 카드서랍에 『어너더 컨트리』를 쓴 흑인 작가의 옛날 소설 이름이 들어 있을 리가 없다. 'B' 자의 서랍을 아무리 샅샅이 뒤져보아도 볼드윈의 옛날 소설은커녕 그의 근간 저서도 없고, 도대체가 정치가나 경제학자나 신학자나 드레스 메이커의 '볼드윈'도 없다. 이것은 도서관원만이 속물일 뿐만 아니라, 도서관 자체가 거룩한 속물이다.25)

---

23)『이 거룩한 속물들』, 같은 책, p.122.
24) 같은 곳.

김수영은 '양서방의 주인'이나 '대사관 도서실의 청년'이 '일본 고본옥의 주인'보다 거만하다고 느낀다. 김수영은 그들의 '거만'이 '배미사상'을 '오늘의 지성'으로 착각하고 있는 데서 오는 것으로 보았다. 이때 '양서방'과 '고본옥'은 각각 영어와 일어로 매개되었던 식민지 근대성의 본질을 제유提喩한다. 도구화 되고 권력화 된 식민지 근대성은 사람(도서관원)뿐만 아니라 제도(도서관)도 속물로 만들고 있는 것이다.

이데올로기에 대한 마르크스의 고전적 정의는 "그들은 자기가 하고 있는 것을 알지 못하면서, 그렇게 행동 한다"는 언명에 집약되어 있다. 이러한 마르크스의 이데올로기 정의는 슬로터다이크에 의해 "그들은 자기가 하고 있는 것을 잘 알지만, 여전히 그렇게 행동 한다"로 재정의 된다. 지젝은 이데올로기에 대한 마르크스의 정의를 기각하고, 슬로터다이크의 정의를 승인한다. 따라서 이데올로기에 의해 구성된 주체 개념도 마르크스의 '허위적 주체'는 기각되고, 슬로터다이크의 '냉소적 주체'가 승인된다.

냉소적 주체는 자신의 현실 인식이 왜곡되어 있다는 걸 잘 알고 있으나, 그런 왜곡을 과감히 거부하지 못하고 오히려 그것에 집착하는 주체를 가리킨다. 지젝은 냉소주의Cynicism와 견유주의Kynicism[26]를 구분할

---

25) 같은 책, pp.121~122.
26) 토니 마이어스의 『누가 슬라보예 지젝을 미워하는가』를 번역한 박정수는 이 용어를 '냉소'로 번역했는데, 이는 잘못된 번역이다. Kynicism은 냉소가 아니라 견유주의로 번역되어야 한다. 슬로터다이크는 자신의 저서에서 냉소주의(Zynismus)와 견유주의(Kynismus)가 같은 어원을 가지고 있지만, 그 행동 양식이 판이하다는 것을 분명히 밝히고 있기 때문이다. 냉소주의와 견유주의의 차이에 대해서는 페터 슬로터다이크, 이진우·박미애 공역, 『냉소적 이성 비판』(에코리브르, 2005), pp.203~224를 참조.

것을 주장하는데, 냉소주의와 달리 견유주의는 권위에 대한 풍자적이
고 반어적인 반응의 하나로 지배질서의 위선을 우스꽝스럽게 만든다
는 이유 때문이다. 견유주의는 정치인들의 경건한 말을 사적인 탐욕과
출세를 위한 협잡으로 폭로한다. 다시 말해, 견유주의는 정치인들이나
정치제도에 대한 대다수 대중들의 태도를 대변한다. 반면 냉소주의는
냉소를 받아들이는 방법이다. 즉 냉소가 공식문화로 받아들여지는 사
태를 일컫는 개념이다. 냉소적 주체는 현실에 대한 공식적인 전망이
이미 왜곡되어 있다는 것, 그런 왜곡된 전망을 피할 수 없다는 사실을
수용한 주체이다.

지젝은 이러한 냉소주의가 현대사회를 지배하고 있다고 진단한다.
지젝에 따르면 이데올로기적 환영을 구성하는 것은, 자신의 잘못을
알고 있음에도 불구하고 계속되는 이러한 행동이다. 즉 이데올로기는
'앎'이 아니라 '행함'의 차원에 속하는 문제이다. 이데올로기적 환영은
우리가 행하는 현실 속에 있지, 우리의 생각 속에 있는 것이 아니다.
우리는 이론이 아니라 실천 속에서 이데올로그들이다.[27]

김수영의 시와 산문을 추동하는 내적 동력은 냉소와 성찰이라 할
수 있다. 그래서 그의 시와 산문은 쉽게 냉소주의로 전락하지 않는다.
김수영의 시와 산문은 냉소를 받아들이는 방식이 아니라 냉소를 뚫고
나아가는 방식을 보여주기 때문이다. 김수영의 시와 산문은 냉소를
기반으로 하지만 그 냉소를 풍자와 역설 그리고 아이러니로, 다시 말해
비판적 성찰의 형식으로 전환시킨다. 김수영이 박인환을 "시를 얻지

---

27) 지젝의 '냉소적 주체'와 '이데올로기'에 대한 논의는 토니 마이어스, 박정수
역, 『누가 슬라보예 지젝을 미워하는가』(앨피, 2005), pp.127~149를 참조.

못하고 코스튬만 얻었다"[28]고 비판한 것도 이러한 맥락에서 이해될 수 있다. 김수영에게 냉소와 성찰은 비판 정신으로서의 시의 내용을, 아이러니로서의 시의 형식을 산출하는 기본 작인作因이었던 것이다. 그러므로 김수영에게 시의 내용과 형식은 분리된 별개의 영역이 아니며, 그것은 시가 갖추어야 할 최소한의 전제가 된다.

이와 관련해서는 1964년에 씌어진 「생활현실과 시」라는 글을 참조해 볼 수 있다. 이 글에서 김수영은 당시의 시단(1964년)을 '최소한의 작품다운 작품'을 찾아보기 힘들다며 질타한다. 그 이유를 그는 우선 '시인의 양심'과 관련시키고 있는데, 이러한 '시인의 양심'은 '시의 사상'과도 관련된다.

> 내가 보기에는 우리 시단의 시는 **시의 언어의 서술면**에서나 **시의 언어의 작용면**에서나(강조는 인용자) 다 같이 미숙하다. 쉽게 말하자면 우리의 생활 현실도 제대로 담겨 있지 않고, 난해한 시라고 하지만 제대로 난해한 시도 없다. 이 두 가지 시가 통할 수 있는 최대공약수가 있다면 그것은 사상인데, 이 사상이 어느 쪽에도 없으니까 그럴 수밖에 없다.[29]

위의 인용문에서 김수영은 시적 언술을 '언어의 서술' 차원과 '언어의 작용' 차원으로 나누어 설정하고 있다. 그런데 문제는 당대에 씌어진 '언어의 서술'을 강조하는 시와 '언어의 작용'을 강조하는 시 모두에 '사상'이 없다는 사실이다. 김수영은 논의의 편의를 위해 '언어의 서술'

---

28) 「마리서사」, 『김수영 산문』, p.107.
29) 「생활현실과 시」, 『김수영 산문』, p.262.

을 '생활 현실'과 '언어의 작용'을 '난해한 시'로 나누어 설명하고 있지만, 사실 언어의 이 두 작용은 내용과 형식처럼 분리될 수 없는 것이다. 김수영에게 그 둘은 '작품다운 작품'이 갖추어야 할 최소한의 전제에 해당하기 때문이다. 이 둘의 결합이 '시인의 양심'을 형성하고, '시의 사상'을 생성한다. 김수영의 이러한 주장은 그가 번역한 바 있는 블랙머의 「제스츄어로서의 언어」에 나오는 다음과 같은 내용을 환기시킨다.

　　언어에 있어서 제스츄어는 內部的인 影像化된 意味의 外部的이며 劇的인 作用이다. 그것은 辭典의 規定된 文句에서는 명확하게 될 수 없고 다만 그것들을 한데 使用함으로써만 명확하게 나타나는 어구 사이의 深長한 意味性의 作用이다. 제스츄어는 그런 語句의 모든 意味에서 움직이고 있는 것이며 또한 우리들을 움직이고 있는 것이다.[30]

　　重要한 것은 - 그가 主題를 갖게 되는 瞬間에 - 그의 主題에 있는 것이 아니라, 그의 主題에 무엇이 일어나는가 하는 것에 있다. 따라서 그의 主題에 무엇이 일어나는가 하는 것은 嚴密하게 그리고 에누리없이 그가 그의 手段內에서 무엇을 하는가 하는 것이 된다. 그의 形態와 그의 本質은 終末에서 그렇지만 課程中에서도 結合될 것이다. 제스츄어로서 結合될 것이다.[31]

---

30) 리차드 브락머, 김수영 역, 「제스츄어로서의 언어」, ≪현대문학≫(1959, 5월호), p.246.
31) 같은 책, p.251.

블랙머에 의하면, '제스츄어'는 "내부적인 영상화된 의미의 외부적이며 극적인 작용"으로 정의된다. 여기서 블랙머가 말하는 '내부적인 영상화된 의미의 외부적이며 극적인 작용'은 김수영에게 '언어의 서술'과 '언어의 작용'으로 변형된다. 다시 블랙머에 의하면, 시인에게 중요한 것은 그의 주제에 있는 것이 아니라, 그의 주제에 무엇이 일어나는가에 있는 것이며, 시의 형태와 본질은 '제스츄어'로서 종합되는 것이다. 블랙머의 '제스츄어로서의 시'는 김수영에 의해 아래와 같이 더욱 적극적으로 변주된다.

> 오늘날의 시가 골몰해야 할 가장 큰 문제는 인간의 회복이다. 오늘날 우리들은 인간의 상실이라는 가장 큰 비극으로 통일되어 있고, 이 비참의 통일을 영광의 통일로 이끌고 나가야 하는 것이 시인의 임무다. 그는 언어를 통해서 자유를 읊고, 또 자유를 산다. 여기에 시의 새로움이 있고, 또 그 새로움이 문제되어야 한다. 시의 언어의 서술이나 시의 언어의 작용은 이 새로움이라는 면에서 같은 감동의 차원을 차지하게 된다. 따라서 우리의 생활현실이 있느냐 아니냐의 기준도, 진정한 난해시냐 가짜 난해시냐의 기준도 이 새로움이 있느냐 없느냐에서 결정되는 것이다. 새로움은 자유다, 자유는 새로움이다.[32]

김수영에 의하면 언어의 서술이나 언어의 작용은 새로움이라는 면에서 같은 감동의 차원에 속한다. 다시 말해 언어의 서술과 언어의 작용은 미학적 새로움을 동반한다. 나아가 이러한 미학적 새로움은 자유와 동의어이다. 김수영에게 '자유'는 시의 존재 이유 그 자체이다.

---

32) 「생활현실과 시」, 『김수영 산문』, p.264.

그러므로 김수영의 자유를 적극적 자유나 소극적 자유로 혹은 외면적 자유와 내면적 자유로 나누어 설명하려는 시도는 도로徒勞에 그칠 가능성이 크다. 김수영에게 자유는 정태적인 분석의 대상이 아니라 현실과 예술, 사회와 개인, 주체와 객체의 다양한 대립을 변증법적으로 지양할 수 있게 하는 구체적인 실천의 맥락 속에 놓여 있기 때문이다. 같은 맥락에서, 김수영의 시적 주제로 흔히 언급되곤 하는 '자유', '사랑', '혁명' 등도 이론 차원의 앎의 영역이 아니라 실천 차원의 행함의 영역에서 규명되어야 한다. 아래 인용한 글은 김수영 자신도 이 점을 비교적 명료하게 의식하고 있었음을 보여준다.

① 내가 시에 있어서 영향을 받은 것은 블란서의 쉬르라고 남들은 말하고 있는데 내가 동경하고 있는 시인들은 이미지스트 일군이다. 그들은 시에 있어서의 멋쟁이었기 때문이다. 그러나 이들 이미지스트들도 오든보다 현실에 있어서 깊이 있는 멋쟁이가 아니다. 앞서가는 현실을 포착하는 데 있어서 오든은 이미지스트들보다 훨씬 몸이 날쌔다. 그것은 오든에게는 어깨 위에 진 짐이 없기 때문이다.33)

② 요즈음 우리나라의 문단이나 문학잡지 독자들의 경향을 보면, 초현실주의나 다다이즘은 무조건하고 시대에 뒤떨어진 것이라고 싫어하는 것 같습니다. 점잖은 문학 팬일수록 더 그러한 경향이 많습니다. 이러한 경향에 대해서 좀 더 얘기할 문제가 많습니다만, 하여간 '저 시인은 모더니즘 잔당이다' 하면 그것은 '저 시인은 자기의 것을 갖고 있지 않다'는 욕이 됩니다. 그러면서도 저 사람은 '비트다' 하면

---

33) 「무제」, 『김수영 산문』, p.30.

으쓱하고 좋아할 사람이 없지 않을 것 같습니다.

　사실은 이런 경우에 내가 말하는 다다이즘이나 비트는 동일한 말입니다. 출판문화의 제약에서 벗어나 야외의 낭독회에서 자유를 느끼는 존 웨인이나, 파도에 연설을 한 지난날의 동료를 찬양하는 요시야 여사는 40년 전의 **앙드레 브르통이나 트리스탄 차라와 같은 정신**(강조 - 인용자)에 있습니다.[34]

　1955년에 씌어진 인용문 ①에 나타난 김수영의 진술은 표면적으로는 '블란서 쉬르'의 영향을 부정하고 있는 듯[35] 보이지만, 좀 더 자세히 읽어보면 '블란서 쉬르'의 영향만으로 자신을 규정할 수 없다는 쪽에 무게가 실려 있다. 특히 인용문 ①에서 눈여겨 볼 대목은 초현실주의에서 이미지즘으로 다시 오든 그룹 쪽으로 시적 관심의 진폭이 계속해서 확장되고 있다는 점이다. 김수영은 그 이유를 이미지스트들이 '시에

---

34) 「요즈음 느끼는 일」, 같은 책, p.48.
35) 대부분의 연구자들이 김수영의 위의 진술을 그가 초현실주의의 영향을 부정하는 것으로 받아들였다. 특히 김수영의 초기 시와 영미 시론의 영향 관계를 꼼꼼히 검토하고 있는 박지영의 논문이 대표적이다. 박지영은 초현실주의를 기계적으로 받아들인 박인환에 대한 김수영의 비판을 토대로 김수영에게 끼친 초현실주의의 영향이 크지 않았다고 판단한다. 하지만 필자의 생각은 약간 다르다. 분명 김수영은 박인환을 비판하고 있지만, 그와 반대로 박일영을 긍정하고 있기 때문이다. 요는 초현실주의의 요체가 그것을 형식으로 받아들이느냐 그렇지 아니면 태도로 받아들이느냐에 있다는 점을 김수영이 명확하게 인식하고 있었다는 점이다. 김수영은 "작품의 형성과정에서 볼 때는 의미를 이루려는 충동과 의미를 이루지 않으려는 충동이 서로 강렬하게 충돌하면 충돌할수록 힘 있는 작품이 나온다"(「변한 것과 변하지 않은 것」, 『김수영 산문』, p.368)고 말하고 있는데, 시에 대한 이러한 김수영의 규정에서도 초현실주의의 영향을 발견할 수 있다. 박지영의 논의에 대해서는 박지영, 「김수영의 초기 시에 끼친 영미 시론의 영향」, 황정산 편, 『김수영』(새미, 2002), pp.103~105를 참조.

있어서(만 - 필자) 멋쟁이'였으나, 오든36)은 '현실에 있어서(도 - 필자) 깊이 있는 멋쟁이'였기 때문이라고 설명하고 있다. 논리적 비약을 동반 하고 있는 글이라 정확한 의미를 파악하기는 힘들지만, 일찍이 유종호 가 김수영 문학의 특징으로 지적한 "강렬한 현실감각과 사회의식"37)의 일단을 엿볼 수 있게 하는 대목이다.

인용문 ②는 1963년에 씌어진 것인데, 초현실주의와 다다이즘에 대한 김수영의 인식을 선명하게 보여주고 있다. 김수영이 보기에 사람 들은 '초현실주의'나 '다다이즘'은 비판하면서도 '비트'는 선호하고 추 종하는 이중성을 보이고 있다. 이러한 관찰은 두 가지 점에서 탁월한 데, 첫째 소위 '새것 콤플렉스'로 명명된 지적 후진성을 날카롭게 포착 하고 있다는 점에서 그렇고, 둘째 '초현실주의', '다다이즘', '비트'의 수용이 형식이나 기법의 문제가 아니라 정신과 태도의 문제임을 분명 히 밝히고 있다는 점에서 그렇다.

---

36) 잘 알려져 있다시피, 오든 그룹은 영국의 '경제 대공황'기에 출현하였다. '경제 대공황'은 1929년 10월 24일과 29일에 있었던 미국 뉴욕 증권시장의 붕괴로부 터 시작되었는데, 뉴욕 증권시장이 붕괴된 이후 약 10년간 미국은 물론이고, 미국에 전쟁보상 채무를 지고 있었던 독일, 그리고 전후 복구를 위해 미국의 경제 원조에 절대적으로 의존했던 유럽제국들 특히 영국에서도 발생하였다. 이 '경제 대공황' 시기에 오든 그룹(Auden Group)으로 불리는 일군의 시인들이 자본주의 체제를 좌파적 시각에서 비판하는 소위 '신시'(The new poetry)를 발표하기 시작하였다. 오든 그룹은 옥스퍼드 문인들인 위스턴 휴 오든과 서실 데이 - 루이스, 루이스 맥니스, 스티븐 스펜더 등을 통칭해서 부르는 명칭인데, 그들의 신시는 "시적 언어의 세련성과 전통적 의미의 예술성에서 멀어졌지만, 당대 사회적・역사적 현실에 대한 날카로운 비판의식과 사회개혁을 위한 메시 지를 담아냈다"는 평가를 받았다. 이에 대해서는 여홍상, 『근대 영문학의 흐 름』(고려대학교 출판부, 2001), p.261을 참조.
37) 유종호, 「다채로운 레파토리 - 수영」, 황동규 편, 『김수영의 문학』(민음사, 1983), p.29.

김수영은 이 글에서 초현실주의와 다다이즘으로 대표되는 유럽 아방
가르드와 영미 모더니즘의 새로운 버전인 비트를 모더니즘이라는 이름
으로 통칭하고 있다. 김수영이 모더니즘으로 통칭한 이유는 현대시의
위대한 혁신이 "앙드레 브르통이나 트리스탄 차라와 같은 정신"의 영역
에서 이루어진 것이라는 인식에 도달했기 때문으로 보인다. 약간 다른
맥락이긴 하지만 아래에 인용한 산문에도 '정신'과 '양식' 그리고 '현실'
에 대한 김수영의 남다른 감각과 태도가 유감없이 드러나 있다.

> 결국 요는 여기에도 정신과 양식이 문제가 된다. 한복을 입고
> 떳떳하게 양키하고도 만날 수 있고 의사당에도 나갈 수 있는 그
> 정신적 태세 말이다. 단 한복이라 하지만 내가 추천하는 한복은 흰옷
> 이든 물감 옷이든 하여간에 양단이나 갑사나 명주 같은 비단옷이
> 아리라는 것을 부언해 둔다. 우리의 주위에는 넝마도 못 걸치고 떨고
> 있는 사람들이 너무나 많기 때문이다.38)

한국 전쟁 이후 당대 문단에는 기댈 것은 아무것도 없다는 불안감과
절망감이 팽배해 있었다. 이러한 불안감과 절망감은 크게 두 방향의
문학적 형상화로 나타났다. 그 하나가 서정주로 대표되는 전통주의
방식이고, 그 둘이 '후반기'로 대표되는 모더니즘의 방식이다. 김수영
의 시와 시론 역시 당대의 이러한 문학 지형 속에서 형성된 것인데,
그 중에서도 모더니즘의 자장에서 형성된 것이다. 이러한 상황 속에서
김수영은 초현실주의에서 이미지즘으로 그리고 오든과 스펜더39)로,

---

38) 「흰 옷」, 『김수영 산문』, p.41.
39) 한국에서의 스펜더 수용은 1930년대 김기림에 의해 이루어졌다. 김기림의

다시 미국의 신비평가 앨런 테잇[40]과 미국의 좌파 평론가 라이오넬 트릴링[41]으로, 생의 마지막에는 하이데거[42]로 계속해 자신의 시적 관심의 영역과 깊이를 확장하고 심화했다. 하지만 김수영은 이러한 외국

문학에 미친 스펜더의 영향을 고찰한 글은 김용직의 논문과 문혜원의 논문이 있는데, 김용직이 김기림이 스펜더의 본령을 받아들이지 못했다고 평가하는데 비해 문혜원은 김기림의 해방기 정치 활동을 설명할 수 있는 근거가 된다고 평가하였다. 이에 대해서는 김용직, 「1930년대 한국시의 스티븐 스펜더 수용」, 《관악어문연구》(1979, 4집)과 문혜원, 「김기림 문학에 미친 스펜더의 영향」, 《비교문학》(1993, 18집)을 참조.

40) 앨런 테잇이 김수영에게 끼친 영향은 강응식이 세밀하게 검토했다. 강응식은 김수영 시론을 앨런 테잇의 '텐션 이론'을 변용한 것으로 파악했다. 그는 특히 김수영의 '언어의 서술'과 '언어의 작용'이라는 대립항과 여기서 발생하는 '힘'의 여부를 앨런 테잇의 '텐션 이론'과 관련시켰다. 이러한 강응식의 견해는 설득력과 설명력을 갖고 있다. 하지만 앨런 테잇의 영향을 김수영 시 전반에 적용할 수 있는 것인지에 대해서는 의문의 여지를 남긴다. 이에 대해서는 강응식, 「김수영의 시 의식 연구」(고려대 박사논문, 1995)를 참조.

41) 라이오넬 트릴링이 김수영에게 끼친 영향은 조현일이 상세히 밝혔다. 조현일에 따르면, 김수영은 "부르조아 쾌락 원칙을 철저히 배격하고 죽음 충동을 실행하는 것이 현대문학의 정신"이라는 규정을 수용해 "제 나름으로 죽음을 완수하는 것이라는 인식"을 획득할 수 있었고, 이를 토대로 "새로움의 추구를 현대성의 핵심"으로 간주할 수 있었다. 조현일은 트릴링의 영향을 김수영이 "새로움을 획득하는 순간을 절대적 완성을 수행하는 순간, 자유를 이행하는 순간으로 규정"한 데서도 찾을 수 있다고 보았다. 이러한 조현일의 연구는 김수영이 추구한 현대성의 핵심을 지적하고 있다고 판단된다. 하지만 조현일의 신중한 접근에도 불구하고, 그의 논문은 연구자의 취지와 상관없이 김수영의 시와 시론을 트릴링의 절대적 영향의 결과로 읽게 만든다는 난점을 안고 있다. 이에 대해서는 조현일, 「김수영의 모더니티관에 관한 연구」, 《작가연구》(1998, 5호)를 참조.

42) 하이데거가 김수영에게 끼친 영향은 비교적 일찍부터 주목받았다. 최근의 주목할 만한 논의는 임동확에게서 나왔다. 그는 하이데거의 영향을 1959년의 「모리배」를 근거로 1949년의 「토끼」로까지 소급하고 있다. 이에 대해서는 임동확, 「왜 우리는 아직도 김수영인가 : 김수영 시세계와 하이데거」, 《문학과 경계》(2005, 여름호)를 참조.

이론가들의 이론에 무비판적으로 경도되지 않았다. 1961년에 쓴 한 글에서는 "외국인들의 아무리 훌륭한 논문을 읽어도 '뭐 그저 그렇군!' 하는 정도"[43]가 되었다고 쓰고 있을 정도다. 이렇듯 김수영은 외국의 작품과 이론들을 김수영식 표현을 빌자면, '운산'과 '검증'을 거쳐 철저히 자기화했다. 이러한 자기화 과정을 통해서 그는 우리문학사의 성별된 이단자[44]로 자리매김 되었다.

스피어스는 모더니스트들의 과거와의 결별에 대한 자의식이 두 가지 형태로 표출된다고 보았다. 하나는 "화석화된 관습의 손아귀로부터의, 진부한 신앙심과 구속으로부터의 유쾌한 해탈이라는 해방감"이고, 다른 하나는 "전통, 신념, 의미 등의 상실이라는 단절감"이다. 그에 따르면, 이 두 감정은 "청소년들이 그 부모에게 갖는 감정과 정확히 비견될 만치 어느 정도까지는 애증 양립의 형태로 공존하는 것"이며, "동일 작가에게 교차적으로 나타날 수 있는 것"이다. 스피어스는 이

---

43) 「밀물」, 『김수영 산문』, p.42.
44) 필자는 이 개념을 폴 M 코헨에게서 빌려왔다. 코헨은 자신의 저서(Paul M. Cohen, *Freedom's Moment : An Essay on the French Idea of Liberty from Rousseau to Foucault* (University Of Chicago Press, 1997)의 두 번째 장에서 이 개념을 적용하여 루소에서 푸코에 이르는 프랑스 이단자들의 계보를 추적하고 있다. 이 책의 두 번째 장 영문 제목은 "The Myth of the Consecrated Heretic"으로 되어있는데, 한국어판 번역자인 최하영은 이를 '성별(聖別)된 이단자'로 번역하고 있다. 생경한 한자어 조합이 다소 거슬리기는 하지만 대체로 받아들일 수 있는 번역이라고 판단된다. 코헨에 따르면, '성별된 이단자'는 다음과 같이 정의 된다. "이단자 원형에 따르면, 주인공은 사회적 명성을 획득해 가면서 원초적 순수성과 문명사회가 심어주는 허영심과 야망 사이에서 갈등을 계속한다. 그러나 역설적이게도 그를 경멸하는 세상 속에서 자신의 순수성을 포기하지 않고 사회에 저항함으로써 최고의 명성을 얻게 된다." 이에 대해서는 폴 M 코헨, 최하영 역, 『자유의 순간』(동문선, 2002), p.8을 참조.

두 감정이 초기 모더니즘에서 후기 모더니즘에 이르는 모든 모더니스
트들의 내면에 공존하는 현상이었지만, 초기 모더니즘이 과감한 우상
파괴와 구습 타파를 통한 생동감이 지배적이었던 데 비해, 후기 모더니
즘은 단절감이 지배적이었다고 해석했다.[45] 영미 모더니즘을 대상으
로 전개된 스피어스의 논의에서 특히 주목할 만한 언급은, 초기 모더니
즘의 생동감이 후기 모더니즘의 단절감으로 변화되었다는 부분이다.
이 언급을 염두에 두고 논의를 진행해 보도록 한다.

보들레르의 미학적 현대성에 대한 잘 알려진 발언, 즉 "모더니티는
일시적인 것, 속절없는 것, 우발적인 것으로서 예술의 반을 차지하며,
예술의 나머지 반은 영원한 것, 불변하는 것이다"[46]라는 발언 이후,
모더니티 관념은 혁명적으로 전환되었다. 이를 토대로 칼리니스쿠는
보들레르 이후의 모더니티를 두 유형으로 분류한 바 있는데, 그 하나는
과학·기술의 발전과 사회·경제 변화의 산물인 '역사적 모더니티'이
고, 나머지 하나는 보들레르의 모더니티 개념을 계승한 '미학적 모더니
티'이다.

역사적 모더니티는 과학과 기술의 발전을 긍정하고 이성존중, 실용
주의, 휴머니즘 등을 지향한다. 이러한 역사적 모더니티는 부르조아적
가치의 모더니티로서 어느 시대에나 존재하는 새로움에 대한 추구,
즉 변화지향적인 속성을 지니게 된다. 반면 미학적 모더니티는 반부르
조아적 태도를 전면화하는데, 산업 혁명 이후 성립된 자본주의 체제가

---

45) Monroe, K. Spears, *Dionysus and the City* (Oxford University Press, 1970), pp.7~8.
46) 보들레르, 박기현 역, 「현대적 삶의 화가」, ≪세계의 문학≫(2002, 봄호), p.35.

낳은 인간 소외에 반발해 문학을 극단적으로 형식화시키게 된다. 칼리
네스쿠에 의하면, 역사적 모더니티와 미학적 모더니티 사이의 관계는
극복할 수 없을 정도로 적대적인 것이 되었으나, 그럼에도 불구하고
양자는 서로를 파괴하기 위해 광분하면서도 서로에게 상당한 영향을
미치도록 허용하기도 하고 심지어 그것을 부추기기도 한다.[47]

　이상의 칼리니스쿠의 논의는 소위 '두 가지 모더니티'론으로 지칭할
수 있는데, 역사적 모더니티의 '진보'와 대립되는 관점에서 미학적 모
더니티의 '새로움'을 규정하는 관점을 대표한다. 이러한 관점은 '미학
적 모더니티'를 부르주아 사회의 문화적·윤리적 유산을 전복하고 부
정하는 것으로 개념화 된다. 다시 칼리니스쿠에 따르면, 프랑스, 이탈
리아, 스페인과 그 밖의 다른 유럽 국가에서 아방가르드는 예술적 부정
주의의 가장 극단적인 형식으로 간주되는 경향을 띤다. 하지만 모더니
즘의 경우는 사정이 다른데, 모더니즘은 아방가르드의 전형적인 특징
인 히스테리컬한 부정성을 시사한 적이 결코 없으며, 결과적으로 모더
니즘의 반전통주의는 미묘한 전통주의로 변질되는 경우가 허다하기
때문이다.[48]

　이렇듯 칼리니스쿠는 유럽 아방가르드와 영미 모더니즘을 날카롭게
분리하고 있다. 특히 아방가르드의 전형적인 특성인 '미학적 부정성'은
모더니즘의 '미학적 안정성'과 대비된다. 아래 인용한 러셀의 논의는
이점을 보다 명확히 하고 있다.

---

47) 이상의 논의는 Matei Calinescu, *Five Faces of Modernity* (Duke University Press, 1987), pp.41~43을 참조.
48) Ibid., p.140.

아방가르드와 모더니즘을 우선적으로 구분해 주는 것은 현대문화
의 지배적인 가치로 인해 초래된 소외에 대한 그들의 미학적인 반응
에서 찾을 수 있다. 거의 즉각적으로 우리는 어떤 작가가 자기 작품
속에서 개인의 한계를 초월하거나 초월적인 차원을 어떻게 유지하는
가라는 점을 기준으로 그 작가를 모더니스트 혹은 아방가르디스트로
분류하는 토대로 삼을 수도 있다는 것에 주목하게 될 것이다. 간략하
게 말하자면, 현대적 글쓰기의 주류 전통을 대변하는 모더니스트
작가들은 세속적인 사회, 역사로부터 의미 있는 윤리적, 영적 혹은
미학적인 차원을 찾아내는 데 좌절한 사람들이다. 프루스트, 파운드,
조이스, 울프, 지드, 헤밍웨이와 같은 대표적인 모더니스트들의 작품
은 한결 같이 현대역사의 흐름 속에서 무의미한 혼돈이나 명백한
문화적 몰락의 기록 외에는 어떤 가능성도 부정하고 있다. 반면 아방
가르드는 - 랭보, 아폴리네르, 다다이스트, 초현실주의, 미래주의자
들뿐만 아니라 브레히트와 다수의 포스트모더니스트들로 대변되는
- 역사 속에서 작가와 사회의 점진적인 통합에의 신뢰를 유지하려고
행동한다. 비록 이것이 낭만주의적인 비전과의 결합을 암시하기는
하지만, 아방가르디스트들은 그들과 동시대인들인 모더니스트들에
비하면 현대 부르주아 사회 안에서 예술과 인간성에 대한 희망을
찾아내려는 점에서는 한결 나은 편이다.[49]

러셀의 아방가르드와 모더니즘 간의 구분은 다소 도식적이라는 흠
결에도 불구하고, 김수영 문학을 이해할 수 있는 중요한 참조항을 제공
한다. 김수영이 동시대 모더니스트들과 변별되는 지점을 비교적 정확

---

49) Charles Russell, *Poets, Prophets, and Revolutionaries : The Literary Avan t- Garde from Rimbaud through Postmodernism* (Oxford University Press, 1985), p.7.

히 가리키고 있기 때문이다. 이와 관련해서는 김수영이 1968년에 쓴 「멋」이라는 글의 "브루좌의 획일주의에 의식적으로 반대하는 것이 비이트의 화장법이다. 의식적 - 이것이 중요하다. 그런데 대부분의 비이트의 아류들은, 화장의 결과만을 중요시하고 화장의 태도를 중요시하지 않는다"[50]는 문장을 참조할 수 있다. 김수영은 '화장의 결과'가 아닌 '화장의 태도'를 문제 삼을 줄 아는 시인이었다. 동시대 모더니스트들이 자신들의 명시적 선언과는 달리 시적 새로움을 시적 언어 차원의 문제로 이해하고 실천한 반면 김수영은 삶과 언어의 일치에서 시적 새로움을 발견하고 실천하였다.

이러한 삶과 언어의 일치에 대한 사유는 각별했던 친구 김이석의 죽음을 추모하는 글에서는 '사상'과 '야심'의 문제로 제기된다. 김수영은 김이석의 문학을 "그(김이석 - 인용자)의 문학도 곱고 차분한 것이기는 하지만 내가 보기에 너무 야심이 없는 것 같았다"[51]고 평했다. 이어서 김수영은 "그(김이석 - 인용자)가 동경하는 것은 예술이지 사상이 아니었다"[52]고도 회고했다. 이를 뒤집어 읽으면 김수영은 '야심'이 있었고, '사상'이 있었다는 말이 된다. 이런 '야심'과 '사상'이 있었기에 김수영은 시와 시론 양쪽에서 독자적인 자신만의 성과를 낼 수 있었다.

김수영의 '사상'과 '야심'은 시와 삶의 분리를 극복하고, 양자를 일치하려는 고투 속에서 구체화되었다. 김수영이 생각하는 현대시는 현실에 대한 자각과 성찰 위에 있어야 했다. 김수영은 '시대에 뒤떨어진

---

50) 「멋」, 『김수영 산문』, p.139~140.
51) 「김이석의 죽음을 슬퍼하며」, 같은 책, p.71.
52) 같은 책, p.72.

현실'도 문제지만, 이보다 더욱 큰 문제는 '뒤떨어진 현실을 직시하지 못하는 시인의 태도'로 보았다. 김수영에 따르면, 뒤떨어진 현실을 자각하지 못할 때, 시는 詐欺가 되지만, "뒤떨어졌다는 것을 확고하고 여유 있게 의식"하게 되면, 시는 역설적이게도 '앞서게' 되는 것이다.[53] 그는 "우리의 현대시가 우리의 현실이 뒤떨어진 것만큼 뒤떨어진 것은 시인의 책임이 아니지만, 뒤떨어진 현실에서 뒤떨어지지 않은 것 같은 시를 위조해 내놓는 것은 시인의 책임이"[54]라고 생각했다. 이처럼 김수영은 현실의 낙후성을 철저히 인식하는 데서 현대시의 가능성을 찾았다. 그렇기 때문에 그에게 시와 삶 그리고 현실은 분리될 수 없으며, 서로가 서로를 되비추는 거울로서 존재하는 것이었다.

그렇기 때문에 김수영의 시론을 참여시론으로 성급히 규정하는 데에는 좀 더 신중한 판단을 요구한다. 김수영을 참여시의 전위로 만든 데는 이어령과의 논쟁[55]이 큰 몫을 했다. 논쟁의 공과와 상관없이 이 논쟁은 김수영의 입지를 크게 제한한 측면이 있다. 권혁웅의 지적처럼, 논쟁은 격렬하면 격렬할수록 상대방의 입지를 극단적으로 규정하

---

53) 「모더니티의 문제」, 같은 책, p.516.
54) 같은 곳.
55) 잘 알려져 있다시피 '불온시' 논쟁은 이어령이 1967년 12월 28일자 ≪조선일보≫에 발표한 「에비가 지배하는 문화」에 대해 김수영이 1968년 ≪사상계≫ 1월호에 「지식인의 사회참여」라는 글을 발표하면서 시작되었다. 김수영이 이어령의 글에서 가장 큰 문제로 생각한 것은 "학원을 비롯하여 오늘날의 정치권력이 점차 문화의 독자적 기능과 그 차원을 침해하는 경향이 있다 할지라도 '문화의 침묵'은 문화인 자신들의 소심증에 더 많은 책임이 있는 것이다. 어린 애들처럼 존재하지도 않는 막연한 '에비'를 멋대로 상상하고 스스로 창조의 자유를 제한하고 있는 것이다."는 문장이다. 당시의 역사적 · 사회적 상황을 고려할 때, 이어령의 "(작가들이 - 인용자) 막연한 에비를 멋대로 상상하고 스스로 창조의 자유를 제한 한다"는 주장은 설득력이 떨어진다.

기 마련이다. 이들이 서로를 반박하기 위해 규정한 내용이 이들의 논점[56]은 아니었으며, 이 논쟁에서 김수영이 참여의 입장을, 이어령이 순수의 입장을 대변한 것은 아니었다.[57] 김수영의 본격적인 시론은 분명 순수/참여의 대립 구도 속에서 전개되었지만, 순수/참여의 대립 구도는 김수영의 시와 산문에 보다 중층적이고도 생성적으로 작용했다. 김진석의 용어를 빌자면, 김수영은 순수와 참여의 대립을 초월^{超越}하지 않고 포월^{匍越}[58]했다.

① 대체로 그(장일우 - 인용자)는 현실을 이기는 시인의 방법을 시 작용상에 나타난 언어의 서술에서 보고 있지만 나는 그것이 언어의 서술에서뿐만 아니라(시 작품 속에 숨어있는) 언어의 작용에서도 찾아져야 한다고 생각하는 것이다. 이러한 언어의 서술과 언어의 작용은 시의 본질에서 볼 때는 당연히 동일한 비중을 차지해야 할 것이

---

56) 김수영이 이어령과 벌인 소위 '불온시 논쟁'의 구도와 전개에 대해서는 정효구가 상세히 고찰했다. 정효구에 의하면 이 논쟁의 의의는 1) '정치적 자유'와 '창조적 자유'의 상관 관계를 성찰할 수 있도록 했다는 점, 2) 문학의 '제도적 활동'과 '창조적 활동', 즉 문학의 도구적 기능과 자율적 기능 사이의 상호 관계를 성찰할 수 있도록 했다는 점, 3) 문학의 현실 참여는 어떻게 이루어질 수 있는 것인가에 대한 문제의식을 일깨워주었다는 점, 4) 문학의 현실 참여 기능이 과도하게 강조되는 상황에서 문학 참여론자들의 실상 및 역할이 어떤 것인가를 따져보게 했다는 점 등이다. 이에 대해서는 정효구, 「이어령과 김수영의 '불온시' 논쟁」, 『20세기 한국시와 비평 정신』(새미, 1997), pp.219~221을 참조.
57) 권혁웅, 『한국현대시의 시작방법 연구』(깊은샘, 2001), p.73.
58) 이 용어는 김진석에게서 빌려왔다. 匍越은 말 그대로 '기어서 넘어가기'인데, '훌쩍 뛰어넘기'인 超越과 다르다. 포월은 "배를 땅(현실)에 대고" "한 뼘 한 뼘 움직이면서, 항상 답답하게 제자리에서만 맴돌 듯 하다가는, 어디로도 넘어가지 못할 듯하다가, 결코 넘어가지 못할 듯하다가, 그래도 넘어가기. 기다 넘어가기. 박박 기다 기다, 어느새 넘어가기"를 가리킨다. 이에 대해서는 김진석, 「초월에서 포월로」, 『초월에서 포월로』(솔, 1994), p.212를 참조.

다. 그런데 전자의 가치의 치우친 두둔에서 실패한 프롤레타리아 시가 많이 나오고, 후자의 가치의 치우친 두둔에서 사이비 난해시가 나오는 것을 볼 때, 비평가의 임무는 전자의 경향의 시인에게 후자의 경향을 강매하거나 후자의 경향의 시인에게 전자의 경향을 강매하는 일보다고 오히려 제각기 가진 경향 속에서 그 시인의 양심이 실려져 있는지 아닌지를 식별하는 일에 있는 것이라고 믿어진다.59)

　② 이 작품은 시의 언어의 서술이 문제될 수도 있고, 시의 언어의 작용이 문제될 수도 있는 비교적 편한 위치에 있는 시인데, 그러면서 새로운 관념의 서술도 없고 새로운 언어의 작용도 없다. 도대체가 시라는 것은 그것이 새로운 자유를 행사하는 진정한 시인 경우에는 어디엔가 힘이 맺혀있는 것이다. 그러한 힘은 초행에 있는 수도 있고, 종행에 있는 수도 있고, 중간의 어느 행에 있는 수도 있고, 행간에 있는 수도 있다. - 이것이 시와 긴장을 조성하는 것이다. 진정한 시를 식별하는 가장 손쉬운 첩경이 이 힘의 소재를 밝혀내는 것이다.60)

인용한 ①과 ②는 일본에서 활동한 장일우61)의 비평을 의식하고

---

59) 「생활현실과 시」, 『김수영 산문』, p.261.
60) 같은 책, p.266.
61) 일본에서 발간된 《한양》지에서 활동한 장일우의 비평이 김수영에게 끼친 영향에 대해서는 박수연과 김유중의 연구를 참조할 수 있다. 박수연은 김수영에게 끼친 장일우의 영향을 루카치와 브레히트에 견주어, "현실을 직시하라는 장일우에게 (김수영은 - 인용자) 현실을 직시하는 형식이라는 답변을 내준 셈"이라고 평가한다. 한편 김유중은 《한양》지에 발표된 장일우의 평론을 중심으로 장일우 문학 비평을 개괄하면서, 김수영이 장일우의 비평을 바탕으로 자신의 문학 세계를 보다 넓혀가는 데, 그리고 나아가서는 우리 문학이 나아가야 할 바람직한 발전 방향을 모색하는 데 활용했다고 평가했다. 이에 대해서는 박수연, 「1960년대 시적 리얼리티의 논의 - 장일우의 '한양'지 시평과 한국문단의 반응」, 《한국언어문학》(2003, 50집)과 김유중, 「장일우 문학 비평 연

쓴 글이다. ①에서 장일우는 "현실을 이기는 시인의 방법"을 '언어의 서술'에서만 보고 있지만, 김수영은 그것을 '언어의 작용'에서도 찾을 수 있다고 생각했다. 매우 익숙한 형식과 내용의 이분법을 전제하고 있는 듯하지만, 김수영은 이 양자가 "시의 본질에서 볼 때는 동일한 비중을 차지해야 할 것"이라고 덧붙이는 것을 잊지 않았다.

이어지는 글에서 김수영은 "전자(언어의 서술 - 인용자)의 가치의 치우친 두둔에서 실패한 프롤레타리아 시가 많이 나오고, 후자(언어의 작용 - 인용자)의 가치의 치우친 두둔에서 사이비 난해시가 나오는 것"으로 보았다. 김수영이 생각하는 이상적인 시는 '언어의 서술'과 '언어의 작용'을 동시에 성취할 수 있어야 하는데, 한 쪽에만 치우쳐 실패한 시가 양산되고 있다는 진단이다.

하지만 이 양자를 모두 성취한 시를 기대하는 것은 아직까지는 시기상조다. 그것은 '시의 이상'이기 때문이다. 이러한 '시의 이상'의 성취는 역설적이게도 "시가 필요 없는 곳"[62]에서나 가능한 일이다. 이 지점에서 김수영은 특유의 역설을 이용하는데, "시 무용론은 시인의 최고 혐오인 동시에 최고의 목표이기도 한 것"이기에 진지한 시인은 "언제나 이 양극의 마찰 사이에 몸을 놓고 균형을 취하려고 애를 쓴다"[63]는 것이 바로 그것이다. 따라서 비평가는 "전자의 경향의 시인에게 후자의 경향을 강매하거나 후자의 경향의 시인에게 전자의 경향을 강매하는 일보다고 오히려 제각기 가진 경향 속에서 그 시인의 양심이 실려져

구」, 《한국현대분학연구》(2005, 17집)을 참조.
62) 「시의 뉴프런티어」, 『김수영 산문』, p.30.
63) 같은 곳.

있는지 아닌지를 식별하는 일"에 만족할 수밖에 없다.

이렇듯 김수영은 현실과 이상을 구분할 수 있는 분별과 그것을 그 자체로 포용할 수 있는 관용을 갖추고 있었다. 당대의 시에 요구되는 것은 '시다운 시'를 창작하는 것이고, 그러한 '시다운 시'의 판별은 "양심이 실려져 있는지 아닌지"를 식별하는 일에서부터 시작되어야 한다.

시에 "양심이 실려져 있는지 아닌지"를 판별할 수 있는 구체적인 세목은 ②에 제시되어 있다. '새로운 관념의 서술'이나 '새로운 언어의 작용'이 있는 시는 '새로운 자유를 행사하는 시'이고, 반드시 "어디엔가 힘이 맺혀있는" 시라는 것이다. 김수영에게 새로운 언어의 서술과 새로운 언어의 작용을 이행한 시, 곧 "진정한 시"는 자유를 이행한 시이고, "힘이 맺혀있는" 시이다. 결국 힘의 있음과 없음이 시의 성패를 결정하게 된다는 것이다. 이러한 시의 힘[64]에 관한 김수영의 논의는 「예술작품에서의 한국인의 애수」에서 이루어진다. 이 글에서 김수영은 "시에 있어서는 애수에 그친 애수와 힘에까지 승화된 애수와의 구별이 퍽 어렵게 되어있다"[65]고 전제한다. 그렇기 때문에 그는 시 속에 표현된 애수가 "애수에 그친 애수"인지 아니면 "힘에까지 승화된 애수"인지를 분별하는 일이 더욱 시급하다고 생각했다. 애수를 표현한 시가 "진정한 예술 작품"이 되기 위해서는 "애수를 넘어선 힘의 세계"[66]를 보여주어야 하기 때문이다. 이러한 힘에 대한 김수영의 시적

---

64) 김수영이 주장한 '힘'에 대해서는 강웅식이 치밀하게 고찰했다. 이에 대해서는 강웅식, 「긴장의 시론과 힘의 시학」, 『詩, 위대한 거절』(청동거울, 1998), pp.34~48을 참조.
65) 「예술작품에서의 한국인의 애수」, 『김수영 산문』, p.343.
66) 같은 책, 341.

사유는 "의미를 이루려는 충동과 의미를 이루지 않으려는 충동이 서로 강렬하게 충돌하면 충돌할수록 힘 있는 작품이 나온다"[67]는 언급에도 동일하게 나타나고 있다.

① '참여파'와 '예술파'의 싸움은 사실상 혼돈과 공전으로 흐지부지하게 되고 만 것 같다. '참여파'의 평자(조동일, 구중서 등)들은 현실 극복을 주장하는 데까지는 좋으나 우리 사회의 암인 언론자유가 없다는 것을 과소평가하고 있고, 예술파의 전위들(전봉건, 정진규, 김춘수 등)은 작품에서의 '내용' 제거만을 내세우지, 작품상으로나 미학상으로나 자기들의 새로운 미학을 제시하지 못하고 있다.[68]

② 그(김춘수 - 인용자)가 말하는 난센스는 시의 승화작용이고, 설사 시에 그가 말하는 '의미'가 들어 있든 안 들어 있든 간에 모든 진정한 시는 무의미한 시이다. 오든의 참여시도, 브레히트의 사회주의 시까지도 종국에 가서는 모든 시의 미학은 무의미의 - 크나 큰 침묵의 - 의 미학으로 통하는 것이다. 이것은 예술의 본질이며 숙명이다. 그런데 김춘수의 경우는 이런 본질적인 의미의 무의미의 추구를 하는 것이 아니라, 먼저부터 '의미'를 포기하고 들어간다. 물론 '의미'를 포기하는 것이 무의미의 추구도 되겠지만, '의미'를 껴안고 들어가서 그 '의미'를 구제함으로써 무의미에 도달하는 길도 있다.[69]

③ 요컨대 사회 현실에 관심을 갖고 있는 시들이 새로운 시적 현실을 탐구해나가는 것과 같은 비중으로 존재 의식을 상대로 하는

---

67) 「변한 것과 변하지 않은 것」, 같은 책, p.368.
68) 같은 책, p.365
69) 같은 책, p.367

시는 새로운 폼의 탐구를 시도해야 하는데, 우리 시단에는 새로운 시적 현실의 탐구도 새로운 시형태의 발굴도 지극히 미온적이다. 소위 순수를 지향하는 그들은 사상이라면 내용에 담긴 사상만을 사상만으로 생각하고 대기하고 있는 것 같은데, 시의 폼을 결정하는 것도 사상이라는 것을 잊어서는 안 된다. 이런 미학적 사상의 근거가 없는 곳에서는 새로운 시의 형태도 나오지 않고 나올 수도 없다.[70]

④ 우리의 젊은 시가 상대로 하고 있는 민중 - 혹은 민중이란 개념 - 은 위태롭기 짝이 없다. 이것은 세계의 일환으로서의 한국인이 아니라 우물 속에 빠진 한국인 같다. 시대착오의 한국인, 혹은 시대착오의 렌즈로 들여다본 미생물적 한국인다. 이것은 두말할 것도 없이 바라보는 - 즉, 작가가 바라보는 - 군중이고 작가의 안에 살고 있는 군중이 아니기 때문에 그렇게 되는 것이다. 이것은 작가와 함께 앞을 향해 세차게 달리고 있는 군중이 아니라, 작가는 달리지 않고 군중만 달리게 하는 유리에서 생기는 현상인 것이다. 오늘의 민중을 대변하는 시는 민중을 바라보는 시가 아니다.[71]

인용한 글 ①에서 김수영은 '언어의 서술'을 중시하는 '참여파'와 '언어의 작용'을 중시하는 '예술파'를 동시에 비판하고 있다. 그는 비판의 근거로써 참여파의 경우 새로운 시적 현실을 탐구하지 못하고 있다는 점과 예술파의 경우 새로운 시적 형식을 탐구하지 못하고 있다는 점을 들었다.

②와 ④는 그 구체적 사례인데, 예술파를 대표하는 김춘수의 경우

---

70) 같은 책, p.368
71) 같은 책, p.370

'의미'와 대결하지 않고, '무의미'로 도피한 것을 문제 삼고 있으며,
참여파의 경우 민중의 구체적 현실에서 출발하지 않고 자신들이 바라
보고자 하는 민중의 추상적 관념으로 도피한 것을 문제 삼고 있다.
특히 후자는 그의 사후에 전개된 민중문학론의 관념성[72]을 누구보다
먼저 선취하는 놀라운 통찰력을 보여주고 있다. 인용한 ②와④ 말미에
는 예술파와 참여파의 한계를 돌파할 수 있는 가능성이 제시되어 있는
데, 각각 "'의미'를 껴안고 들어가서 그 '의미'를 구제함으로써 무의미
에 도달하는 길"과 "작가와 함께 앞을 향해 세차게 달리고 있는 군중"
에 이르는 길이 바로 그것이다.

　③에서 김수영은 논의의 편의를 위해서 사용했던 시의 내용과 형식
의 이분법을 다시 상호관련 시키고 있다. 이때 언어의 서술과 언어의
작용의 새로움을 매개하는 요소는 '미학적 사상'으로 설정되는데, 이
'미학적 사상'이 시의 '내용'뿐만 아니라 시의 '형식'도 결정하게 된다.
이러한 시적 사유를 토대로 김수영은 자신만의 독창적인 시론을 구축
하게 된다. 흔히 '온몸의 시론'으로 명명되는 「시여 침을 뱉어라」가

---

72) 민중문학론에 대한 비판들 중에서 특히 정과리의 「민중문학론의 인식구조」는
　　특별히 주목을 요한다. 정과리는 민중문학의 인식구조를 "지배 체계가 자신의
　　상징적 질서를 계급적 위계질서로 세워놓았다면, 민중 문학론의 상징적 질서
　　는 집단 구성의 차원에서는 그것과 반대 방향으로, 그러나 역시 특별한 위계질
　　서를 이루면서, 거꾸로 선 피라밋을 구성한다"고 파악했다. 또한 "민중 개념이
　　상징이면서 실체인 모순의 개념"임을 날카롭게 지적하고 있다. 민중 개념이
　　실현되지 않은 유토피아 개념임에도 불구하고, 이미 동시에 선취된 실체 개념
　　이라는 민중론의 이중성을 적절히 지적하고 있는 대목이다. 결국 민중문학론
　　은 그 민중이라는 유토피아를 찾아가는 과정임에도 불구하고, 이미 선취된
　　실체로 간주하는 한 인식적 추상성을 면하기 힘들다는 지적은 민중문학론의
　　한계를 적절히 지적한 것이다. 이에 대해서는 정과리, 「민중문학론의 인식구
　　조」, 『스밈과 짜임』(문학과 지성사, 1988)을 참조.

바로 그것이다.

> 나의 시에 대한 사유는 아직도 그것을 공개할 만한 명확한 것이
> 못 된다. 그리고 그것을 조금도 부끄럽게 생각하고 있지 않다. 이러
> 한 나의 모호성은 시작을 위한 나의 정신조의 상부 중에서도 가장
> 첨단의 부분을 차지하고 있는 것이고, 이것이 없이는 무한대의 혼돈
> 에의 접근을 위한 유일한 도구를 상실하는 것이 되기 때문이다. 가령
> 교회당의 뾰족탑을 생각해볼 때, 시의 탐침은 그 끝에 달린 십자가의
> 하반부에서부터 까마득한 추춧돌 밑가지의 건축의 실체의 부분이
> 우리들의 의식에서 아무리 정연하게 정비되어 있다 하더라도 시작상
> 으로 그러한 명석의 개진은 아무런 보탬이 못 되고, 오히려 방해가
> 되는 것이다. 시인은 시를 쓰는 사람이지 시를 논하는 사람이 아니
> 며, 막상 시를 논하게 되는 때에도 그는 시를 쓰듯이 논해야 할
> 것이다.73)

김수영은 자신의 "시에 대한 사유가 공개할 만한 것이 못된다"고
하면서도, 그것을 "조금도 부끄럽지 않다"고 말한다. 김수영은 그 이유
를 '모호성'이 자신의 "정신구조의 상부 중에서도 가장 첨단의 부분을
차지하고 있는 것"이며, "이것 없이는 무한대의 혼돈에의 접근을 상실
하기" 때문이라고 선언한다. 여기서 김수영이 주장하는 혼돈은 새로운
질서를 낳는 생성으로서의 혼돈이다. 혼돈은 기존의 질서를 교란하고
새로운 질서를 창조한다. 이러한 혼돈은 인용한 글 마지막 부분에서
"시를 논하는 것"과 "시를 쓰는 것"에 동시적으로 걸린다. 결국 김수영

---

73) 「시여 침을 뱉어라」, 『김수영 산문』, p.397.

은 "시를 논하는 것"과 "시를 쓰는 것"을, 혼돈을 토대로 새로움을 생성하는 것으로 간주하고 있는 셈이다. 김수영은 이러한 생성으로서의 혼돈을 자신의 시작 경험과 관련하여 아래와 같이 상술하고 있다.

> 사실 나는 20년의 시작 생활을 경험하고 나서도 아직도 시를 쓴다는 것이 무엇인지를 잘 모른다. 똑같은 말을 되풀이 하는 것이 되지만, 시를 쓴다는 것이 무엇인지를 알면 다음 시를 못 쓰게 된다. 다음 시를 쓰기 위해서는 여직까지의 시에 대한 사변을 모조리 파산시켜야 한다. 혹은 파산시켰다고 생각해야 한다. 말을 바꾸어 하자면, 시작은 '머리'로 하는 것이 아니고, '심장'으로 하는 것도 아니고, '온몸'으로 하는 것이다. '온몸'으로 밀고 나가는 것이다. 정확하게 말하자면 온몸으로 동시에 밀고 나가는 것이다.[74]

위의 인용문은 소위 '온몸의 시론'으로 불리는 김수영의 시론이 본격적으로 개진되고 있는 부분이다. 김수영은 자신이 20년 동안 시작 생활을 해왔지만, "아직도 시를 쓴다는 것이 무엇인지 모른다"고 선언한다. 이 부분에서 김수영은 앞서 제시한 '모호성'과 '혼돈'을 다시 한 번 강조하고 있다. 특히 "시를 쓰기 위해서는 여직까지의 시에 대한 사변을 모조리 파산시켜야 한다. 혹은 파산시켰다고 생각해야 한다"는 진술이 주목된다. 김수영의 이러한 진술은 니체적 의미의 망각을 상기시킨다.

니체는 현재를 그 자체로 받아들이지 못하고 과거에 집착하거나 미래에 매달리는 인간을 '역사적 인간'[75]으로 불렀다. 니체는 역사적

---

74) 같은 책, p.396.
75) 니체는 『반시대적 고찰』의 2편인 「삶에 대한 역사의 공과」에서 '역사적 인간'

인간은 결코 불행한 삶에서 벗어날 수 없다고 보았는데, 그는 인간이 행복해지기 위해서는 망각하는 능력과 사랑하는 능력을 배워야 한다고 권고했다. 김수영은 니체적 의미의 망각을 적극적으로 실천했다. 김수영에게 시를 쓴다는 것이 매번 새롭게 시작하는 모험인 이유는 바로 이 때문이다.

　김수영은 시작은 "'머리'로 하는 것이 아니고, '심장'으로 하는 것도 아니고, '온몸'으로 하는 것이다. '온몸'으로 밀고 나가는 것이다. 정확하게 말하자면 온몸으로 동시에 밀고나가는 것이다"라고 쓰고 있다. 여기서 김수영은 "온몸으로 하는 것이다"로는 부족하다고 생각해서인지, "온몸으로 밀고 나가는 것이다"로 다시 한 번 규정하고, 다시 "온몸으로 동시에 밀고나가는 것이다"로 거듭 규정하고 있다. 먼저 '머리'도 '심장'도 아닌 '온몸'이라고 할 때, 그 '온몸'은 어떤 의미를 갖는가. 그것은 첫째, '머리'와 '심장'으로 대표되는 이성과 감성을 각각 배타적으로 강조하는 뿌리 깊은 미학적 이분법을 해체하고 있다는 점에서, 둘째, 플라톤 이래로 좀 더 유구한 정신과 육체의 이분법을 극복하고 있다는 점에서 탁월하다.[76] 김수영이 계속해서 '온몸'의 의미를 구체화

　　과 '비역사적 인간'을 흥미롭게 대비하고 있다. 그에 의하면, '역사적 인간'은 현재의 자신을 과거의 집적으로 파악한다. 그는 과거의 자신을 근거로 현재의 자신을 파악한다. 이에 비해 '비역사적 인간'은 과거의 자신을 부정하고 현재의 자신을 긍정한다. 니체에 따르면 인간은 역사적인 진행 속에 예정된 자신으로 존재하는 것이 아니라 현재적인 위상 속에 생성될 자신으로 존재하게 되는 것이다. 이에 대해서는 니체, 임수길 역, 『반시대적 고찰』(청하, 1982), pp.109～118을 참조.

76) 니체는 인간을 신체(Leib)로 규정했다. 백승영에 따르면, 니체 철학에서 신체 개념은 위버멘쉬 개념과 더불어 유럽의 정신사에서 자명하게 받아들여진 인간관을 전복시키는 수단이자, 새로운 인간학을 정초하는 중심축이다. 이 개념을

하고자 했던 이유도 바로 이 때문이다.

　김수영은 '온몸'이 단순히 '머리'와 '가슴'만의 종합을 의미하는 것이
아니라 '머리'와 '가슴', '육체'와 '정신', '지성'과 '감성', '산문'과 '운문',
'내용'과 '형식', '대지의 은폐'와 '세계의 개진' 등과 같은 무수한 이항대
립을 변증법적으로 통합할 수 있는 가능성으로 읽히길 원하고 있었던
것이다. 몸은 세계와 접촉하고 세계를 구성하는 인간의 실존 그 자체이
다. 때문에 그에게 시를 논하는 행위나 시를 쓰는 행위는 단순히 '머리'
나 '가슴'으로 이해하거나 느끼는 차원을 넘어선 실존 그 자체이자
'자유의 이행'인 동시에 '사랑의 이행'이 된다.

　김수영은 사랑과 죽음이 결코 분리될 수 없다고 생각했다. 이러한
생각이 "죽음이 없으면 사랑이 없고, 사랑이 없으면 죽음이 없다"[77]는
문장을 낳은 것이다. 그는 삶뿐만 아니라 시도 사랑과 죽음의 문제를
중심으로 바라보았다. 김수영에게 시는 "어떻게 자기 나름으로 죽음을
완성했느냐의 문제"이고, 시론은 "이 죽음의 고개를 넘어가는 모습과
행방과 그 행방의 거리에 대한 해석과 측정의 의견"이다. 그는 이렇게
죽음과 사랑의 대극에서 바라볼 때에야, "(시가 - 인용자) 얼마만큼 새
로운 것이고 얼마만큼 낡은 것인가"[78]를 판단할 수 있다고 믿었다.
여기서 김수영이 말하는 죽음의 고개를 넘어가는 모습이란 앞에서
지적한 기존의 것이 무화無化되고 새로운 것이 생성生成되는 순간을

통해 니체는 형이상학적 이원적 인간관을, 힘에의 의지가 수행되는 장소로서
의 통일적 인간관으로 대치시킬 수 있었다. 이에 대해서는 백승영,『니체 디오
니소스적 긍정의 철학』(책세상, 2005), p.420~421을 참조.
77)「나의 연애시」,『김수영 산문』, p.134.
78)「죽음과 사랑의 대극은 시의 본수」,『김수영 산문』, p.601.

의미하며, 또한 자유의 이행과 사랑의 이행을 의미한다.[79]

---

79) 정남영은 김수영의 시와 시론에 나타난 죽음이 "개체가 죽는 것이 아니라 개체를 특정의 상태에 가두었던 감옥이 허물어지고, 마음이 벼려낸 사슬이 풀리며 내부의 여러 요소들이 활성화되어 개체가 새로운 존재로 생성되는 것"으로 파악했다. 이에 대해서는 정남영, 「바꾸는 일, 바뀌는 일 그리고 김수영의 시」, 김명인 편, 『살아있는 김수영』(창작과 비평사, 2005), pp.22~23을 참조.

· · · 4

'역사적 현대성'과
'미학적 현대성'의 변증법

4-1. '作亂'과 '作戰'을 넘는 '바로 보기'

김수영은 생전의 첫 시집[1]이자 마지막 시집이 된『달나라의 장난』
後記에서 편집 원칙을 다음과 같이 밝히고 있다.[2] 첫째, 시집에 묶인
시들은 1948년부터 1959년까지 발표된 것이라는 점, 둘째, 그러나
거의 대부분의 시가 한국 전쟁 이후에 씌어진 것이라는 점, 셋째, 목차
는 대체로 제작 역순이라는 점 등이 그것이다. 시인이 시집을 묶을
때 이미 발표한 시들은 시인의 의도에 따라 공들여 배치되는 것이

---

1) 시인 이문재에 의하면 "첫 시집의 첫 시는 그 시인의 시적 생애가 담겨 있는
'게놈(Genom) 지도'이며, '유전자 칩'"(이문재,『내가 만난 시와 시인』(문학동네,
2003), p.249.)이다. 특히 "첫 시집의 첫 시, 혹은 앞부분의 시 몇 편을 제대로
소화해내고 나면, 나머지 시들은 초기시들의 성장"(이문재, 같은 책, p. 321.)이다.
다소 과장된 표현이지만, 그만큼 한 시인에게 첫 시집의 첫 시가 갖는 의미는
각별하다는 것이다. 이러한 관점에서 볼 때, 민음사 판(1981년도 판과 2003년도
개정판 모두) 김수영 전집은 김수영 생전의 첫 시집이자 유일한 시집을 시인의
의도대로 읽어볼 수 있는 기회를 원천적으로 봉쇄하고 있는 텍스트라 할 수 있다.
2) 김수영,「後記」,『달나라의 장난』(춘조사, 1959), pp.116~117.

일반적이다. 그런데 김수영은 이러한 일반적인 경향을 무시하고 자신의 시들을 제작 역순으로 배치했다. 첫 시집을 출간하는 시인에게는 좀처럼 찾아보기 힘든 일이다.

이와 관련해서는 김수영의 "그(시인 - 인용자)는 언제나 시의 현 시점을 이탈하고 사는 사람이고 또 이탈하려고 애를 쓰는 사람이다. 어제의 시나 오늘의 시는 그에게는 문제가 안 된다. 그의 모든 관심은 내일의 시에 있다"[3]는 언급을 참조할 수 있다. 한마디로 "시인의 정신은 未知"라는 것이다. 김수영은 첫 시집을 통해서 지금까지 자신의 시가 도달한 경과를 가감 없이 드러내 보이고는 또 다시 현 시점에서의 이탈을 준비하고 있었던 셈이다. 그러므로 많은 연구자들이 4 · 19 이후의 김수영의 시에서 새로운 변화를 읽어내는 것은 실로 자연스럽다. 첫 시집을 내고 또 다른 이탈을 준비하고 있던 김수영에게 혁명은 이탈의 속도와 강도를 더욱 심화시켰다.

김명인은 『달나라의 장난』에 실린 첫 번째 시이자 창작 순서로는 마지막 시에 해당하는 「死靈」에 대해 "부정의 현실에 대한 정치적 행동의 부재, 즉 자유에 대한 언급이 아닌 자유의 이행의 부재를 문제 삼는 시 「死靈」을 씀으로써 김수영은 사실상 4 · 19를 맞을 내면의 준비를 끝마치고 있는 셈"[4]이라고 분석하였다. 이 시를 기점으로 김수영의 초기시를 지배하는 설움(비애)의 정조는 '현대성' 획득을 위한 하나의 시적 전략으로 전화된다는 것이 김명인의 판단이다. 이러한 김명인의 판단은 주목할 만한 것인데, 다만 초기시를 지배하는 설움(비

---

3) 「시인의 정신은 未知」, 『김수영 산문』, p.253.
4) 김명인, 『김수영, 근대를 향한 모험』(소명, 2002), p.141.

애)의 정조가 '현대성' 획득을 위한 하나의 시적 전략으로 전화되는 과정이 좀 더 세밀하게 해명될 필요가 있어 보인다.

헤겔은 유아 단계에서 벗어났지만 성년이 되지 못한 청년은 보편적인 이상에 집착하여 극단적으로 기존 세계를 변혁하고 새로운 세계를 구축하고자 하는 경향이 있다고 보았다. "자신의 주관적 이상이 현실에서 실현될 수 없다는 인식과 감정이 과도해질 때 젊은이는 멜랑콜리에 젖게"[5]된다는 것이다. 주관적 이상과 객관적 현실의 격차로부터 멜랑콜리가 발생한다는 헤겔의 견해는 주목할 만한 것인데, 다만 멜랑콜리를 해소하는 방안으로 그가 제시하고 있는 현실의 적응이라는 개념은 논란의 여지가 있어 보인다. 당대에도 그렇고 현재에도 그렇듯이 '현실의 적응'이라는 헤겔의 권고가 당대의 보수적인 지배 이데올로기를 승인하는 결과로 이어질 가능성이 크기 때문이다.

헤겔이 멜랑콜리를 부정적인 정서로 파악한 것과는 달리 멜랑콜리를 적극적으로 옹호하는 논자들도 있다. 후자의 논자들은 멜랑콜리를 숭고적^{contemplatve} 지혜의 조건[6]으로 간주하였다. 이들에게 멜랑콜리는 고귀한 인물이 가지는 기질 중의 하나로 간주되어 '영웅의 질병'[7]으로 추앙받기도 하였다. 리처드 커니에 따르면 멜랑콜리를 적극적으로 옹호한 피치노는 자신의 저서 『인생지침서』에서 멜랑콜리를 대하는 두 가지 상반된 태도를 아래와 같이 구별하였다.

---

5) 최문규, 「근대성과 심미적 현상으로서의 멜랑콜리」, ≪뷔히너와 현대문학≫ (2005, 24호), p.203.
6) 리처드 커니, 이지영 역, 「멜랑콜리 - 신과 괴물 사이」, 『이방인, 신, 괴물』(개마고원, 2004), p.297.
7) 같은 곳.

첫 번째 부류는 비본래적 상식의 진부함에 집착함으로써 멜랑콜리를 적대시하는 자들이다. 두 번째 부류는 예술가나 지식인이 되기 위해 세계로부터 스스로를 격리시킴으로써 멜랑콜리를 창조적 재능으로 전환시키는 자들이다. 이 같은 전환은 존엄성·자유·자아의 표현을 가능하게 만드는 새로운 정신을 창출해낸다. 존엄성·자유·자아 표현은 르네상스 인문주의의 가장 기초적인 덕들이기도 하다.[8]

김수영 시에 나타나는 시적 주체의 설움(비애)은 헤겔의 도식으로는 적절히 해명되지 않는다. 시적 주체의 설움이 주관적 이상의 좌절로 귀결된다기보다는 객관적 현실을 기초로 주관적 이상의 성취로 고양되고 있기 때문이다. 따라서 멜랑콜리를 철저히 극복해야 할 부정적 대상으로 바라본 헤겔의 관점은 피치노의 관점으로 전환될 필요가 있어 보인다. 멜랑콜리가 주관적 이상의 좌절에서 발생하기도 하지만 동시에 그것은 언제든지 창조적 재능으로 전환될 가능성을 내포하고 있기 때문이다. 후자의 경우, 설움(비애)은 현실도피나 허무주의로 귀결되지 않는다. 오히려 그것은 현실도피나 허무주의를 넘어설 수 있는 내적 동력으로 전환된다. 이 점을 김수영의 초기시들에 나타난 시선의 모티브를 중심으로 해명해 보도록 한다.

---

8) 같은 책, p.311.

1

南廟문고리 굳은 쇠문고리
기어코 바람이 열고
열사흘 달빛은
이미 寡婦의 靑裳이어라

날아가던 朱雀星
깃들인 矢箭
붉은 柱礎에 꽂혀있는
半절이 過하도다

아아 어인 일이냐
너 朱雀의 星火
서리앉은 胡弓에
피어 사위도 스럽구나

寒鴉가 와서
그날을 울더라
밤을 반이나 울더라
사람은 영영 잠귀를 잃었더라

2

百花의 意匠
萬華의 거동이
지금 고요히 잠드는 얼을 흔드며
關公의 色帶로 감도는

香爐의 餘烟이 神秘 한데

어드메에 담기려고
漆黑의 壁板 위로
香烟을 찍어
白蓮을 무늬 놓는
이밤 畵工의 소맷자락 무거이 적셔
오늘도 우는
아아 짐승이냐 사람이냐

　　　　　　　　　　　　　- 「廟庭의 노래」 전문

　위의 시는 김수영의 "소위 '처녀작'"9)이다. 김수영은 자신의 처녀작
이 탄생한 배경을 비교적 소상히 밝힌 글을 남겼다. 그 글에서 그는
「廟庭의 노래」를 자신의 작품 목록에서 지워버렸다고 썼다. 그러면서
그가 내세우는 처녀작은 겨우 끝머리 몇 줄만 기억하고 있는 「거리」라
는 시인데, 이 시에 대해 김수영은 "나의 유일한 연애시이며 나의 마지
막 낭만시이며 동시에 나의 실질적인 처녀시"10)라는 의미를 부여하였
다. 전문조차 남아 있지 않은 시를 자신의 처녀작이라고 말할 정도로
「廟庭의 노래」는 김수영에 의해 철저히 버려진 시였다. 아래의 인용
은 김수영이 「廟庭의 노래」를 부정하게 된 저간의 사정을 비교적
소상히 파악할 수 있게 해준다.

---

9) 「연극 하다가 시로 전향」, 『김수영 산문』, p.332.
10) 같은 책, p.336.

그 후 이 작품이 게재된 ≪예술부락≫의 창간호는 박인환이
낸 <마리서사>라는, 해방 후 최초의 멋쟁이 서점의 진열장 안에서
푸대접을 받았고, 거기에 드나드는 모더니스트 시인들의 묵살의 대
상이 되고, 역시 거기에 드나들게 된 내 자신의 자학의 재료가 되었
다. 「廟庭의 노래」와 같은 무렵에 쓴 내 딴으로의 모던한 작품들이
「廟庭의 노래」보다 잘되었다고 생각하는 것은 아니지만, 「廟庭의
노래」가 ≪예술부락≫에 실리지만 않았더라도 ―「廟庭의 노래」
가 아닌 다른 작품이 ≪예술부락≫에 실렸거나, 「廟庭의 노래」가
≪예술부락≫이 아닌 다른 잡지에 실렸더라도 ― 나는 당시에 인환
으로부터 <낡았다>는 수모는 덜 받았을 것이라고 생각되고, 나중
에 생각하면 바보 같은 콤플렉스 때문에 시달림도 좀 덜 받을 수
있었으리라 생각된다.[11]

위의 인용문을 읽어보면, 김수영이 「廟庭의 노래」를 부정하게 된
결정적 계기가 박인환을 위시한 당대의 모더니스트들로부터 받게 된
수모 때문임을 알 수 있다. 물론 김수영 자신도 「廟庭의 노래」가 잘된
작품은 아니라고 인정하고 있지만, 분명 방점은 박인환의 '낡았다'는
수모에 찍혀 있다. 김수영은 「廟庭의 노래」가 '낡았기' 때문에 부정한
것이 아니라 '시가 되지 못했기' 때문에 부정한 것이다. 김수영은 이
시를 "상당히 엑센트릭(Eccentric)한" 작품이며, "얼굴이 뜨뜻해질 만큼
유창한 능변"의 작품이라고 평가한 바 있다. 하지만 김수영 자신의
이러한 부정적 평가에도 불구하고, 「廟庭의 노래」는 그의 다른 초기
작품들과 비교해 볼 때, 비교적 성공한 작품으로 평가할 수 있다. 김종

---

11) 같은 책, p.333.

윤은 "현실을 바로 보려는 김수영의 정신적 태도와 그의 시를 물들이고 있는 설움의 정조에 대한 원형적 이미지가 내포된 시일뿐만 아니라, 묘정의 정적이나 신비롭고 외경스런 분위기의 전달에도 성공하고 있는 시"12)라는 고평을 내놓기도 했다.

다시 김수영의 회고로 돌아가 보면, 「廟庭의 노래」는 "동대문 밖에 있는 東廟에서 이미지를 따온 것"이다. 어린 시절의 김수영은 명절 때마다 그 곳에 참묘를 갔다. 당시 그곳에는 關公의 立像이 서 있었는데, 그것을 볼 때마다 어린 김수영은 이상한 외경과 공포를 느끼곤 했다. 어린 시절의 그는 그 이상한 외경과 공포를 퍽 좋아했었는데, 어찌된 일인지 시로 형상화되는 과정에서 "불길한 곡성 같은 것이 배음으로 흐르"13)게 되었다고 한다. 김수영의 회고에서 중요한 대목은 어린 시절에 좋아했던 외경과 공포가 시로 형상화되는 과정에서 불길한 곡성으로 변주되었다는 부분이다. 여기서 우리가 놓치지 말아야 할 것은, 동묘의 관공에게서 외경과 공포를 읽어내고 그러한 감정에 정확한 관념과 의미를 부여하는 시적 주체는 아이 김수영이 아니라 어른 김수영이라는 점이다. 바로 이 어른 김수영이 관공으로 표상되던 과거의 외경과 공포를 불길한 곡성으로 변주하고 있는 것이다. 이러한 변화된 인식은 이 시의 마지막 두 행에 집약되어 있는데, 관공은 퇴락한 동묘를 찾아와 우는 겨울까마귀(寒鴉)처럼 밤새도록 짐승의 소리인지 사람의 소리인지 모를 소리를 내며 우는 존재로 그려지고 있다. 시적 주체에게 '관공'으로 표상된 과거의 전통은 더 이상 외경과 공포

---

12) 김종윤, 『김수영 문학 연구』(한샘출판사, 1994), p.114.
13) 「연극 하다가 시로 전향」, 『김수영 산문』, p.332.

를 주는 대상이 아닌 연민과 슬픔을 일으키는 대상으로 인식되고 있는 것이다. 이 시를 지배하고 있는 복고적이고 회고적인 정조情調는 시적 주체가 과거의 전통과 단호하게 결별하지 못하고 그 주위를 맴돌게 되는 그 망설임과 주저함으로부터 발생하고 있는 것이다.

새로움을 현대성의 유일한 지표로 간주하고 있었던 당대의 모더니스트들에게 이 시의 이러한 복고적이고 회고적인 정조는 분명 낡아 보였을 것이다. 그렇기 때문에 김수영은 그들로부터 "'낡았다'라는 수모"를 받아야 했고, 한동안 "바보 같은 콤플렉스"에 시달려야 했다. 하지만 이때의 수모와 콤플렉스가 김수영으로 하여금 그들과는 다른 방식의 현대성을 추구할 수 있도록 이끌었다. 그러한 현대성 추구가 충분히 의식화되고 전략화되기 위해서는 좀 더 긴 시간이 필요 했지만, 김수영이 당대의 모더니스트들에 대해 비판적 거리를 유지할 수 있는 중요한 계기[14]가 된 것만은 분명해 보인다.

> 아버지의 寫眞을 보지 않아도
> 悲慘은 일찌기 있었던 것
>
> 돌아가신 아버지의 寫眞에는
> 眼鏡이 걸려있고

---

14) 박수연은 "김수영에게 있어서 전통은 단순히 시적 착상의 요소로서만 존재하지 않고 그가 부딪치고 해결해야만 하는 절대적 영역으로 존재 한다"고 분석했다. 그에 따르면 「묘정의 노래」는 시의 내용과 형식으로 우회되는 전통의 세계이고, 「이」와 「아버지의 사진」은 전통이 시인의 정신 영역에 있음을 전면화하는 것이다. 이에 대해서는 박수연, 「김수영 시 연구」(충남대 박사논문, 1999), p.52를 참조.

내가 떳떳이 내다볼 수 없는 現實처럼
그의 눈은 깊이 파지어서
그래도 그것은
돌아가신 그날의 푸른 눈은 아니요
나의 飢餓처럼 그는 서서 나를 보고
나는 모오든 사람을 또한
나의 妻를 避하여
그의 얼굴을 숨어 보는 것이요

詠嘆이 아닌 그의 키와
詛呪가 아닌 나의 얼굴에서
오오 나는 그의 얼굴을 따라
왜 이리 조바심하는 것이요

조바심도 습관이 되고
그의 얼굴도 습관이 되며
나의 無理하는 生에서
그의 寫眞도 無理가 아닐 수 없이
그의 寫眞은 이 맑고 넓은 아침에서
또하나의 나의 팔이 될 수 없는 悲慘이요
행길에 얼어붙은 유리창들같이
時計의 열두시같이
再次는 다시 보지 않을 遍歷의 歷史……

나는 모든 사람을 避하여
그의 얼굴을 숨어 보는 버릇이 있소
                    ― 「아버지의 寫眞」 전문

　이 시의 1연에는 시적 주체가 아버지의 사진을 보게 된 정황이 제시
되어 있다. "悲慘"이 그것인데, 비참한 상태에 놓인 시적 주체가 사진
속의 아버지를 다시 바라보게 된 것이다. 시적 주체는 아버지에게 현재
의 비참에서 벗어나기 위한 답을 구하려 하지만, 아버지는 "나의 飢餓
처럼" 무기력하게 "나를 보고" 있을 뿐이다. 이러한 시선의 마주침과
엇갈림을 통해서 시적 주체는 아버지가 자신의 '비참'에 아무런 답도
해 줄 수 없는 무기력한 아버지임을 다시 한 번 확인한다. 이때 시적
주체는 수치심을 느끼게 되는데, 이는 아마도 시적 주체가 아버지의
사진에서 자신의 모습을 발견하고 있기 때문인 듯하다. 더 이상 '詠嘆'
의 대상도 '詛呪'의 대상도 아니게 된 아버지에 불과하지만, 그 아버지
와 운명처럼 닮아 있는 '나'는 조바심을 갖게 된다. 사진으로만 남은
아버지가 "나의 팔이 될 수 없는 悲慘"임을 잘 알고 있고, 그렇기
때문에 "再次는 다시 보지 않을 遍歷의 歷史"로 강하게 부정도 해보
지만, 동시에 '나'는 시계 바늘이 돌아서 다시 열두시를 가리키듯이("시
계의 열두시같이") 끝내 "숨어 보는 버릇"을 버리지 못할 것임을 예감
한다. 이처럼 아버지로 표상되는 전통은 간단하게 부정될 수 없는 힘으
로 김수영의 내면과 의식에 깊숙이 자리 잡고 있었던 것이다.

　나희덕이 적절히 지적하고 있듯이, 이 시에 등장하는 아버지를 '전
통'이라는 말과 동일시할 수는 없을 것이다. 하지만 아버지에 대한
시적 주체의 반응을 통해, "앞선 세대와 지나간 역사에 대한 그의 태도
나 무의식을 엿보기에는 충분"[15]하다. 김수영은 과거의 전통에 대해

---

15) 나희덕, 「김수영 시에 있어서 '전통'의 문제」, ≪배달말≫(2001, 29집), p.97.

부정적인 태도와 의식을 가지고 있었지만, 그것을 간단히 외면하거나 초월하려 하지 않았다. 그에게 과거의 전통은 성찰하고 숙고해야 할 대상이었던 것이다. 이후에도 김수영은 사진 속에서 안경 너머로 자신을 바라보는 아버지의 눈빛을 끊임없이 관찰하였다. 비록 아버지를 "떳떳이" 보지는 못하고 "피하여" 보고 있지만, 이러한 그의 태도가 후에 아버지로 표상되는 과거의 전통을 바로 볼 수 있게 한 것이다. 김수영에게 아버지로 표상되는 과거의 전통은 자기를 되비치는 거울이자 맹목적인 서구 지향을 극복할 수 있는 항체로 존재했다.

이와 관련해서 남진우는 "「가까이 할 수 없는 書籍」에서 책이 새롭게 바다를 건너온 근대 문물의 충격을 상징한다면, 「이(虱)」나 「아버지의 寫眞」에 그려진 아버지는 근대 지향성과 반대되는 위치에 자리한 전근대적이며 권위적인 힘을 상징 한다"16)는 분석을 제출한 바있다. 그의 분석은 김수영 시학의 근원을 형성한 두 힘, 즉 근대적인 것과 전통적인 것 사이의 길항拮抗과 습합習合을 명료하게 밝히고 있다. 김수영은 "책으로 상징되는 모더니티의 소환으로부터도 자유롭지 못하지만, 그렇다고 아버지의 사진으로 상징되는 전통과 권위를 무조건 무시하지 못하는 처지"17)에 놓여 있었던 것이다.

이렇듯 김수영은 시작 초기부터 전통에 민감하게 반응했다. 김수영의 시세계를 전통과 관련하여 요약한다면, 아버지(전통)를 의식하면서 그와 대결하고 종국에는 그를 끌어안는 시적 편력을 보여주었다고 할 수 있다. 따라서 김수영의 시와 시론에 나타나는 표면적 의미에만

---

16) 남진우, 『미적 근대성과 순간의 시학』(소명, 2001), p.94.
17) 같은 곳.

집착해 김수영을 모더니즘 범주에 가두려는 관점은 수정될 필요가 있어 보인다. 물론 그렇다고 해서 김수영의 전통을 그 반대편에 놓인 서정주의 전통과 같은 층위에서 논의할 수는 없을 것이다.

서정주와 김수영의 차이는 전통을 가능태로 받아들이고 있느냐, 아니면 이념형으로 받아들이고 있느냐의 차이라 할 수 있다. 『歸蜀道』 이후의 서정주 시학이 '대안의 전통'을 만드는데 진력했다면, 김수영 시학은 전통의 부정에서 출발해 그 부정된 전통을 거듭 부정하는, 즉 변증법적 부정을 토대로 전통을 끌어안는 단계로 나아갔다. 김수영에게 전통은 가능태였고, 서정주에게 전통은 이념형이었던 것이다. 전통을 이념형으로 받아들인 주체에게 전통은 완성된 실체로 전제된다. 따라서 주체의 관심은 전통의 현재적 작용보다는 전통의 신성한 기원 쪽으로 향하게 된다. 반면 전통을 가능태로 받아들인 주체에게 전통은 불변의 실체가 아니다. 그러므로 주체의 관심은 전통의 신성한 기원보다는 전통의 현재적 작용 쪽으로 기울게 된다.

당대 모더니스트들이 과거의 전통으로부터 단호하게 벗어날 것을 주장하였고 실제로 그럴 수 있었던 까닭은 그들에게 김수영과 같은 전통에 대한 자의식이 부재했기 때문이다. 이러한 태도의 차이가 앞에서 지적한 아버지로 표상되는 전통을 부정하고 거부하는 고아들의 두 가지 존립 방식을 가능케 했는데, 당대 모더니스트들이 나아간 업둥이의 방식이 그 하나이고, 김수영이 걸어간 사생아의 방식이 그 다른 하나이다.

꽃이 열매의 上部에 피었을 때
너는 줄넘기 作亂을 한다

나는 發散한 形象을 求하였으나
그것은 作戰같은 것이기에 어려웁다

국수 ―- 伊太利語로는 마카로니라고
먹기 쉬운 것은 나의 叛亂性일까

동무여 이제 나는 바로 보마
事物과 事物의 生理와
事物의 數量과 限度와
事物의 愚昧와 事物의 明晳性을

그리고 나는 죽을 것이다
　　　　　　　― 「孔子의 生活難」 전문

　　인용한 「孔子의 生活難」은 상당히 난해한 작품으로 평가받아 왔
다. 그렇지만 김수영을 이해하기 위해서는 반드시 돌파해야만 하는
텍스트로 인정받아 왔기에 여러 논자들이 다양한 해석을 시도하였다.
이 시를 해석한 논자들의 입장은 크게 두 가지로 대별할 수 있다.
하나는 이 시의 난해성을 낱낱이 해명하려는 입장이고, 다른 하나는
이 시의 난해성을 우회하여 설명하려는 입장이다. 후자를 대표하는
논자는 유종호와 강웅식이다. 유종호는 "이 시의 꼼꼼한 분석의 시도
는 시인의 의도적인 농락에 말려들어가는 셈"이라고 지적하면서, 이

시에 "만년의 시인이 힐난해 마지않던 '난해의 포우즈'가 두드러진
다"[18]고 평가하였다. 강웅식은 약간 다른 각도에서 이 문제에 접근하
였는데, 그는 1~3연을 '언어의 작용'으로 4~5연을 '언어의 서술'로
구분하고, 이를 김수영이 말한 '언어를 이루지 않으려는 충동'과 '언어
를 이루려는 충동'에서 발생하는 '긴장'과 '힘'으로 해석[19]하였다. 이
시의 난해성을 해명하고자 할 때 특히 문제가 되는 부분은 강웅식이
'언어의 작용'으로 분류하고 있는 1~3연이다. 각 연 사이에 급박한
논리적 비약과 단절이 있어 쉽게 해명을 허락하지 않기 때문이다.

이 시는 1연의 "꽃이 열매의 上部에 피었을 때"라는 구절부터 시적
난해성을 동반하고 있다. 이 때 열매가 상부에 꽃을 달고 열릴 수
있느냐[20] 혹은 없느냐 하는 데서 미묘한 해석상의 차이가 발생한다.
열매가 상부에 꽃을 달고 열릴 수 없다고 전제하게 되면, 그러한 상태
는 '불합리한 상태'(박지영)[21]가 되지만, 열매가 상부에 꽃을 달고 열릴
수 있다고 전제하게 되면, 그러한 상태는 '자연스러운 상태'(황현산)[22]
가 된다. 그에 따라 이어지는 '作亂'의 의미도 달리 해석된다. 박지영은
'作亂'을 시를 얻지 않고 코스츔만 얻은 박인환을 비롯한 후반기 동인

---

18) 유종호, 「시의 자유와 관습의 굴레」, 황동규 편, 『김수영의 문학』(민음사, 1983), p.244.
19) 강웅식, 「긴장의 시론과 힘의 시학」, 『시 위대한 거절』(청동거울, 1998), p.90.
20) "꽃이 열매의 상부에 피는" 것이 자연스럽다는 견해는 조명제에 의해서 본격적
으로 제기되었다. 그는 "'꽃이 열매의 상부에 피는' 대표적인 식물은 호박,
수박, 수세미 등 박과에 속하는 것들이다"라고 지적하였다. 이에 대해서는
조명제, 「김수영 시 연구」(우석대 박사논문, 1994), p.101을 참조.
21) 박지영, 「김수영 시 연구 - 시론의 영향 관계를 중심으로」(성균관대 박사논문, 2001), p.66.
22) 황현산, 「김수영 시 자세히 읽기」, 황정산 편, 『김수영』(새미, 2002), p.179.

들에 대한 김수영의 야유로 해석하지만, 황현산은 그것을 "생명의 자연스러운 발산"으로 해석한다. 이러한 논란을 해결할 수 있는 좀 더 주목할 만한 해석은 김명인에게서 나왔다. 그는 "꽃이 열매의 상부에 피었을 때"와 "발산한 형상" 간의 일정한 상사성에 주목하여 이 시를 해석하였다.

> 이 시의 1연과 2연은 너의 "줄넘기 作亂"과 나의 "作戰 같은 추구"와의 대립으로 읽힌다. 그렇게 보면 "꽃이 열매의 상부에 핀 것"과 "발산한 형상" 간에는 일정한 상사성이 유추된다. 1연의 "너"는 "꽃"이 개화된 상태에서 즉 이미 갖춰진 좋은 조건 아래서 줄넘기 作亂을 하듯 경박하게 세상을 산다(혹은 문학을 한다). 그러나 2연의 "나"는 꽃의 개화를 연상하게 하는 "발산한 형상"을 구하듯이 살고 문학을 대하지만 그것은 현재의 "나"의 조건상 "작전"처럼 어려운 것이다. 3연에서는 퍼스나가 이렇게 묻는다. "너"는 국수를 "마카로니"라고 모던하게 부르지만 "나"는 그걸 먹는 편이 더 쉬운데, 혹은 먹는 것에 더 익숙한데 그게 네게는 거슬리는가? 또는 국수는 마카로니라고 부르기 위해 있는 것이 아니라 먹기 위해 있다고 생각하는 내 생각이 '너에겐' 반란으로 보이는가? 이 3연의 물음이 감추고 있는 비꼬임은 "나"의 "너"의 안일한 作亂, 또는 말놀음에 대한 적의와 경멸을 담은 복잡한 감정을 보여준다.[23]

김명인의 지적처럼 "꽃이 열매의 上部에 핀 것"과 "發散한 形象" 간의 상사성相似性은 분명해 보인다. 하지만 그의 분석이 놓치고 있는

23) 김명인, 「김수영 근대를 향산 모험」(소명, 2002), p.89.

지점도 있다. 하나는 상사성이 동일성^{同一性}을 의미하지 않는다는 점이고, 다른 하나는 '너'/'나'의 대립이 텍스트 내에서 좀 더 중층적으로 구조화되어 있다는 점이다. "꽃이 열매의 上部에 핀 것"과 "發散한 形象" 간에는 유사^{類似}하지만 분명한 차이가 존재한다. 1연의 "꽃이 열매의 上部에 핀 것"은 실재적 사태를 가리키고 있는 반면, 2연의 "發散한 形象"은 시적 주체가 추구하는 이상적 본질을 가리키고 있기 때문이다. 따라서 3연의 '叛亂性'은 1연 '너'의 '作亂'과 2연 '나'의 '作戰' 둘 모두에 개입하고 있는 것으로 읽어야 한다. 이를 해석에 적용해 보면, 1연은 현상 속에 내재된 본질을 외면하고 다만 유희에 빠져있는 '너'를 비판하는 것으로, 2연은 관념적으로 본질을 추구하려는 '나'를 비판한 것으로 각각 해석할 수 있다. 이를 토대로 3연의 시적 주체는 '너'의 作亂과 '나'의 作戰이 비록 그 양태는 다르지만 결국 국수를 마카로니라 부르는 행위에 불과하다는 인식에 도달한다. 이어지는 "먹기 쉬운 것은 나의 叛亂性일까"라는 구절은 그러한 인식이 단순히 인식 차원에 머물지 않고 행동 차원으로 이행될 것임을 예고한다. 그 예고는 4연에서 '바로 보마'라는 선언으로 실현된다.

이때 선언된 '바로 보기'는 김수영이 평생을 두고 실천한 시작 태도와 시작 방법의 근간을 이루는 것이지만, 아직까지는 시적 언어로 육화되지 못한 시적 진술 차원에 머물러 있을 뿐이다. 그것이 '선언 차원'에 머무르고 있다는 것은 1행으로 처리된 마지막 문장 "그리고 나는 죽을 것이다"라는 진술에 내재되어 있다. 정과리에 따르면, 이 마지막 진술은 두 가지 해석이 가능한데, "하나는 죽을 때까지 바로 보려는 노력을 계속하겠다는 의지이고, 다른 하나는 바로 본다는 의식적 노력에 대한 절망적 예감·인식"[24])이 그것이다. 이러한 선언이 시적 언어로 육화되기 위해서는(시로 이행하기 위해서는), 좀 더 치열한 고투를 필요로 했다. 이러한 의미에서 초기시에 빈번하게 등장하는 시적 주체의 설움과 비애는 그 치열한 고투의 정직한 기록이라 할 수 있다.

> ①
> 가까이 할 수 없는 書籍이 있다
> 이것은 먼 바다를 건너온
> 容易하게 찾아갈 수 없는 나라에서 온 것이다
> 주변없는 사람이 만져서는 아니될 册
> 만지면은 죽어버릴듯 말듯 되는 册
> 가리포루니아라는 곳에서 온 것만은
> 確實하지만 누가 지은 것인줄도 모르는
> 第二次大戰 以後의
> 긴긴 歷史를 갖춘 것같은
> 이 嚴然한 册이
> 지금 바람 속에 휘날리고 있다
> 어린 동생들과의 雜談도 마치고
> 오늘도 어제와 같이 괴로운 잠을
> 이루울 準備를 해야 할 이 時間에
> 괴로움도 모르고
> 나는 이 책을 멀리 보고 있다
> 그저 멀리 보고 있는 듯한 것이 妥當한 것이므로

---

24) 정과리, 「현실과 전망의 긴장이 끝간데」, 『문학, 존재의 변증법』(문학과지성사, 1985), p.239.

나는 괴롭다

오오 그와 같이 이 書籍은 있다

그 册張은 번쩍이고

연해 나는 괴로움으로 어찌할 수 없이

이를 깨물고 있네!

가까이 할 수 없는 書籍이여

가까이 할 수 없는 書籍이여.

　　　　　　　　－ 「가까이 할 수 없는 書籍」 전문

②

흘러가는 물결처럼

支那人의 衣服

나는 또하나의 海峽을 찾았던 것이 어리석었다

機會와 油滴 그리고 능금

올바로 精神을 가다듬으면서

나는 數없이 길을 걸어왔다

그리하야 凝結한 물이 떨어진다

바위를 문다

瓦斯의 政治家여

너는 活字처럼 고웁다

내가 옛날 아메리카에서 돌아오던 길

뱃전에 머리 대고 울던 것은 女人을 위해서가 아니다

    오늘 또 活字를 본다
    限없이 긴 활자의 連續을 보고
    瓦斯의 政治家들을 凝視한다
                        ― 「아메리카 타임誌」 전문

　김윤식은 김수영과 책의 관계를 "미국 잡지에로 가까이 가고자 하는
끊임없는 바람과 그것에서 벗어나고자 하는 원심력에서 빚어지는 긴
장 속에 있다"25)고 파악하였다. 김윤식에 따르면, 이러한 책에 '가까이
가고자 하는 바람'과 '벗어나고자 하는 원심력'은 김수영의 시작 활동
전반에 해당한다. 이러한 분석을 바탕으로 전개되는 김수영에 대한
김윤식의 평가는 상당히 비판적이다. 전반적으로 수긍할 만한 견해이
긴 하지만 "그(김수영 - 인용자)가 날쌘 이미지스트에서 배우고 특히
오든 쪽에 마음이 끌린다고 한 것은 가까이 할 수 없는 서적에의 절규
와 무관하지 않다"26)는 평가는 이론의 여지27)가 있다. 김윤식의 판단
은 책과 연계된 모더니즘의 본질에 김수영이 다가가지 못할 때, 하나의
손쉬운 대안으로 현실이 선택된 것이라고 읽힐 여지를 남기고 있기
때문이다. 김윤식은 김수영의 문장을 "날쌘 이미지스트에서 배우고
특히 오든 쪽에 마음이 끌린다"고 요약하고 있는데, 이는 정확한 요약

---

25) 김윤식, 「김수영 변증법의 표정」, 황동규 편, 『김수영의 문학』(민음사, 1983),
　　p.302.
26) 같은 곳.
27) 김수영의 초기시에 대한 김윤식의 평가에는 동의할 수 있다. 하지만 김윤식이
　　미국잡지에로 가까이 가고자 하는 바람과 벗어나려는 원심력을 너무 대립적으
　　로만 인식하고 있는 것이 아닌가 하는 의문은 남는다. 소박하지만 다음과
　　같은 질문이 하나의 반론을 구성하는 실마리가 될 수는 있다. 가까이 갈 수
　　있어야지 벗어날 수 있는 것은 아닌가.

이 아니다. 김윤식의 요약은 오든을 날쌘 이미지스트의 하나로 간주하고 있기 때문이다. 물론 초기 김수영이 한국 모더니즘의 경박성^{輕薄性}('박래품'^{舶來品}으로서의 모더니즘)에서 그리 멀리 나아가지는 못했지만, 이러한 경박성이 후기 김수영까지 지속된다는 시각은 무리가 있어 보인다.

김수영에게 "먼 바다를 건너 온" "書冊"은 그의 문학적 자양이자 근거였다. 그런데 ①에서 시적 주체는 이러한 서책을 이제 더 이상 가까이 보지 못하고 멀리 보고 있다. 이러한 서책 멀리 보기는 시적 주체가 서책에 대해 갖게 된 새로운 거리감을 드러낸다. 물론 이러한 거리감은 이전과는 다른 방식으로, 즉 '바로 보기'를 통해 이루어지는 것이다. 시적 주체는 서책을 반성과 성찰을 바탕으로 거리를 유지하면서 바로 보려하지만, 시적 주체의 '바로 보기'는 계속해서 지연되고 유보된다. 그 '바로 보기'가 시적 주체에게 괴로움을 유발하기 때문이다. 하지만 김수영은 그 괴로움을 그대로 수락하지 않는다.

②는 그 괴로움을 그대로 수락하지 않으려는 시적 주체의 집요한 '凝視'가 중요한 시적 모티브로 작동하고 있는 시이다. 이 시에는 김윤식이 "서구편향으로서의 근대인식이 어떤 일본적인 독소에 감염, 중독되었던 것이었고, 그 상태를 깨닫지 못한 데 있는 것"[28]이라고 정의한 바 있는 소위 '현해탄 콤플렉스'에 대한 성찰이 드러나 있다. 김수영은 세 번에 걸쳐 실제로 국경을 넘은 바 있다. 일본으로 유학가기 위해 건너간 1941년에 한 번, 만주로 징용을 피하기 위해 건너간 1944년에

---

28) 김윤식, 「임화연구」, 『한국근대문예비평사 연구』(일지사, 1976), p.579.

두 번, 그리고 한국 전쟁에 의해 그어진 이데올로기적 국경의 이쪽저쪽을 넘나든 1950~51년에 세 번. 이 시가 씌어진 시기(1947년)를 고려해 볼 때, 이 시에는 1941년과 1944년의 월경越境 체험이 반영되어 있다고 할 수 있다. 이 시의 시적 주체가 "나는 또 하나의 海峽을 찾았던 것이 어리석었다"고 선언할 수 있었던 까닭은 그가 두 번의 월경에서 터득한 체험, 즉 "機會와 油滴 그리고 능금"에 현혹되지 않고 "올바로 정신을 가다듬으면서" "數없이 길을 걸어왔"던 체험이 있었기 때문이다. 이러한 시적 주체의 정신적 고투는 "凝結한 물이" "바위를 문다"는 표현에 집약되어 있다. "凝結한 물이" "바위를 문다"는 표현은 4연 마지막 행의 '凝視'로 이어지는데, 이때의 '凝視'는 「孔子의 生活難」에서 선언된 '바로 보기'가 시적 맥락에서 더욱 구체적으로 실천되고 있음을 보여준다. 이 시에 등장하는 '瓦斯의 정치가'는 자신의 본질과 실체를 교묘하게 분식하고 왜곡하는 부정적 대상을 가리킨다. 이러한 '瓦斯의 정치가'를 '바로 보기'기 위해 시적 주체는 視線을 "凝結"시키고 있는 것이다.

지금까지 한국 전쟁 이전에 창작된 김수영의 초기 시들을 '시선'의 모티브를 중심으로 살펴보았다. 시적 주체의 시선은 「孔子의 生活難」의 '바로 보기'(시선에 대한 긍정)에 대한 선언으로부터 출발해 「가까이 할 수 없는 書籍」의 '멀리 보기'(시선에 대한 회의)를 거쳐 「아메리카 타임誌」의 '凝結된 視線'(시선에 대한 재인식)에 대한 요구로 이어지고 있다. 서구 문학과 예술의 기본 원리를 눈과의 관계를 통해 살펴본다면, "낭만주의가 눈에 대한 부정을, 리얼리즘이 눈에 대한 긍정을, 모더니즘이 눈에 대한 회의를, 포스트모더니즘이 눈에 대한 절망을 기반으로 한다"[29]고 요약할 수 있다.

한국 전쟁 이전에 창작된 김수영의 시들에는 시적 대상에 대한 시적 주체의 다양한 시선이 정제되지 않은 채 혼재되어 있었다. 이는 김수영이 아직까지 자신의 시작 태도와 시작 방법을 확고히 정립하지 못했다는 것을 의미한다. 하지만 이러한 시적 미숙성에도 불구하고, 이 시기의 김수영은 시선에 대한 긍정, 회의, 재인식을 토대로 자신만의 시세계를 구축할 수 있는 근거^{根據}를 확보할 수 있었다. 김수영이 확보한 근거지는 '作亂'과 '作戰' 너머에 있는 구체적 현실이다. 시가 구체적 현실에 뿌리박지 못할 때 그것은 '作亂'이 되거나 '作戰'이 되는 것이다. '作亂'과 '作戰'이 아닌 구체적 현실에 뿌리박은 시를 쓰려는 김수영에게 설움과 비애의 정서는 거의 필연적이다. 그가 구체적 현실에서 현실의 낙후성과 존재의 비극성을 발견하고 있기 때문이다.

4-2. 설움의 인식과 자유의 지향

김수영 시의 시적 주체는 '성찰적 주체'로서의 특징을 갖는다. 여기서 성찰적 주체란 "주체와 객체, 관찰자와 대상 중 어느 것에도 속하는 않는 움직임 그 자체"[30]를 중시하는 주체를 말한다. 이러한 '성찰적 주체'는 시적 주체와 시적 대상 간의 이화와 동화를 극적으로 매개한

---

29) 임철규, 「낭만주의, 리얼리즘, 모더니즘 그리고 포스트모더니즘」, 『눈의 역사, 눈의 미학』(한길사, 2004), p.123.
30) 최문규, 「가상, 진리, 심미적 경험의 소용돌이 속에서의 예술」, 『(탈)현대성과 문학의 이해』(민음사, 1996), p.321.

다. 김수영 시의 독자성과 독창성은 성찰적 주체인 시적 주체가 시적 대상과 치열하게 대결하는 과정에서 얻어진 것인데, 그 대결이 치열하면 치열할수록 시적 긴장은 커지고 시적 "힘"을 얻게 된다. 이때 시적 주체가 시적 대상을 성찰하는 데 있어 시간 의식은 필수적이다. 이는 시간 의식이 시적 주체를 구성하는 동시에 시적 대상과 관계 맺는 내적 원리로 작동하기 때문이다.

　시간에 대한 대표적인 본질 규정은 아우구스티누스에게서 나왔다. 아우구스티누스는 시간이 과거, 현재, 미래라는 세 시간으로 존재하는 것이 아니라고 보았다. 세 개의 시간은 각각 "과거의 일의 현재, 현재의 일의 현재, 미래의 일의 현재"일 뿐이기 때문이다. 그에 의하면 이 세 가지 시간은 "우리의 영혼(마음) 안에 존재하고 있"어서 "그 밖의 다른 곳에서는 그것을 알 수 없"는 것이며, "과거 일의 현재는 기억이요, 현재 일의 현재는 직관이며, 미래 일의 현재는 기대"31)일 뿐이다. 아우구스티누스는 과거나 미래가 존재로 전환되는 것은 의식(기억과 기대) 속에서만 가능하다고 보았다. 결국 존재론적으로 무였던 과거와 미래는 의식을 매개로만 존재로 전환된다는 것이다.

　하지만 근대의 시간성은 단지 불확실한 미래를 선취하는 의식만으로 구성되지 않는다. 근대의 시간성은 선취한 불확실한 미래에 대한 의식을 기초로 무엇인가를 기도하는 정신이 없으면 성립하지 않기 때문이다. 따라서 근대의 시간성은 "'선취 의식'과 '기도하는 정신'의 결합에서 발생한다"32)고 볼 수 있다. 여기서 '기도하는 정신'이란 현재

---

31) 오거스틴, 선한용 역, 『오거스틴의 고백록』(대한기독교서회, 2003), p.401.
32) 이마무라 히토시, 이수정 역, 『근대성의 구조』(민음사, 1999), p.75.

에 미래를 도래시키고자 하는 인간 주체의 의지와 실천을 의미한다. 이로써 인간 주체는 현재를 중심으로 의식을 매개로만 과거와 미래를 상정할 수 있었던 데서 벗어나 미래를 정점으로 과거와 현재를 구획하고 미래를 기획할 수 있게 된다.

'선취의식'과 '기도하는 정신'이 결합된 근대적 시간성은 근대의 지배 이념인 진보^{進步}와 결합하여 과거 - 현재 - 미래의 위계적 시간관을 창출한다. 근대적 주체에게 과거와 현재는 미래와의 관련 속에서만 의미를 갖는 지나간 과거(과거)와 지나갈 과거(현재)로 간주된다. 현재보다 더 나은 미래라는 역사적 목적론이 근대의 지배적 시간관으로 등장하게 된 것이다. 이때부터 인간 주체의 개별적 시간 체험은 단일화^{單一化}되고 위계화^{位階化}된다. 인간에게 해방을 약속했던 진보의 이념이 오히려 인간의 종속을 불러온 것이다.

진보의 이념이 지배하는 근대적 시간성은 인간 주체의 개별성뿐만 아니라 상이한 공간적 다양성도 단일한 시간성의 척도로 균질화하고 위계화한다. 서양은 자신들의 문화와 문명을 역사적 진보의 현재적 정점으로 간주함으로써 비서양의 그것을 야만과 미개로 타자화 할 수 있었다. 이러한 문화와 문명 대 야만과 미개의 대립은 과거 - 현재 - 미래라는 근대의 직선적 시간관과 정확히 대응하는 것이다. 문제는 서양이 주조해 낸 이러한 근대적 시간관이 보편적 시간관으로 자리 잡게 됨으로써 비서양 주체가 서양을 자신의 미래로 설정하게 된다는 것이다. 이때 비서양 주체는 자신의 '현재'로부터 소외를 경험하게 된다. 비서양 주체가 자신의 현재적 '소외'를 극복하기 위해 선택할 수 있는 방법은 크게 네 가지로 나누어 생각해 볼 수 있다. '동화', '역전',

'해체', '혼융'이 그것이다.33) 강정인에 따르면, '동화'는 서구가 이룩한
근대성을 적극적으로 받아들여 '주변'과 '중심'의 격차를 좁히려는 전
략이고, '역전'은 '중심'을 '주변'을 통해 뒤집으려는 전략이다. '동화'와
'역전'이 '주변'과 '중심'을 둘러싼 헤게모니 쟁탈과 관련되는 반면, '해
체'와 '혼융'은 '주변'과 '중심'의 이항 대립을 넘어서려는 전략과 관련
된다. '해체'는 서구중심주의가 갖는 표준으로서의 지위를 박탈하려는
전략이고, '혼융'은 서구가 이룩한 근대성을 취사선택해 '주변'의 요소
와 혼합하려는 전략이다. 김수영 문학의 진화 과정은 초기의 '동화'와
'역전'에서 후기의 '해체'와 '혼융'으로 나아갔다고 할 수 있다.

많은 논자들이 지적하듯이 김수영의 초기시를 지배하는 정서는 '설
움'과 '비애'이다. 김수영에게 '설움'과 '비애'는 현실의 낙후성을 정직
하게 바라본 이후에 겪게 되는 정서이다. 따라서 김수영의 '설움'과
'비애'는 간단히 부정되거나 극복될 수 있는 성질의 것이 아니다. 이와
관련해서는 루시앙 골드만의 "실현할 수 없는 가치들을 위하여 살아갈
때, 사고와 꿈속에서 그것들을 회구하고 찾는데 만족한다면 그것은
비극과는 정반대로 낭만주의에 이르게 된다"34)는 지적을 참조할 수
있다. 골드만은 낭만주의자가 결코 비극과 대면하지 못한다고 본 것이
다. 주체는 사고와 꿈이 아닌 행동과 실천을 매개로 세계의 비극과
대면할 수 있고, 그것을 극복할 수 있기 때문이다. 이러한 의미에서
김수영의 '설움'과 '비애'는 삶과 현실의 비극을 정직하게 응시한 자에

33) 서구중심주의를 극복하기 위한 네 가지 담론 전략에 대한 좀 더 상세한 논의는,
강정인, 『서구중심주의를 넘어서』(아카넷, 2004), pp.432~454를 참조.
34) 루시앙 골드만, 송기형·정과리 공역, 『숨은 신』(연구사, 1986), p.85.

게만 허락되는 '특권적 정서'[35]라 할 수 있다. 김수영이 자신의 시적 이력을 '업둥이의 방식'이 아닌 '사생아의 방식'으로 정향시킨 순간부터, '설움'과 '비애'는 그가 평생을 짊어지고 가야할 '영원한 숙제'이자 '자발적 굴레'가 된 것이다.

①
팽이가 돈다
팽이가 돌면서 나를 울린다
제트機 壁畵밑의 나보다 더 뚱뚱한 주인 앞에서
나는 결코 울어야 할 사람은 아니며
영원히 나 자신을 고쳐가야 할 運命과 使命에 놓여있는 이 밤에
나는 한사코 放心조차 하여서는 아니될 터인데
팽이는 나를 비웃는 듯이 돌고 있다
비행기 프로펠러보다는 팽이가 記憶이 멀고
강한 것보다는 약한 것이 더 많은 나의 착한 마음이기에
팽이는 지금 數千年前의 聖人과같이
내 앞에서 돈다

---

35) 이 용어는 김상환에게서 빌려왔다. 김상환은 '특권적 정서'로서의 설움을 「방안에서 익어가는 설움」에만 제한적으로 적용했지만, 필자는 그것을 김수영 초기시 전체에 전반적으로 적용할 수 있다고 판단했다. 김상환의 '특권적 정서'로서의 설움에 대한 구체적 언급은 다음과 같다. "이 시에서 볼 때, 설움은 어떤 특권적 정서이다. 그 특권은 시인이 시인으로서 자신을 기투하고 자신의 몫으로 예감하는 시간 전체를 단일하게 규정한다는 데 있다. 그것은 의식이 세상에 살면서 겪게 되는 이러저러한 주관적 정서들 중의 하나가 아니라 시인의 기투적 시간 체험을 총체적으로 양태화시키는 정서이다." 이에 대해서는 김상환, 「시인과 책의 죽음」, 『풍자와 해탈 혹은 사랑과 죽음』(민음사, 2000), p.185를 참조.

생각하면 서러운 것인데
너도 나도 스스로 도는 힘을 위하여
공통된 그 무엇을 위하여 울어서는 아니된다는 듯이
서서 돌고 있는 것인가
팽이가 돈다
팽이가 돈다

— 「달나라의 장난」에서

②
날짐승의 가는 발가락 사이에라도 잠겨있을 운명 —
그것이 사람의 발자욱소리보다도
나에게 시간을 가르쳐주는 것이 나는 싫다

나야 늙어가는 몸 우에 하잘것없이 앉아있으면 그만이고
너는 날아가면 그만이지만
잠시라도 나는 취하는 것이 싫다는 말이다

나의 초라한 검은 지붕에
너의 날개소리를 남기지 말고
네가 던지는 조그마한 그림자가 무서워
벌벌 떨고 있는
나의 귀에다 너의 엷은 울음소리를 남기지 말아라

차라리 앉아있는 기계와 같이
취하지 않고 늙어가는

나와 나의 거울을 한층더 무거운 것으로 만들기 위하여
나의 눈이랑 한층 더 맑게 하여다우
짐승이여 짐승이여 날짐승이여
도취의 피안에서 날아온 무수한 날짐승들이여
— 「陶醉의 彼岸」에서

　인용한 ①은 김수영이 혹독한 전쟁 체험을 겪고 난 후 최초로 발표한 시이다. 이 시에서 시적 주체의 정서는 "팽이가 돈다"는 문장을 중심으로 다채롭게 변주된다. 인용하지 않은 부분을 포함한 이 시 전체를 "팽이가 돈다"는 문장과 이에 따른 시적 주체의 정서를 중심으로 정리하면 다음과 같다. 팽이가 돈다. - 나는 집주인과의 대화도 잊은 채 팽이를 바라본다. - 나는 나의 생활이 신기하다고 생각한다. - 나는 세상 사람들이 나보다 여유가 있으며 별세계에 살고 있다고 느낀다. - 팽이가 돈다. 팽이가 돌면서 나를 울린다. - 나는 영원히 나 자신을 고쳐가야 할 운명과 사명에 놓여 있음을 자각한다. - 팽이는 나를 비웃듯 돈다. - 나는 팽이가 수천 년 전의 성인과 같다고 생각한다. - 나는 다시 서러움을 느낀다. - 팽이가 돈다. 이렇듯 "팽이가 돈다"는 문장을 중심으로 전개되는 시적 주체의 정서는 점차 내성적인 성격을 띠면서, '별세계' - '달나라의 장난' - '運命과 使命' - '수천년 전의 聖人' - '공통된 그 무엇'으로 구체화되고 있다. 이때 시적 주체는 시적 대상에 온전히 자신의 감정을 투사하거나 이입하지 않는다. 시적 주체는 시적 대상과 자신을 정직하게 응시하고 성찰할 뿐이다. 김수영의 초기시를 지배하는 설움과 비애는 이렇게 자신과 현실을 정직하고 명철하게

응시하고 성찰하는 과정에서 발생한다. 이러한 현실과 자신을 바로
보려는 시적 주체의 태도가 ②에서는 "陶醉"에 취하지 않으려는 의지
로 표출된다.

　인용한 ②에서 시적 주체는 '아니다', '말아라', '싫다'와 같은 부정적
술어를 사용하여 陶醉에 취하지 않고자 하는 자신의 의지를 드러낸다.
인용하지 않은 이 시의 첫 연은 "내가 사는 지붕 우를 흘러가는 날짐승
들이/ 울고 가는 울음소리에도/ 취하지 않으련다"는 시적 주체의 의지
적 진술로 시작된다. 이러한 의지적 진술은 시적 주체가 "울음소리에
취"한 상태를 전제하지 않으면 성립할 수 없는 것이다. 따라서 이 시의
시적 모티브는 "날짐승들이 울고 가는 울음소리"가 아니라 그 소리에
잠시 "취"했던 시적 주체가 자신을 반성하고 성찰하는 순간이라 할
수 있다. 이 시에서 시적 주체를 "취"하게 하는 대상은 "陶醉의 彼岸
에서 날아온 무수한 날짐승들"이다. 여기서 중요한 대목은 "날짐승들"
이 "陶醉의 彼岸"에 속한다는 사실이다. "陶醉"는 자아가 자신을 잊
고 대상에 함몰되는 몰아^{沒我}의 상태를 지칭한다. 이러한 몰아의 상태
는 자신을 잊는다는 의미에서 부정적이지만, 대상과 일체가 된다는
의미에서 이상적이기도 하다. 이상적 자아는 잠시 동안 "취"해 "날짐승
들"처럼 자유를 동경^{憧憬}해 보지만, 현실적 자아는 자신이 일상에 붙잡
혀 있음을 냉정하게 성찰한다.

　이렇듯 이 시의 시적 주체는 이상과 현실로 찢겨져 있다. 이러한
시적 주체와 달리 "날짐승들"은 "陶醉"에 취할 필요조차 없다. 그들이
"陶醉의 彼岸"에 거주^{居住}하고 있는 존재이기 때문이다. 인용하지 않
은 이 시의 2연에서 시적 주체가 "내가 부끄러운 것은 사람보다도/

저 날짐승이라 할까"라고 자문하는 것은 이 때문이다. 이로써 도취에 취할 필요조차 없이 자유로운 "날짐승들"과 때때로 도취에 취하는 "나"의 존재론적^{存在論的} 위상^{位相}은 역전^{逆轉}된다.[36] 그렇지만 시적 주체는 이러한 인간의 운명을 회피하거나 거부하지 않는다. 이는 인용한 5연에서 "날짐승의 가는 발가락 사이에라도 잠겨있을 운명 ─/ 그것이 사람의 발자욱소리보다도/ 나에게 시간을 가르쳐주는 것이 나는 싫다"로 표현된다. 시적 주체는 사람의 시간("사람의 발자욱소리")보다도 날짐승들의 시간("날짐승의 가는 발가락 사이에라도 잠겨있을 운명")이 나에게 "시간을 가르쳐주는 것이 싫은" 것이다. 이 부분에서 시적 주체는 인간에게 부여된 시간(선형적^{線型的} 시간)과 날짐승들에게 부여된 시간(순환적^{循環的} 시간)이 같지 않다는 사실을 받아들이고, 인간에게 부여된 시간에 더욱 충실할 것을 다짐하고 있다.

이러한 성찰을 바탕으로 시적 주체는 날짐승들에게 "엷은 울음소리를 남기지 말아라"고 명령하고, "나의 겨울을 한층 더 무거운 것으로 만들기 위하여/ 나의 눈이랑 한층 더 맑게 하여다우"라고 당부한다. 시적 주체는 비록 "기계와 같이" "늙어가"더라도 도취를 거부하고 깨어있을 것이며, 방심하지 않고 맑은 눈으로 현실과 현재를 직시하겠다고 다짐하고 있는 것이다. 이는 「달나라의 장난」에서 "영원히 나 자신

---

36) 사르트르는 즉자존재가 의식의 주체인 대자존재로서의 인간이 겪어야 할 실존적 어려움을 겪지 않는다는 점에서 인간보다 존재론적으로 우월하다고 보았다. 그는 이를 '즉자존재의 대자존재에 대한 존재론적 우위'로 정의한다. 이러한 시각에서 사르트르는 "대자존재로서의 자신들의 존재론적 지위를 망각하고 자신들의 행동에 따르는 책임을 회피하는 사람들, 스스로를 즉자존재로 여기는 사람들을 모두 '비열한 자들(salauds)'로 규정하고 비난했다. 이에 대해서는 변광배, 『시선과 타자』(살림, 2004), p.13을 참조.

을 고쳐가야 할 運命과 使命 속에 놓여있는 이 밤에/ 한사코 放心조
차 해서는 아니 될 터인데"에 해당하는 의지적 표현이다. 이때 "팽이가
까맣게 변하여 서서"도는 모습과 "陶醉의 彼岸에서 날아온 무수한
날짐승들"은 각각 시적 주체가 지향하는 삶과 시적 주체가 경계하는
삶을 표상하고 있다.

    ①
    늬가 없이 사는 삶이 보람있기 위하여 나는 돈을 벌지 않고
    늬가 주는 侮辱의 억만배의 侮辱을 사기를 좋아하고
    억만인의 여자를 보지 않고 산다

    나의 생활의 圓周 우에 어느날이고
    늬가 서기를 바라고
    나의 애정의 圓周가 진정으로 위대하여지기 바라고

    그리하여 이 공허한 圓周가 가장 찬란하여지는 무렵
    나는 또하나 다른 遊星을 향하여 달아날 것을 알고

    이 영원한 숨바꼭질 속에서
    나는 또한 영원한 늬가 없어도 살 수 있는 날을 기다려야 하겠다
    나는 億萬無慮의 侮辱인 까닭에.
                          - 「너를 잃고」에서

    ②
    설움을 逆流하는 야릇한 것만을 구태여 찾아서 헤매는 것은

우둔한 일인줄 알면서

그것이 나의 생활이며 생명이며 정신이며 시대이며 밑바닥이라는

것을 믿었기 때문에—

아아 그러나 지금 이 방안에는

오직 시간만이 있지 않느냐

(… 중략 …)

이 밤이 기다리는 고요한 思想마저

나는 초연히 이것을 시간 위에 얹고

어려운 몇고비를 넘어가는 기술을 알고있나니

누구의 생활도 아닌 이것은 확실한 나의 생활

마지막 설움마저 보낸 뒤

빈 방안에 나는 홀로이 머물러앉아

어떠한 내용의 책을 열어보려 하는가

                        — 「방안에서 익어가는 설움」에서

　　인용한 ①과 ②에는 설움을 일으키는 원인이 구체적으로 밝혀져
있지 않다. 하지만 그 설움을 받아들이는 시적 주체의 태도와 지향은
분명히 드러나 있다. 전기적 사실에 비추어 볼 때, ②의 "너"는 아내
김현경이라는 추정[37]이 가능하다. 하지만 이러한 전기적 사실보다 더

---

37) 김수영이 의용군에 끌려가 생사가 불분명해지자, 아내 김현경은 이종구와 동거
　　를 시작했다. 최하림에 의하면 "김현경이 김수영을 찾아와, 그들의 불화시기를
　　끝내고 성북동으로 이사한 것은 54년 말이든지 55년 초쯤"이었다. 김수영과
　　김현경은 결국 재결합했지만, 이 때 김수영이 느꼈을 배심감과 치욕감은 매우

욱 중요한 것은, '너의 부재'를 받아들이는 시적 주체의 태도이다. 이 시의 시적 주체는 '너의 부재'를 다른 무엇으로 대체하려 하지 않고, 오히려 '너의 부재'가 준 모역을 적극적으로 받아들여 이를 애정으로 전환시키려 하고 있다. 이는 시적 주체가 '너'와 '나'의 관계를 "영원한 숨바꼭질 속에" 놓여 있는 것으로, 즉 영원히 부재할 것으로 상정함으로써 가능해지는 태도이다. 현재에도 부재하고 미래에도 부재할 '너'는 "나의 애정의 원주"를 넓히고 "그리하여 공허한 원주가 가장 찬란하여지는 무렵"까지 나와 함께 할 것이다. 그리고 "나의 애정"이 완성되는 순간 "나는 또 하나 다른 유성을 향하여 달아날 것"이다. 이렇듯 이 시의 시적 주체는 '너'의 부재를 적극적으로 수락함으로써 '너의 부재'를 '나의 애정'으로, 곧 '설움'을 '사랑'으로 전환시키려 애쓰고 있다.

　이러한 시적 주체의 다른 삶에 대한 열망과 의지는 인용한 ②에도 나타난다. 지금 시적 주체는 "빈 방에 홀로이 앉아", "어떠한 내용의 책을 열어보려"하고 있다. 여기서 주목할 점은 시적 주체가 '서책 멀리 보기'를 극복하고, 다시 "책을 열어보려"는 상황이다. 이러한 '서책 열어보기'는 시적 주체가 "이 밤이 기다리는 고요한 思想마저/ 나는 초연히 이것을 시간 위에 얹고/ 어려운 고비를 넘어가는 기술을 알고" 있기에 가능한 일이다. 이는 시적 주체가 추상적抽象的 시간("이 밤이 기다리는 고요한 사상")을 구체적具體的 시간("초연히 이것을 시간 위에 얹고")으로 받아들이고 있음을 뜻한다. 때문에 시적 주체는 이제 "설움

<hr>

컸을 것으로 추정된다. 후기시에 종종 나타나는 아내에 대한 경멸과 비하는 이러한 개인사적 체험과 무관해 보이지 않는다. 이에 대해서는 최하림, 『김수영 평전』(실천문학사, 2001), pp.195~203을 참조.

을 逆流"하지 않고 "설움을 보낼" 수 있게 된다. 이렇듯 김수영은 '설움'과 '비애'를 회피하거나 초월하려 하지 않고, 오히려 그것을 삶과 시의 조건으로, 그의 표현을 빌자면 자유와 사랑을 이행하는 조건으로 받아들이고 있다. 이러한 시와 삶에 대한 김수영의 태도를 이해하는 데는 아래의 글이 상당히 유용하다.

> 김지하는 신라 불교 속에서 '지금 여기에서 고통 받는 우주생명을 다 살리는 살림의 정신'을 읽고 있다. 그 적극적인 살림의 정신은 저자바닥의 삶 속에서 해탈을 스스로 유보하는 정신, 아늑한 고향으로 돌아감을 스스로 유보하는 정신이다. 그것을 김지하는 '미귀의 사상'이라고 부른다. 스스로 회귀하는 것을 거부함! 나그네임을 자청함! 이는 신라 불교를 통해 세속의 세계를 훌쩍 뛰어넘어 영원으로 회귀한 미당과는 얼마나 먼 거리에 있는가. 오늘날과 같이 생명 세계의 혼란과 고통과 죽임의 불안이 가중되고 있는 현실 속에서 미당처럼 영원으로의 회귀를 택할 것인가. 아니면 소월처럼 불귀의 나그네 설움을 온몸으로 견딜 것인가. 지금 중생들의 삶과 생명계는 심하게 앓고 있고, 회귀의 유혹은 화사(花蛇)처럼 고개를 들고, 탐미파들과 보수파들은 그 유혹을 확산시킨다. 지금, 불귀와 미귀의 나그네 길은 멀고도 험하다![38)

위의 인용문에서 임우기는 서정주의 '回歸의 사상'과 김소월의 '不歸의 사상' 그리고 김지하의 '未歸의 사상'을 비교하고 있다. 이러한

---

38) 임우기, 「미당 시에 대하여」, 『그늘에 대하여』(강, 1996), pp.253~254.

임우기의 관점을 김수영에게도 적용할 수 있는가 하는 반문이 있을
수 있겠다. 이러한 반론에 대해서는 비록 김지하가 김수영의 "풍자가
아니면 해탈이다"라는 시구를 "풍자가 아니면 자살이다"로 誤讀하기
는 했지만, 두 사람 모두가 후자 보다는 전자를 적극적으로 옹호하고
실천했다는 점을 들어 그 적용이 가능하다는 답변을 제시하고자 한다.
김수영은 짧지도 길지도 않은 시작의 전 과정을 어떠한 이데올로기나
사상에도 안주하거나 귀의하지 않으려는 자세와 태도로 일관했다. 최
근 유행하는 용어를 빌면, 정주보다는 탈주를 옹호하고 실천했다. 아래
에 인용한 시들에는 이상과 현실의 경계 위에 서 있으려는 김수영의
자세와 태도가 잘 드러나 있다.

①
조용하고 늠름한 불빛 아래
家族들이 저마다 떠드는 소리도
귀에 거슬리지 않는 것은
내가 그들에게 全靈을 맡긴 탓인가
내가 지금 순한 고개를 숙이고
온 마음을 다하여 즐기고 있는 書冊은
偉大한 古代彫刻의 寫眞

그렇지만
구차한 나의 머리에
聖스러운 鄕愁와 宇宙의 偉大感을 담아주는 삽시간의 刺戟을
나의 家族들의 기미많은 얼굴에 比하여 보아서는 아니될 것이다

제각각 자기 생각에 빠져있으면서
그래도 조금이나 不自然한 곳이 없는
이 家族의 調和와 統一을
나는 무엇이라고 불러야 할 것이냐

차라리 偉大한 것을 바라지 말았으면
柔順한 家族들이 모여서
罪없는 말을 주고받는
좁아도 좋고 넓어도 좋은 房안에서
나의 偉大의 所在를 생각하고 더듬어보고 짚어보지 않았으면
— 「나의 가족」에서

②
내가 으스러지게 설움에 몸을 태우는 것은 내가 바라는 것이 있기
때문이다.

그러나 나는 그 으스러진 설움의 풍경마저 싫어진다.

나는 너무나 자주 설움과 입을 맞추었기 때문에
가을바람에 늙어가는 거미처럼 몸이 까맣게 타버렸다.
— 「거미」 전문

①에는 "偉大의 所在"로 표상되는 이상적 세계와 "나의 가족들의
기미 많은 얼굴"로 대표되는 현실적 세계, 이 양편 어느 쪽에도 완전히
귀속歸屬하지 못하는 시적 주체의 갈등과 고통이 형상화되어 있다. 이

시에서 가장 먼저 눈에 띄는 것은 시적 주체가 '드디어' "서책"을 열어 그것을 "즐기고" 있는 상황이다. 시적 주체는 '드디어' "서책"을 열고 "위대한 古代彫刻의 寫眞"을 보면서, 자신의 "偉大의 所在를 생각하고 더듬어보고 짚어"보고 있다. 이 시의 핵심 전언은 "聖스러운 鄕愁와 宇宙의 偉大感을 담아주는 삽시간의 刺戟을 나의 家族들의 기미 많은 얼굴에 比하여 보아서는 아니될 것이다"는 구절에 담겨 있다. 이는 이상을 위해 현실을 무시하거나 현실을 위해 이상을 부정하지 않겠다는, 다시 말해 이상과 현실의 날카로운 경계 위에 서 있겠다는 의미로 파악된다.

①과 같은 시기에 씌어진 ②는 ①과의 연관 아래 해명될 수 있다. 이 시의 시적 주체는 마지막 연에서 "가을바람에 늙어가는 거미"와 동일시되고 있다. 거미와 동일시된 시적 주체는 1연에서 "바라는 것이 있기 때문에", "으스러지게 몸을 태우는" 존재로 설정된다. 시적 주체가 "바라는 것"이 무엇인지는 ①과의 연관 속에서 비교적 명료해 진다. 그것은 ①에서 "偉大의 所在"로 명명된 것이다. 시적 주체는 "바라는 것", 즉 "偉大의 所在"를 분명히 인식하고 있지만, 그곳에 도달할 수 없기에 설움을 느끼고 있는 것이다. 이는 김수영이 아직까지 그가 "바라는 것"에 도달할 수 있는 길을 발견하지 못하고 있음을 의미한다. 이러한 상황에서 시적 주체가 선택할 수 있는 길은 두 가지이다. 하나는 설움에서 도피하는 길이고, 다른 하나는 설움에 맞서는 길이다. 물론 김수영은 후자를 선택한다.

시적 주체가 "바라는 것", 즉 "偉大의 所在"는 이후 전개되는 김수영의 시적 행보를 염두에 둔다면, '자유'와 '사랑' 그리고 그것의 최후의 완성인 '시'를 의미한다고 볼 수 있다. 이를 바탕으로 이 시를 좀 더 적극적으로 해석한다면, 이 시는 시의 완성을 위해 육체적 소멸까지 감내하려는 시적 주체의 의지와 결단으로 읽을 수 있다. 김수영이 「孔子의 生活難」에서 "그리고 나는 죽을 것이다"라고 선언한 바로 그 의지와 결단이 좀 더 구체적으로 형상화되고 있는 것이다. 이러한 시적 주체의 의지와 결단은 아래의 시에서 육체적 소멸을 딛고 일어서려는 좀 더 적극적인 것으로 변주된다.

> 저것이야말로 꽃이 아닐 것이다
> 저것이야말로 물도 아닐 것이다
> 눈에 걸리는 마지막 물건이 무엇이냐고 물어보는 듯
> 영롱한 꽃송이는 나의 마지막 忍耐를 부숴버리려고 한다
>
> 나의 마음을 딛고 가는 거룩한 발자국소리를 들으면서
> 지금 나는 마지막 붓을 든다
>
> 누가 무엇이라 하든 나의 붓은 이 時代를 眞摯하게 걸어가는 사람
> 에게 는 恥辱
>
> 물소리 빗소리 바람소리 하나 들리지 않는 곳에
> 나란히 옆으로 가로 세로 위로 아래로 놓여있는 무수한 꽃송이와
> 그 그림자
> 그것을 그리려고 하는 나의 붓은 말할수없이 깊은 恥辱
>
> 이것은 누구에게도 보이지 않을 글이기에

(아아 그러한 時代가 온다면 얼마나 좋은 일이냐)
나의 動搖없는 마음으로
너를 다시한번 치어다보고 혹은 내려다보면서 無量의 歡喜에 젖는
다

꽃 꽃 꽃
부끄러움을 모르는 꽃들
누구의것도 아닌 꽃들
너는 늬가 먹고 사는 물의것도 아니며
나의것도 아니고 누구의것도 아니기에
지금 마음놓고 고즈너기 날개를 펴라
마음대로 뛰놀 수 있는 마당은 아닐지나
(그것은 골고다의 언덕이 아닌
現代의 가시철망 옆에 피어있는 꽃이기에)
물도 아니며 꽃도 아닌 꽃일지나
너의 숨어있는 忍耐와 勇氣를 다하여 날개를 펴라

물이 아닌 꽃
물같이 엷은 날개를 펴며
너의 무게를 안고 날아가려는 듯

늬가 끊을 수 있는 것은 오직 생사의 線條뿐
그러나 그 悲哀의 찬 線條도 하나가 아니기에
너는 다시 부끄러움과 躊躇를 품고 숨가빠하는가

결합된 색깔은 모두가 엷은 것이지만

설움이 힘찬 미소와 더불어 寬容과 慈悲로 통하는 곳에서
네가 사는 엷은 世界는 自由로운 것이기에
生氣와 愼重을 한몸에 지니고

사실은 벌써 滅하여있을 너의 꽃잎 우에
二重의 봉오리를 맺고 날개를 펴고
죽음 우에 죽음 우에 죽음을 거듭하리
九羅重花

                                                  ―「九羅重花」 전문

이 시의 제목이기도 한 '九羅重花'는 글라디올러스를 가리킨다. 한
자로 표기된 '九羅重花'는 "아홉 번 거듭해서 피는 꽃"[39]이라는 의미
이다. 김수영이 "글라디올러스"라는 친숙한 외래어를 구지 '九羅重花'
라는 생경한 한자로 표기한 것은 이 때문이다. '九羅重花'라는 한자어
표기는 "죽음 우에 죽음 우에 죽음을 거듭하리"로 표현된 이 시의
주제를 효과적으로 부각시키는 역할을 하고 있다.

이 시의 1연에서 시적 주체는 꽃을 바라보고 있으면서도, "저것이야
말로 꽃이 아닐 것이다/ 저것이야말로 물이 아닐 것이다"라고 부정하
고 있다. 계속되는 2연에서 시적 주체는 "영롱한 꽃송이"가 "눈에 걸리
는 마지막 물건이 무엇이냐고 물어보는 듯" "나의 忍耐를 부숴버리려
고 한다"고 토로하고 있다. 이는 시적 주체가 꽃의 개화를 바라보면서
그 꽃을 인식하고 규정하여 표현하려 하지만, 꽃은 마치 나를 조롱하듯
("눈에 걸리는 마지막 물건이 무엇이냐고 물어보는 듯")이 나의 인식과

---

39) 오봉옥, 『김수영을 읽는다』(랜덤하우스중앙, 2005), p.25.

규정 그리고 표현을 끝내 좌절("나의 마지막 인내를 부숴버리려고 한
다")시키고 있다는 의미이다. 시적 주체의 "마지막 忍耐"는 "꽃의 마지
막 물건"에서 마침내 붕괴되는 데, 그것은 꽃이 시시각각 나의 인식과
규정 그리고 표현을 벗어나고 있기 때문이다.

그럼에도 불구하고 3연에서 시적 주체는 "나의 마음을 딛고 가는
거룩한 발자국 소리를 들으면서" 또다시 "마지막 붓을 든"다. 여기서
"나의 마음을 딛고 가는 거룩한 발자국 소리"는 쉼 없이 생사를 반복하
는 "글라디올러스"의 명멸을 의미한다. 4연에서 그 꽃의 쉼 없는 명멸
을 정확히 표현하지 못하는 "나의 붓"은 그래서 "이 시대를 진술하게
걸어가는 사람에게는 恥辱"이 된다. 5연은 4연의 변주인데, "그것을
그리려는 나의 붓은 말할 수 없이 깊은 恥辱"이 된다.

6연에는 시적 주체가 치욕을 느낄 수밖에 없는 이유가 제시되고
동시에 그 치욕에서 벗어날 수 있는 가능성도 모색된다. 시적 주체가
치욕을 느낄 수밖에 없는 이유는 누구에게 보이기 위해 꽃을 바라보았
기 때문이다. 따라서 치욕에서 벗어날 수 있는 길은 누구에게 보이기
위해 꽃을 바라보는 것이 아니라 꽃을 존재 그 자체로 바라볼 수 있을
때 가능해 진다. 그때라야 비로소 시적 주체는 "너를 다시 한 번 치어다
보고 혹은 내려다보면서 無量의 歡喜에 젖"을 수 있게 되는 것이다.

7연은 꽃이 존재 자체로서의 자율성을 획득한 상태를 묘사한다. 이
제 꽃은 "나의 것도 아니고 누구의 것도 아"닌 자율적 존재가 된다.
시적 주체는 이러한 자율성을 획득한 꽃에게 "마음 놓고 고즈너기
날개를 펴라"고 권유한다. 이러한 시적 주체의 권유는 자율적 존재인
꽃을 둘러싸고 있는 현실에 의해 다시 한 번 제약되는데, 꽃이 피어있

는 곳이 "마음대로 뛰놀 수 있는 마당은 아"니기 때문이다. 그럼에도 불구하고 시적 주체는 꽃에게 이러한 제약을 뛰어넘어 "너의 숨어 있는 忍耐와 勇氣를 다하여 날개를 펴라"고 다시 한 번 권유한다. 8연에서 꽃은 시적 주체의 권유에 부응하는 듯, 즉 "너의 무게를 안고 날아가려는 듯" 보이기도 하지만, 9연에서 꽃은 다시 한 번 자신을 둘러싼 현실적 제약에 "부끄러움과 주저를 품고 숨가뻐"하게 된다.

마지막 10연과 11연에서 자율적 존재로서의 꽃과 꽃을 둘러싼 현실적 제약은 시적 주체에 의해 변증법적으로 통합된다. 자율적 존재인 "꽃"은 "엷은 세계"에 속하고 그래서 "자유로운 것이기에", "설움이 힘찬 미소와 더불어 寬容과 慈悲로 통하는 곳에서"는 즉. 현실적 제약이 엄존하는 상황에서는, "生起와 愼重을 한 몸에 지니고" "사실은 滅하여있을 너의 꽃잎 우에/ 이중의 봉오리를 맺고 날개를 펴"면서 "죽음 우에 죽음 우에 죽음을 거듭"해야 한다는 인식이 바로 그것이다.

이 마지막 10연과 11연에서 시적 주체는 꽃에 대한 새로운 통찰을 토대로 시적 대상인 꽃에 자신의 감정과 정서를 적극적으로 이입한다. 이를 통해 시적 주체는 꽃의 개화가 항상 직전의 죽음을 딛고 이루어지고 있다는 사실을 깨닫고, 나아가 그 죽음을 담보로 한 생명의 도약이 자유라는 것을 깨닫는다. 이로써 김수영이 추구하는 "偉大의 所在"는 좀 더 명시적이고 구체적인 표현을 얻을 수 있게 된다. 현실적 자유와 시적 자유의 동시적 이행이 그것이다. 좀 더 정확히 표현하자면, 현실적 자유를 통과한 시적 자유이다.

사람이란 사람이 모두 苦憫하고 있는
어두운 大地를 차고 離陸하는 것이
이다지도 힘이 들지 않는다는 것을 처음 깨달은 것은
愚昧한 나라의 어린 詩人들이었다
헬리콥터가 風船보다도 가벼웁게 上昇하는 것을 보고
놀랄 수 있는 사람은 설움을 아는 사람이지만
또한 이것을 보고 놀라지 않는 것도 설움을 아는 사람일 것이다
그들은 너무나 오랫동안 自己의 말을 잊고
남의 말을 하여왔으며
그것도 간신히 떠듬는 목소리로밖에는 못해왔기 때문이다
설움이 설움을 먹었던 時節이 있었다
이러한 젊은時節보다도 더 젊은 것이
헬리콥터의 永遠한 生理이다

一九五0年七月 以後에 헬리콥터는
이나라의 비좁은 山脈위에 姿態를 보이었고
이것이 처음 誕生한 것은 勿論 그 以前이지만
그래도 제트機나 카아고보다는 늦게 나왔다
그렇지만 린드버어그가 헬리콥터를 타고서
大西洋을 橫斷하지 않았기 때문에
우리는 지금 東洋의 諷刺를 그의 機體안에 느끼고야 만다
悲哀의 垂直線을 그리면서 날아가는 그의 설운 모양을
우리는 좁은 뜰안에서뿐만 아니라
심지어는 항아리 속에서부터라도 내어다볼 수 있고
이러한 우리의 純粹한 痴精을

헬리콥터에서도 내려다볼 수 있을 것을 짐작하기 때문에
[헬리콥터여 너는 설운 動物이다]
— 自由
— 悲哀

더 넓은 展望이 必要없는 이 無制限의 時間우에서
山도 없고 바다도 없고 진흙도 없고 진창도 없고 未練도 없이
앙상한 肉體의 透明한 骨格과 細胞와 神經과 眼球까지
모조리 露出落下시켜가면서
안개처럼 가벼웁게 날아가는 果敢한 너의 意思 속에는
남을 보기 전에 네 자신을 먼저 보이는
矜持와 善意가 있다
너의 祖上들이 우리의 祖上과 함께
손을 잡고 超動物世界 속에서 營爲하던
自由의 精神의 아름다운 原型을
너는 또한 우리가 發見하고 規定하기 전에 가지고 있었으며
오늘에 네가 傳하는 自由의 마지막 破片에
스스로 謙遜의 沈默을 지켜가며 울고 있는 것이다
                                    — 「헬리콥터」 전문

　이 시에는 김수영의 초기시를 지배하는 설움의 정서가 보다 구체적
으로 형상화되어 있다. 또한 그 설움의 정서도 '자유'와 '비애'에 대한
인식으로 확대·심화되고 있다. 막연한 슬픔의 정서로 표현되던 '설움'
은 이제 '자유'와 '비애'라는 구체적 정서를 획득하게 된다. 김수영에게
'자유'는 흔히 오해하듯 정치적 의미의 '자유'로 제한되지 않는다. 그것

은 '정치적 자유'를 포함하는 좀 더 근원적이고도 급진적인 자유를 의미한다. 앞서 시론을 검토하는 자리에서 밝혔듯이, 김수영에게 자유는 죽음을 담보로 한 사랑과 등가이며, 시의 내용과 형식을 매개하고 통합하는 '미학적 사상'과 등가이고, '언어와 서술'과 '언어의 작용'이 이행되었을 때 획득하게 되는 시의 새로움과도 등가이다. 이 시는 이렇듯 김수영 문학 전체를 상징하는 '자유'가 구체적으로 형상화되어 있다는 점에서 특별한 주목을 요한다.

1연에는 시적 주체의 상승 욕망이 드러나 있다. 그것은 "사람이란 사람이 모두 苦悶하고 있는 어두운 大地를 차고 離陸하는 것"으로 표현된다. "愚昧한 나라의 어린 詩人들"은 헬리콥터를 보면서 상승上昇이 너무나 쉽다는 것을 처음 깨닫고는 "놀랄 수 있"거나 "놀라지 않는"다. 그들의 반응은 상이하지만, 시적 주체는 "놀랄 수 있는 사람"이나 혹은 "놀라지 않는 사람" 모두가 "설움을 아는 사람이다"라고 생각한다. 그런데 이 설움은 헬리콥터의 가벼운 상승에 대한 선망 때문이 아니라 "너무나 오랫동안 자기의 말을 잊고 남의 말을 하여 왔으며 그것도 간신히 떠듬는 목소리로밖에는 못해 왔기 때문"에 발생하는 설움이다. 시적 주체는 그 시절을 "설움이 설움을 먹었던 時節"이라고 회고하면서, "이러한 젊은 時節보다도 더 젊은 것이" "헬리콥터의 永遠한 生理"라고 선언한다. 여기서 "이러한 젊은 시절"은 "설움이 설움을 먹었던 시절"을 가리킬 것이므로, 시적 주체는 헬리콥터가 "설움이 설움을 먹었던 시절" 이전부터 이미 엄연히 "永遠한 生理"("자유와 비애")를 갖추고 있었음을 깨닫고 있는 것이다.

이러한 깨달음을 토대로 시적 주체는 2연에서 헬리콥터의 탄생과

출현 그리고 그것의 역사적 의미를 탐색한다. 헬리콥터가 "이 나라의
비좁은 山脈위에 姿態를 내보인" 것은 "1950년 7월 이후"이다. 즉,
전쟁시기이다. 이러한 역사적 사실이 전제되어 있기에 가볍게 어두운
대지를 박차고 상승하는 '헬리콥터'는 시적 주체에게 "東洋의 諷刺"로
인식된다. 헬리콥터가 "동양의 풍자"인 것은, 첫째 서양에서는 헬리콥
터가 일상화되었기에 헬리콥터를 자유의 상징으로 받아들이는 것이
어려운 일이라는 의미에서, 둘째 헬리콥터가 전쟁을 위한 살상 무기로
개발된 것이기에 헬리콥터를 자유의 상징으로 받아들이는 것은 전쟁
을 겪고 있는 우리에게나 가능한 일이라는 의미에서 그렇다. 시적 주체
가 헬리콥터를 "동양의 풍자"로 느끼는 것은 이러한 현실의 낙후성과
존재의 비극성 때문이다. 이제 시적 주체는 헬리콥터가 자유이면서
동시에 비애임을 아프게 자각하게 된다. 그것은 단말마의 비명(-자유/
- 비애)이기에 문장을 갖지 못한다.

　마지막 연은 시적 주체의 자유에 대한 열망이 환상으로 제시되는
부분이다. 그것이 환상인 이유는 헬리콥터가 시간과 공간을 초월한
존재로 설정되어 있기 때문이다. 지금 헬리콥터는 "더 넓은 展望이
必要 없는 이 無制限의 時間 우에" 있다. 그곳은 "산도 바다도 없고
진흙도 없고 진창도 없고 未熟도 없"는 곳이며, 헬리콥터가 "肉體의
透明한 骨格과 細胞와 神經과 眼球까지/ 모조리 露出落下시켜가
면서/ 안개처럼 가벼웁게 날아가는" 곳이다. 또한 그곳은 "너의 祖上
들이 우리의 祖上과 함께/ 손을 잡고 超動物世界 속에서 營爲하던/
자유의 정신의 아름다운 原型"을 간직하고 있는 곳이기도 하다.

　하지만 이것은 시적 주체의 환상 속에서 전개되는 '가상의 세계'에

불과하다. 그러기에 시적 주체는 "네가 전하는 자유의 마지막 破片에/
스스로 謙遜의 沈黙을 지켜가며 울고 있"을 수밖에 없는 것이다. 이는
자유에의 비상이 그만큼 어렵다는 의미일 수 있고, 자유에의 비상이
항상 비애의 수락40)을 전제한다는 의미일 수 있다. 근대적 문물인
헬리콥터를 시적 대상으로 전개되는 이러한 자유와 비애에 대한 성찰
은 아래에 인용한 시들에서는 새로운 미의식의 정립으로 나아간다.

> ①
> 정치의 작전이 아닌
> 애정의 부름을 따라서
> 네가 떠나가기 전에
> 나는 나의 조심을 다하여 너의 내부를 살펴볼까
> 이브의 심장이 아닌 너의 내부에는
> 「시간은 시간을 먹는 듯이 바쁘기만 하다」는
> 기계가 아닌 자옥한 안개같은
> 준엄한 태산같은
> 시간의 堆積뿐이 아닐 것이냐

---

40) 김현에 의하면 "자유는 김수영의 시가 추구하는 이념의 끝이며 비애는 그
불가능에서 촉발되는 김수영 시의 주된 시적 정조"로 규정된다. 이러한 규정을
토대로 김현은 「헬리콥터」를 다음과 같이 해석한다. "헬리콥터의 비상은 그것
이 새의 비상을 상기시켜 준다는 점에서 '자유의 정신의 아름다운 원형'을
가지고 있지만, 결국은 착륙하지 않을 수 없다는 점에 대해서 '읊지' 않을
수 없다는 것을 가지고 있는 비상이다. 헬리콥터는 자유와 비애를 그 양극에
가지고 있다. 자유는 휴식과 달관을 거부하지만, 그것을 수락하지 않으면 생활
을 영위할 수 없다는 것에 비애가 있다. 이에 대해서는 김현, 「자유와 꿈」,
황동규 편, 『김수영의 문학』(민음사, 1983), p.103을 참조.

죽음이 싫으면서

너를 딛고 일어서고

시간이 싫으면서

너를 타고 가야 한다

創造를 위하여

방향은 현대

― 「레이판탄」에서

②

率直한 告白을 싫어하는

뮤우즈여

妬忌와 競爭과 殺人과 姦淫과 詐欺에 대하여서는

너에게 이야기하지 않으리라

適當한 陰謀는 세상의 것이다

이 어지러운 세상을 살아가기 위하여

나에게는 若干의 輕薄性이 必要하다

물 위를 날아가는 돌팔매질 ―

아슬아슬하게

세상에 배를 대고 날아가는 精神이여

너무나 가벼워서 내 자신이

스스로 무서워지는 놀라운 肉體여

背反이여 冒險이여 奸惡이여

간지러운 肉體여

表面에 살아라

뮤우즈여

너의 腹部를랑 하늘을 바라보게 하고 ―

그러면 아름다움은 어제부터 出發하고
너의 肉體는
오늘부터 出發하게 되는 것이다
　　　　　　　　　― 「바뀌어진 地平線」에서

③
詩를 배반하고 사는 마음이여
자기의 裸體를 더듬어보고 살펴볼 수 없는 詩人처럼 비참한 사람이
또 어디있을까
거리에 나와서 집을 보고
집에 앉아서 거리를 그리던 어리석음도 이제는 모두 사라졌나보다
날아간 제비와같이

날아간 제비와같이 자죽도 꿈도 없이
어디로인지 알 수 없으나
어디로이든 가야 할 反逆의 정신

나는 지금 산정에 있다 ―
시를 반역한 죄로
이 메마른 산정에서 오랫동안
꿈도 없이 바라보아야 할 구름
그리고 그 구름의 파수병인 나.
　　　　　　　　　― 「구름의 파수병」에서

①에서 시적 주체는 "죽음이 싫으면서/ 너를 딛고 일어서고/ 시간이 싫으면서/ 너를 타고 가야 한다"고 진술한다. 시적 주체의 이 진술이 이 시의 핵심 전언이다. '너'로 호명된 레이판탄은 그 내부에 "준엄한 태산 같은 시간의 蓄積"을 갖고 있다. 이는 레이판탄이 현대 문명 전체를 제유^{提喩}하고 있음을 의미한다.

현대 문명이 레이판탄이라는 최첨단 살상무기로 제유됨으로써 그것이 갖고 있는 파괴적 속성이 창조적 속성보다 더욱 강조된다. 이러한 현대 문명의 파괴적 속성에 대한 의도적 강조는 시적 주체의 선택을 더욱 극적인 것으로 채색한다. 시적 주체는 현대 문명이 파괴적이고 치명적이라는 것을 이미 잘 알고 있다. 그러나 그럼에도 불구하고 시적 주체는 이 파괴적이고 치명적인 현대 문명을 "정치의 부름이 아닌 애정의 부름"을 따르도록 변화시키려 하고 있다. 이러한 시적 주체의 열망은 시적 주체로 하여금 현대 문명을 해부^{解剖}("나는 나의 조심을 다하여 너의 내부를 살펴볼까")하도록 이끈다.

초창기의 현대 문명은 인류에게 유토피아적 미래를 약속했다. 하지만 이러한 현대 문명에 대한 낙관적 신뢰는 오래지 않아 비관적 환멸로 바뀌었다. 현대 문명이 인류의 생존을 위협할 정도로 치명적인 파괴를 동반하고 있음이 곧 밝혀졌기 때문이다. 이러한 상황에서 "문명에 대항하는 비결은" 역설적이게도 "당신 자신이 문명이 되는 것"(「미스터리에게」)일 수밖에 없는 것이다. 이처럼 이 시기의 김수영은 문명의 속도를 따라잡고 마침내 그것을 넘어설 수 있을 때라야 비로소 현대시가 현대 문명 극복의 가능성을 발견할 수 있으리라 믿었다.

②에는 "바뀌어진 地平線"이라는 제목이 시사하듯 시를 대하는 시

인의 변화된 인식과 태도가 반영되어 있다. 이를 형상화하기 위해 김수영은 뮤우즈와 생활을 다채롭게 대비하고 있다. 인용하지 않은 첫 연에서 시적 주체는 뮤우즈에게 용서를 구한다. 시적 주체가 생활에 적응하기 위해 "너를 잊고 살"려 하고 "輕薄性"을 받아들이려 하기 때문이다. 1연의 이러한 '辨明의 語調'는 3연에서 '威脅의 語調'로 급격히 변모된다. 여기서 시적 주체는 "나의 原罪와 悔恨을 생각하기 전에/ 너의 생리부터 解剖하여 보아야겠다"고 뮤우즈를 威脅하고 있다. 이를 토대로 5연에서 시적 주체는 뮤우즈에게 "너는 어제까지의 나의 勢力/ 오늘은 나의 地平線이 바뀌어졌다"고 선언하기에 이른다.

인용한 부분에서 뮤우즈는 "率直한 告白을 싫어하는" 존재로 설명된다. 여기서 솔직한 고백은 시적 언어가 아닌 일상의 언어를 가리킬 것이다. 또한 뮤우즈는 일상의 세목인 "妬忌와 競爭과 殺人과 姦淫과 詐欺에 대하여서"는 아예 관심조차 없다.[41] 이것이 "어제까지의 나의 勢力"이었던 뮤우즈의 생리生理다. 이러한 뮤우즈에게 시적 주체는 "너의 腹部를랑 하늘을 바라보게 하"면서, "表面에 살"라고 명령한다. 그렇게 할 때 뮤우즈는 아름다움을 간직("아름다움은 어제부터 出發하고")하면서 동시에 현대적인 면모("너의 肉體는 오늘부터 出發하게 되는 것이다")를 갖출 수 있게 된다는 것이다.

인용하지 않은 10연에서도 시적 주체는 뮤우즈에게 비슷한 권유를 한다. "뮤우즈는 조금씩 걸음을 멈추고" "서정시인은 조금만 더 速步"

---

41) 보들레르는 「현대적 삶의 영웅주의」에서 "겉치레뿐인 사교계의 삶과 거대한 도시의 지하 세계에서 표류하는 수많은 떠돌이 인생들 - 범죄자들과 첩-들"을 주제로 삼기를 현대 화가들에게 촉구한바 있다. 이에 대해서는 Monroe K, Spears, *Dionysus and the City* (Oxford University Press, 1970), p.7을 참조.

로 가게 되면, "隊列은 一字"가 되고 "모두가 다 같이" (새로운 시적
- 인용자) "地平線"으로 나아가게 된다는 것이다. 변화된 현실 속에서
현대시가 추구할 방향(현대성)을 모색하고 있는 시이다.

　하지만 이러한 모색은 결코 쉬운 일이 아니다. ③에서 김수영은
그것의 어려움을 형상화하고 있다. 김수영은 진정한 현대시가 ①에서
처럼 문명의 속도를 따라잡을 수 있을 때나, ②에서처럼 뮤우즈와
현실의 팽팽한 긴장 속에 있을 때, 탄생하는 것임을 잘 알고 있다.
하지만 그도 생활인인 까닭에 때때로 그 긴장을 놓치며 살아갈 수밖에
없다. 이러한 긴장의 와해는 김수영 시에서 두 가지 형태로 나타난다.
이 두 가지 형태는 표면적으로는 상반된 양태를 보이지만, 시적 실패失
敗라는 면에서는 본질적으로 동일하다. 하나는 생활로 침잠하는 경우
이고, 다른 하나는 시로 비상하는 경우이다.

　김수영은 이러한 시적 위기의 순간마다 이를 극복하기 위한 시적
전략의 일환으로 자신의 삶을 시적 문맥 속에 적극적으로 끌어온다.
이 시 역시 이러한 시적 전략을 사용하고 있다. 김수영은 자신의 삶을
시적 문맥 속으로 끌어 들여 시적 주체로 하여금 이것을 반성하고
성찰하게 하는 것이다. 이렇게 시적 주체에 의해 재再사유思惟된 삶과
시에 대한 성찰은 다시 시인 자신에게 되돌려진다. 인용하지 않았지만,
이 시는 "만약에 나라는 사람을 유심히 들여다본다고 치자/ 그러면
나는 시와는 반역된 생활을 하고 있는 것을 잘 알 것이다"라는 문장으
로 시작된다. 여기서 나는 '관찰하는 나'와 '관찰되는 나'로 분리되고
있다. '관찰하는 나'와 '관찰되는 나' 사이의 거리는 "나는 지금 山頂에
있다"는 표현에 드러나 있듯이 아득하게 멀다. 이러한 나의 분리는

이 시의 중반 이후에는 '시를 추구^{追求}하는 나'와 '시를 배반^{背反}하는 나'로 각각 변주된다.

　이렇듯 이 시는 시와 생활 사이에서 동요하고 방황하는 시인의 모습을 정직하게 그리고 있다. 김수영은 시와 삶이 분리될 수 없다는 시적 통찰을 갖고 있었지만, 아직까지 시와 삶의 분리를 극복할 수 있는 구체적인 방책을 찾지 못하고 있는 것이다. 따라서 이후에 전개되는 김수영의 시들에서는 이러한 시와 삶의 분리를 극복할 수 있는 가능성이 적극적으로 모색된다.

①
눈은 살아있다
죽음을 잊어버린 靈魂과 肉體를 위하여
눈은 새벽이 지나도록 살아있다

기침을 하자
젊은 詩人이여 기침을 하자
눈을 바라보며
밤새도록 고인 가슴의 가래라도
마음껏 뱉자

　　　　　　　　　　　　　　　　　　　－ 「눈」에서

②
곧은 소리는 소리이다
곧은 소리는 곧은
소리를 부른다

> 번개와같이 떨어지는 물방울은
> 醉할 瞬間조차 마음에 주지 않고
> 懶惰와 安定을 뒤집어놓은 듯이
> 높이도 幅도 없이
> 떨어진다
>
> — 「폭포」에서

시와 현실 사이에서 동요하고 갈등하던 시인은 ①과 ②에서 각각 '눈'과 '폭포'를 시적 대상으로 하여 자신의 '살아있음'과 '깨어있음'을 확인한다. ①에서 "마당 위에 떨어진 눈은" "죽음을 잊어버린 靈魂과 肉體를 위하여" "새벽이 지나도록 살아있다." 이때 시인은 동음^{同音}인 눈(雪)과 눈(眼)의 이의^{異意}를 활용하고 있다.42) 그 눈(雪)의 눈(眼)이 "죽음을 잊어버린 靈魂과 肉體"에게, 즉 "젊은 시인"에게 눈짓을 보내고 있는 것이다. 이러한 눈(雪)의 눈(眼)이 보내는 눈짓은 그것이 새벽이 지나면 녹아내릴 수도 있다는 점에서 생명의 소멸을 전제로 한 마지막 살아있음의 안간힘이다. 이 시를 해석하는 데 있어 많은 논자들이 간과하고 있었던 점은, 시적 주체인 "젊은 시인"이 "죽음을 잊어버린 靈魂과 肉體"를 갖고 있다는 사실이다. 「九羅重花」를 분석하면서 살펴보았듯이, 죽음을 잊어버렸다는 것은 생명을 잃어버렸다는 것

---

42) 필자는 김수영이 동음이의의 혼란을 활용하고 있다고 보고 있다. 하지만 그렇지 않다고 보는 견해도 있다. 이희중은 "동음이의어의 혼란에 대한 시인의 배려가 없는 '눈'을 몸의 일부인 눈(眼)으로 해석하기를 제안하는 사람이 있었다. 재치가 있기는 하지만, 마당에 떨어져 번득이는 눈은 지나치게 괴기하며, 이 괴기함의 정도는 김수영의 시에는 낯설다"고 지적하였다. 이에 대해서는 이희중, 「온몸의 뜻」, 『기억의 지도』(하늘연못, 1999), p.268을 참조.

과 동의어이다. 참 살아 있음은 죽음과 생명의 대극^{對極}을 뚫고 나올 때 가능하기 때문이다. 같은 맥락에서 죽음을 잊어버리고 사는 삶은 시를 배반하고 사는 삶이다. 지금 "젊은 시인"은 죽음을 잊어버리고, 생명을 잃어버리고, 결국에는 시를 배반하고 살고 있는 것이다. 이렇게 죽음을 잊어버려 죽어 있는 "젊은 시인"에게 금방 소멸할 지도 모르는 눈이 살아 있음의 마지막 눈짓을 보내고 있는 것이다. 이에 "젊은 시인"도 어떤 식으로든 답을 해주고 싶다. 시적 주체의 '기침 하기'와 '가래 뱉기'는 이러한 살아 있음의 육체적 증명이라 할 수 있다.

①에서 자신의 육체적 살아 있음을 확인한 시적 주체는 ②에서 자신의 정신적 깨어 있음도 확인한다. 시적 주체는 "絕壁을 무서운 氣色도 없이 떨어"지는 폭포를 보면서, "취할 瞬間조차 마음에 주지 않"는 가멸찬 태도와 고매한 정신을 발견한다. 이러한 시적 주체의 발견은 "곧은 소리는 곧은 소리를 부른다"는 시구로 집약된다. 김수영은 '눈'과 '폭포'를 통하여 다시 "어려운 고비를 넘어가는 技術"(「방 안에서 익어가는 설움」)을 회복하고 있는 것이다.

김수영의 시에서 육체적 죽음과 정신적 죽음은 항상 맞물려 있다. 육체적 죽음은 정신적 죽음을 부르고, 정신적 죽음은 육체적 죽음을 부른다. 이 죽음의 상태에서 벗어나려 할 때 그의 시는 아프다. 몸이 아프고, 또한 정신이 아프다. 아픔을 자각한다는 것, 그것은 자신을 환자로 인식하는 태도이다. 김수영은 이러한 인식을 엘리어트를 인용해 "우리는 누구나 다 환자"[43]라고 표현한 바 있다. 세상과 사람들

---

43) 「소록도 사죄기」, 『김수영 산문』, p.46.

모두가 병들어 있는데, 사람들은 그 병들어 있음을 잊고 살아간다. 죽음을 잊어버림으로써 삶을 잃어버리는 것과 마찬가지의 전도^{顚倒}가 발생하고 있는 것이다. 김수영은 지식인을 "인류의 고민을 자기의 고민처럼 고민하는 사람"[44]이라고 규정했다. 여기서 지식인은 시인으로 바꾸어도 무방하다. 그에게 시인은 一流의 비평가이자 지식인이기 때문이다. 이러한 태도는 시인을 '세상의 아픔을 대신 아파하는 자'로 규정하는 것과 그리 먼 거리에 있는 것이 아니다. 아래 인용한 시들에는 이러한 시와 삶에 대한 성찰과 사유가 좀 더 적극적으로 개진^{開陳}되고 있다.

> ①
> 나는 너무나 많은 尖端의 노래만을 불러왔다
> 나는 停止의 美에 너무나 等閑하였다
> 나무여 靈魂이여
> 가벼운 참새같이 나는 잠시 너의
> 흉하지 않은 가지 위에 피곤한 몸을 앉힌다
> 成長은 소크라테스 이후의 모든 賢人들이 하여온 일
> 整理는
> 戰亂에 시달린 二十世紀 詩人들이 하여놓은 일
> 그래도 나무는 자라고 있다 靈魂은
> 그리고 敎訓은 命令은
> 나는
> 아직도 命令의 過剩을 용서할 수 없는 時代이지만

---

44) 「모기와 개미」, 같은 책, p.86.

이 時代는 아직도 命令의 過剰을 요구하는 밤이다
나는 그러한 밤에는 부엉이의 노래를 부를 줄도 안다
─ 「序詩」에서

②
이제 나는 曠野에 드러누워도
共同의 運命을 들을 수 있다
      疲勞와 疲勞의 發言
詩人이 恍惚하는 時間보다도 더 맥없는 時間이 어디있느냐
逃避하는 친구들
良心도 가지고 가라 休息도 ─
우리들은 다같이 산등성이를 내려가는 사람들
        그러나 오늘은 山보다도
        그것은 나의 肉體의 隆起
─ 「曠野」에서

인용한 ①의 제목은 「序詩」이다. '서시'의 사전적 정의는 시집 머리에 서문 대신 쓴 시나 긴 시에서 머리말 구실을 하는 시를 의미한다. 이 시는 이러한 사전적 의미를 갖는 '서시'라기보다는 새로운 시적 사유를 개진하고 있는 '서시'라 할 수 있다. 김수영은 새삼스레 '서시'를 씀으로써 이전과는 다른 시적 사유와 실천을 적극적으로 모색하고 있는 것이다. 이 시에서 개진되는 새로운 시적 사유와 실천은 "나는 너무나 많은 尖端의 노래만을 불러왔다/ 나는 停止의 美에 너무나 等閑하였다"[45]는 시적 주체의 반성과 성찰을 기반으로 전개된다. 어기서 "尖端의 노래"는 자신이 추구했던 현대성現代性을, "停止의 美"는

자신이 억압했던 전통성^{傳統性}을 각각 의미46)한다고 볼 수 있다. 이러한 현대성과 전통성에 대한 진전된 사유는 이어지는 행에서 자신을 나무 위에 앉은 참새로 비유하는 데까지 이른다. 끊임없이 조금씩 성장하는 나무와 그 위에 앉아 '尖端의 노래'만을 재잘거리는 참새의 대비는 "成長은 소크라테스 이후의 모든 賢人들이 하여온 일/ 整理는 戰亂에 시달린 二十世紀 詩人들이 하여놓은 일"이라는 인식을 낳는다. "소크라테스 이후의 모든 현인들"은 나무처럼 전통을 끊임없이 조금씩 성장시켜 왔고, "戰亂에 시달린 二十世紀 詩人들"은 그 성장을 정리한 것에 불과하다는 인식이 바로 그것이다. 김수영은 20세기 첨단 모더니스트들도 소크라테스 이후의 모든 현인들이 발전시켜온 전통^傳

---

45) 오형엽은 '첨단의 노래'와 '정지의 미'를 각각 "시대를 앞질러 가는 전위적 의식"과 "현실의 궁핍과 후진성을 객관적으로 인식하는 사유"로 보았다. 그는 이러한 규정을 토대로 '첨단'과 '정지'를 김수영 시 전체 구도와 관련짓는다. 그에 따르면, 첨단은 "노래 - 형식 - 예술성 - 은폐"가 내포한 의미, 즉 의식의 전위성과 새로운 형식에 대응되고, '정지'는 "산문 - 내용 - 현실성 - 개진"이 내포한 의미, 즉 현실 직시의 명확한 사유와 내용성에 대응된다. 오형엽의 이러한 분석은 주목할 만한 것인데, 다만 '첨단'을 전위성에, '정지'를 '현실성'에 대응시킨 것은 약간의 수정이 필요할 듯하다. 주지하다시피 김수영은 시작 초기부터 '현실성'을 강조했고, 이를 실천했다. 따라서 그가 시적 전환을 모색하는 곳에서 다시 '현실성'을 강조했다고 보기는 어렵다. 이후에 전개된 김수영 시의 전개 과정을 염두에 둘 때, '첨단'과 '정지'는 각각 '현대성'과 '전통성'과 대응된다는 오봉옥의 견해가 좀 더 설득력이 있다. 오형엽의 논의는 오형엽, 「김수영 시의 미적 근대성 연구 - 첨단과 정지의 변증법」, 《국어국문학》(1999, 125권)을 참조.

46) 이 해석은 오봉옥에게 빌려왔다. 오봉옥은 김수영이 다른 모더니스트들처럼 전통을 등한시해왔으나, 이 시를 기점으로 전통을 새롭게 인식하게 되었다고 보았다. 오봉옥의 견해는 대체로 수긍할 만한 것이지만, 필자는 김수영의 전통에 대한 인식이 좀 더 내밀한 형태로 김수영의 초기시에서부터 지속되고 있다고 본다. 이에 대해서는 오봉옥, 『김수영을 읽는다』(랜덤하우스중앙, 2005), p.118을 참조.

統("成長")을 딛고 서 있다고 판단하는 단계까지 나아가고 있는 것이다. 결국 이 시는 "첨단을 노래하되 전통의 가치까지를 아우르고 가겠다는 다짐"[47]을 보여주고 있는 시라고 할 수 있다. 하지만 김수영의 현대성과 전통성에 대한 사유가 아직까지는 서구적 교양과 맥락에 갇혀 있으며 선언적 차원에 머물러 있다는 점은 특별히 지적해야 할 사항이다. 이 시는「거대한 뿌리」,「현대식 橋梁」등의 후기시의 세계로 나아가기 위한 징검다리 역할을 하고 있다.

이러한 현대성과 전통성에 대한 진전된 사유를 바탕으로, "詩를 叛逆한 죄로" "山頂에 있"(「구름의 파수병」)던 시적 주체는 ②에서 "다같이 산등성이를 내려"오는 "우리들"의 대열에 합류하게 된다. 이 시에서 시적 주체는 시와 생활을 관망하던 '山頂'에서 '曠野'로 내려와 그것들을 살아낼 것을 다짐하고 있다. 이러한 시적 주체의 다짐은 이어지는 행에서 "曠野에 드러누워도 共同의 運命을 들을 수 있다"는 예언자적 선언으로 변주된다. 이제 "曠野에 드러누워도 共同의 運命을 들을 수 있"게 된 시적 주체는 더 이상 "疲勞와 疲勞의 發言"에 머물러 있어서는 안 된다는 것을 깨닫게 된다. 그것은 "詩人이 恍惚하는 時間"에 다름 아니기 때문이다. "애수에 그친 애수와 힘에까지 승화된 애수"를 구별해야 하듯이, "疲勞의 發言"에 그친 疲勞와 힘에까지 승화된 疲勞를 구별해야 한다. 전자가 "逃避하는 친구들"의 몫이라면, 후자는 "나"의 몫이다.

---

47) 같은 책, p.121.

시와 생활이 밀착하자 서서히 "나"의 "육체"가 "隆起"를 시작한다. 이 부분에서 김수영은 성적^{性的} 메타포를 이용하고 있는데, 서서히 "隆起"를 시작한 육체는 새로운 것을 生産할 수 있는 건강한 시의 육체를 의미한다. 이렇듯 이 시 속에는「시여 침을 뱉어라」에서 본격적으로 개진될 '온몸의 시론'의 맹아^{萌芽}가 자라고 있다. 인용하지 않은 마지막 연에서 시적 주체는 "曠野에 와서 어떻게 드러누울 줄을 알고 있는" 자신을 "너무나도 악착스러운 夢想家"로 명명하고 있는데, 이는 그가 "시대에 뒤떨어지는 것이 무서운 게 아니라 어떻게 뒤떨어지느냐가 무서운 것"임을 자각하고 있기 때문이다. 이후에 전개되는 김수영의 시는 삶과 현실에 밀착하면서도 다른 삶에 대한 열망을 포기하지 않으려는 이러한 "악착스러운 夢想家"의 자세와 태도로 시종^{始終}한다.

　　　言語는 나의 가슴에 있다
　　　나는 謀利輩들한테서
　　　言語의 단련을 받는다
　　　그들은 나의 팔을 支配하고 나의
　　　밥을 支配하고 나의 慾心을 지배한다

　　　그래서 나는 愚鈍한 그들을 사랑한다
　　　나는 그들을 생각하면서 하이덱거를
　　　읽고 또 그들을 사랑한다
　　　生活과 言語가 이렇게까지 나에게
　　　密接해진 일은 없다

言語는 원래가 유치한 것이다
나도 그렇게 유치하게 되었다
그러니까 내가 그들을 사랑하지 않을 수가 없다
아아 謀利輩여 謀利輩여
나의 化身이여

― 「謀利輩」 전문

이 시의 1연에서 시적 주체는 자신의 언어가 "모리배들한테서" "단련"받고 "지배"받는 언어임을 밝힌다. 이어서 시적 주체는 "그래서('그러나'가 아니다) 나는 愚鈍한 그들을 사랑한다"고 고백한다. 시적 주체가 "우둔한 그들을" "사랑하지 않을 수가 없"는 이유는 "그들을 생각하면서 하이덱거를 읽고" 있기 때문이다. 이는 시적 주체가 "生活과 言語"에 "친밀해"질수록 더욱더 "하이덱거"와 친밀해질 수 있다는 뜻이다.

김수영과 하이데거의 영향 관계는 주로 「反詩論」을 중심으로 논의되어 왔다. 하지만 이 시가 창작된 연도(1959년)를 신뢰한다면, 김수영은 죽기 직전인 1968년 무렵에 처음 하이데거를 접한 것이 아니라, 적어도 1959년 이전에 이미 하이데거를 접한 것이 된다. 임동확은 이러한 추정을 바탕으로 이 시에 등장하는 '謀利輩'를 하이데거적 의미의 '세인'(世人, das Man)과 동일시하고 있다. 그에 의하면, 이 시의 '謀利輩'는 사전적 의미인 "온갖 수단과 방법을 동원하여 자신의 이익만을 챙기려 드는 사람"이 아니라 하이데거적 의미인 "존재론적 욕망에 사로잡힌 현존재보다는 소유론적인 욕망에 사로잡힌 평균적이고 속물적인 일상성 속에 매몰된 자"[48]가 된다. 이 시의 마지막 두 행에서 시적 주체는 이러한 "謀利輩"를 자신의 "化身"으로 부른다. 자신도 '謀利輩'와 크게 다르지 않다는 인식이다. 시적 주체와 시적 대상으로 분리되어 있던 "나"와 "그들(謀利輩)"은 '하이데거'를 매개로 '내 안의 謀利輩'로 일체화된다. 이러한 일체화는 '내안의 적'이라는 김수영의 또 다른 시적 주제를 예고한다. 그것은 김수영의 후기시에서 자신의 소시민성에 대한 야유와 풍자로 나타난다.

김수영은 자신이 써온 시어가 "지극히 평범한 일상어뿐"[49]이며, "어머니한테서 배운 말과 신문에서 배운 時事語의 범위 안에 제한되"[50]어 있다고 했다. 이러한 김수영의 시어詩語에 대한 입장은 그리 새로운 것이 아니다. 시어가 일상어와 구별되지 않는다는 전제는 낭만주의 이래 이미 하나의 상식이 되었기 때문이다. 시어와 일상어는 분리되어 따로 존재하지 않는다. 단지 시어는 시인이 일상어를 조직組織한 결과물을 가리킬 뿐이다. 보편적인 시어가 따로 존재하는 것이 아니라 특수하게 조직된 다양한 시어들이 존재하는 것이다. 김수영이 자신의 시어가 "일상어뿐"이라고 고백할 때 그것은 놀랄만한 일이 아니지만, 그가 일상어를 조직하여 전혀 새로운 시어를 창출[51]했다는 것은 놀랄만한 일이다.

---

48) 임동확, 「왜 우리는 아직도 김수영인가 : 김수영 시세계와 하이데거」, ≪문학과 경계≫(2005, 여름호). pp.298~299.
49) 「시작 노트 2」, 『김수영 산문』, p.432.
50) 같은 곳.
51) 황현산에 의하면 김수영은 "한국 시어의 개척자들 가운데 가장 중요한 한 사람"이며, "민족어의 용법을 확장"한 시인이다. 황현산은 "때로는 민족어의 결을 훼손하는 것처럼 여겨지고 자주 번역 어투를 느끼게 하는 그의 시는 바로 그 방식으로 낱말 하나하나에 강한 물질성을 부여하고 언어 그물의 강도를 높임으로써 말의 추상성과 구체성이 가장 긴밀하게 결합되는 지점으로 모국어의 역량을 끌어올렸다."고 평가하였다. 이에 대해서는 황현산, 「모국어

4-3. 혁명의 경험과 사랑의 이행

　혹독한 전쟁체험을 겪은 이후, 김수영은 당대 모더니스트들의 피상적 문명 비판과 추상적 생활 비판에서 벗어나기 위해 점차 삶과 현실로 하강^{下降}하기 시작했다. 그의 하강은 '자유'로 명명된 상승^{上昇}을 전제한 것이었기에 '설움'과 '비애'를 동반하지 않을 수 없었다. 이러한 상황에서 김수영은 '설움'에 "취"하거나 "자유"로 "도피"하려는 자신을 늘 경계했으며, 현실과 이상의 대극적 긴장 속으로 악착스럽게 자신을 밀어 넣었다. 그는 자신을 '악착스러운 夢想家'((「曠野」)로 명명했는데, 이러한 명명에는 현실의 낙후성과 존재의 비극성을 수락하면서도 그것에 함몰되지 않고 치열하게 '자유'를 지향하려는 그의 시적 딜레마가 고스란히 반영되어 있었다. 그는 끊임없이 자유를 지향했지만, 그가 지향한 자유는 아직까지 '夢想' 차원에 속하는 문제였던 것이다. 이러한 시적 딜레마에 빠져 있던 그에게 4·19 혁명은 시적 도약^{跳躍}의 계기를 마련해 주었다. 이제 그는 자유를 노래하는 데 그치지 않고 그것을 '履行'할 수 있게 된다. 따라서 혁명 이후에 전개된 김수영의 시에는 어떻게 자유를 추구할 것인가의 문제가 아닌 어떻게 자유를 이행할 것인가의 문제가 중점적으로 제기된다.

　유재천의 지적처럼 김수영은 '혁명'이라는 용어를 자주 사용하지 않았다.52) 김수영이 '혁명'이라는 용어를 산문과 시에 직접 사용한 시기는 4·19 혁명 이후인데, 그것도 매우 제한적으로만 사용했다. 그는

와 시간의 깊이」, 『현대한국문학 100년』(민음사, 1999), pp.278~279을 참조.
52) 유재천, 「시와 혁명」, 김승희 편. 『김수영 다시 읽기』(프레스21, 2000), p.91.

'혁명'을 남용濫用하지 않고 절제節制했다. 또한 김수영은 혁명의 실패를 예감한 이후, 자신의 일기에 "혁명은 상대적 완전을 그러나 시는 절대적 완전을 수행"[53]한다고 썼다. 이렇게 그는 혁명을 정치적 영역으로 제한하지 않고 시와 삶의 영역으로 확장했다. 혁명은 패배했지만, 그는 패배하지 않았다. 좌절된 혁명의 경험은 오히려 그의 시와 삶을 웅숭깊게 했으며, 그의 오랜 시적 주제인 '자유'의 외연外延과 내포內包를 확장시켰다. 50년대 김수영의 시적 주제가 '자유'의 지향志向이라면, 60년대 김수영의 그것은 이제 '사랑'의 이행履行이다.

한국 전쟁 이전의 시들에서 이미 맹아萌芽를 보인 바 있는 김수영의 '바로 보기'는 그로 하여금 "현실에 굴복하지 않고 내 자신만은 지켜"[54]낼 수 있도록 한 인식적·실천적 근거를 제공하였다. 김수영은 '설움'과 '비애'를 회피하지 않고 수락함으로써 오히려 이를 현실에 도전하고 저항하는 내적 동력으로 전환시킬 수 있었다. 김수영이 '시대의 첨단을 弄'하는 모더니스트들과 분리되는 지점도 바로 여기이다. 하지만 그 치열한 싸움은 "근대의 그림자에서 아직 완전히 벗어나지 못한 것"[55]이었고, 그래서 "현실적이고 구체적인 경로를 확보하지 못한 것"[56]이었다. 이는 김수영이 동시대 그 어떤 시인보다 치열하게 시적 싸움을

---

53) 「일기초 2」, 『김수영 산문』, p.495.
54) 김수영은 자신의 50년대의 삶과 시를 다음과 같이 자평하고 있다. "그래도 지난 십년 동안 내 자신이 생각해도 용하다고 생각하리만큼 나는 현실에 굴복하지 않고 내 자신만은 지켜왔고 지금도 그렇소. 그러니까 작품의 호오(好惡)는 고사하고 우선 내 자신을 잃지 않고 왔다는 것만으로도 나는 형의 후한 점수를 받을 것 같은데 어떠할지?" 「저 하늘이 열릴 때」, 『김수영 산문』, p.162.
55) 박수연, 「김수영 시 연구」(충남대 박사논문, 1999), p.121.
56) 같은 곳.

전개했으나, 그것이 아직은 개인적 차원에 머물러 있었다는 것을 의미한다. 혁명의 경험은 김수영에게 개인적 차원의 싸움을 사회적 차원의 싸움으로 확장할 수 있도록 이끌었다. 4·19 혁명의 도화선이 된 3·15 부정 선거 후에 씌어진 아래의 시는 개인적 차원에서 사회적 차원으로 나아가는 김수영 시의 시적 진화^{進化}를 예고하고 있다.

> 우리들의 싸움의 모습은 焦土作戰이나
> 「건 힐의 血鬪」모양으로 활발하지도 않고 보기좋은 것도 아니다
> 그러나 우리들은 언제나 싸우고 있다
> 아침에도 낮에도 밤에도 밥을 먹을 때에도
> 거리를 걸을 때도 歡談을 할 때도
> 장사를 할 때도 土木工事를 할 때도
> 여행을 할 때도 울 때도 웃을 때도
> 풋나물을 먹을 때도
> 市場에 가서 비린 생선냄새를 맡을 때도
> 배가 부를 때도 목이 마를 때도
> 戀愛를 할 때도 졸음이 올 때도 꿈속에서도
> 깨어나서도 또 깨어나서도 또 깨어나서도……
> 授業을 할 때도 退勤時에도
> 싸일렌소리에 時計를 맞출 때도 구두를 닦을 때도……
> 우리들의 싸움은 쉬지 않는다
>
> 우리들의 싸움은 하늘과 땅 사이에 가득차있다
> 民主主義의 싸움이니까 싸우는 방법도 民主主義式으로 싸워야
> 한다

하늘에 그림자가 없듯이 民主主義의 싸움에도 그림자가 없다
하······ 그림자가 없다

하······ 그렇다······
하······ 그렇다······
아암 그렇구 말구······ 그렇지 그래 ······
응응······ 응 ······ 뭐?
아 그래 ······ 그래 그래.

— 「하······ 그림자가 없다」에서

 이 시의 창작 일자는 1960년 4월 3일로 기록되어 있다. 그러니까
4·19 혁명이 일어나기 16일 전에 씌어진 것이다. 혁명 이전에 혁명을
예감하고 있는 듯한 이 시에서 김수영은 '적'의 존재를 발견[57]하고,
그 적과의 싸움이 어떠해야 하는가를 반복[58]의 기법을 이용하여 집요
하게 서술하고 있다. 인용하지 않았지만, 이 시의 1연에는 적이 평범한
일상인의 모습을 하고 있다는 사실이, 2연에는 적이 눈에 잘 띄지
않는다는 사실이 진술되어 있다. 이는 적은 어느 곳에나 편재偏在하지

---

57) 장만호, 「김수영 시의 변증법적 양상」, 최동호 편, 『다시 읽는 김수영 시』(작가,
 2005), p.187.
58) 반복과 열거는 김수영 시의 중요한 기법이다. 황동규에 의하면 김수영은 "반복
 의 효과"를 새로운 기술로 완성한 시인이다. 황동규의 글을 직접 인용하면
 다음과 같다. "그는 산문처럼 시에서도 새로운 기술을 하나 완성한다. 그것은
 반복의 효과이다. 그 효과를 시도한 시인은 그 이외에도 많지만, 분위기를
 위해서가 아니라 강조하기 위하여, 그리고 강조를 통해 논리를 뛰어넘기 위하
 여 사용한 사람은 없었다고 생각된다." 이에 대해서는 황동규, 「정직의 공간」,
 황동규 편, 『김수영의 문학』(민음사, 1983), p.123을 참조.

만 눈에 잘 띄지 않기 때문에 그 싸움도 어렵다는 인식을 보여준다. 이 시의 중요성은 적과의 싸움이 추상적인 문명 차원의 문제라기보다 구체적인 일상 차원의 문제임을 김수영이 명확히 인식하고 있다는 데 있다. 이러한 심화된 인식은 앞서 분석한 「謀利輩」에도 분명히 나타나 있다. 시어가 일상어와 분리될 수 없듯이 문명도 일상과 분리될 수 없는 것이며 적도 일상과 분리될 수 없는 것이다. 이로써 김수영은 문명 차원의 거시적 저항을 일상 차원의 미시적 저항과 통합할 수 있는 거점을 확보할 수 있게 된다.

인용한 3연에서 시적 주체는 적과의 싸움이 어떠해야 하는지를 상세히 기술하고 있다. 우리들의 싸움은 "焦土作戰"이나 "건 힐의 血鬪"처럼 거창하거나 멋지지 않다. 그 싸움이 일상의 영역에서 끊임없이 벌어지는 것이기 때문이다. 각 행에서 계속적으로 반복되는 "~ 때도"는 마지막 문장 "우리들의 싸움은 쉬지 않는다"에 걸리는데, 이는 적과의 싸움이 일상의 매 순간마다 쉴 없이 벌어진다는 것을 의미한다. 마지막에서 두 번 반복될 때에는 말줄임표("……")까지 붙어 있어 그 싸움의 세목이 무한히 확장될 수 있음을 예고한다. 이렇듯 우리들의 싸움은 "하늘과 땅 사이에 가득 차 있다." 4연에서 시적 주체는 싸움의 구체적 방법을 제시한다. "민주주의의 싸움이니까 민주주의식으로 싸워야 한다"는 진술이 그것이다. 하지만 이러한 인식은 다분히 추상적이다. 그래서인지 마지막 연에서 우리로 설정된 시적 주체는 다수의 발화자로 분화되어 버린다. 그들은 '민주주의식 싸움'에 대한 긍정과 의문("응응…… 옹 …… 뭐? /아 그래 …… 그래 그래")을 동시에 표명한다.

많은 논자들이 지적한 바 있듯이 이 시의 시적 주체는 "나"가 아닌 "우리"이다. 이러한 집단적 주체의 등장은 앞서 분석한 것처럼 김수영이 서서히 개인적 차원에서 사회적 차원으로 나아가고 있음을 보여준다. 하지만 이러한 변화가 나를 포함한 다수의 너와의 굳건한 연대에 기초한 것은 아니다. 그것은 그가 적과의 싸움을 "민주주의식 싸움"으로 개념화하고 있는 데서도 분명히 드러난다. 김수영은 혁명을 예감하고는 있으나 그것을 준비하고 있지는 못하고 있었던 셈이다. 혁명을 예감했지만 준비하지 못했기에 그는 혁명에 환희했고 곧 혁명에 좌절했다. 환희가 컸기에 좌절도 컸다. 이후에 전개되는 김수영의 후기시는 혁명에 대한 환희와 좌절의 정직한 기록이자 그것을 딛고 일어서려는 치열한 사랑의 이행을 보여준다.

①
軍隊란 軍隊에서 獎學士의 집에서
官公吏의 집에서 警察의 집에서
民主主義를 찾은 나라의 軍隊의
衛兵室에서 師團長室에서
政訓監室에서
民主主義를 찾은 나라의 敎育家들의 事務室에서
四 一九후의 警察署에서 파출소에서
民衆의 벗인 파출소에서
협잡을 하지 않고 뇌물을 받지 않는
官公吏의 집에서
驛이란 驛에서

아아 그놈의 사진을 떼어 없애야 한다

(…중략…)

우선 가까운 곳에서부터
차례차례로
다소곳이
조용하게
미소를 띄우면서
극악무도한 소름이 더덕더덕 끼치는
그놈의 사진일랑 소리없이
떼어 치우고 ―

    ― 「우선 그놈의 사진을 떼어서 밑씻개로 하자」에서

②
이번에는 우리가 배암이 되고 쐐기가 되더라도
이번에는 우리가 쥐가 되고 삵괭이가 되고 진드기가 되더라도
이번에는 우리가 악어가 되고 표범이 되고 승냥이가 되고 늑대가
되더라도
이번에는 우리가 고슴도치가 되고 여우가 되고 수리가 되고 빈대가
되더라도
아아 슬프게도 슬프게도 이번에는
우리가 革命이 성취하는 마지막날에는
그런 사나운 추잡한 놈이 되고 말더라도

(…중략…)

詩를 쓰는 마음으로
꽃을 꺾는 마음으로
자는 아이의 고운 숨소리를 듣는 마음으로
죽은 옛 戀人을 찾는 마음으로
잊어버린 길을 다시 찾은 반가운 마음으로
우리는 우리가 찾은 革命을 마지막까지 이룩하자

— 「祈禱」에서

①과 ②는 혁명의 감격과 환희에 들뜬 시적 주체가 그 혁명을 위해 무엇과 어떻게 싸워야 하는지를 직설적으로 토로하고 있는 시이다. ①에서 시적 주체는 격렬한 비속어를 동원하여 이승만 독재 정권을 탄핵하고 있는데, 이 시에는 김수영 시의 특징이라 할 수 있는 반성과 성찰이 거의 나타나 있지 않다. 다만 자신이 적으로 규정한 대상에 대한 적개심이 거침없이 드러나[59] 있을 뿐이다. 시적 주체가 저주하는 "그놈의 사진"은 이 땅의 관공서 어느 곳에나 걸려 있다. 중요한 것은 "**우선**(강조는 인용자) 그 놈의 사진을 떼어내"는 일이다. 여기서 시적 주체가 "우선"이라는 표현을 쓴 것은 남진우의 지적처럼 "혁명은 단지

---

59) 장석원은 이 시의 이러한 특징을 "혁명의 환희에 감격한 시인은 언어의 축제 같은 양상으로 시를 풀어낸다"고 해석하였다. 하지만 이러한 해석은 이 시의 문학적 형상화 수준을 고려하지 않은 과도한 해석이다. 장석원의 해석은 「사랑의 變奏曲」에 훨씬 적합한 해석이라 생각된다. 김수영은 혁명에 잠시 환희하고 혁명에 오랫동안 좌절한 이후에 혁명의 경험을 시적 혁명으로 포괄할 수 있었다. 이 시에 대해서는 장석원, 「김수영 시의 수사적 특성 연구」(고려대 박사논문, 2004), p.45를 참조.

간에 실현되고 종료될 수 있는 집단적 성취가 아니"[60]라는 인식 때문이다. 김수영은 혁명이 단시간에 실현되고 종료되는 것이 아니라 순차적으로 연속해서 이루어지는 것으로 인식했다.

"그 놈의 사진"은 "軍隊, 獎學士의 집, 官公吏의 집, 警察의 집, 警察署, 파출소, 驛" 등 관공서 어디에나 붙어 있다. "그 놈의 사진"이 붙어 있는 관공서는 "民衆의 벗"이 아닌 '民衆의 적'으로 군림했고, 권력의 첨병尖兵으로서 민중의 일상을 조목조목 감시하고 통제했다. 김수영은 **"우선"** 지배 권력의 수행 기구인 관공서에서 독재자의 사진을 떼어낸 **"다음"** 일상의 세목을 지배하고 있는 독재자의 망령妄靈을 걷어내야 한다고 생각하고 있는 것이다.

②에는 이러한 김수영의 생각이 잘 반영되어 있다. 이 시의 시적 주체인 "우리"는 "詩를 쓰는 마음으로/ 꽃을 꺾는 마음으로/ 자는 아이의 고운 숨소리를 듣는 마음으로" "혁명을 마지막까지 이룩하자"고 권유한다. 이 시의 시적 주체가 "우리"라는 점에서 "이룩하자"라는 청유형 표현은 자신 자신의 다짐이기도 하다. 혁명을 이룩하자는 시적 주체의 권유와 다짐은 "우리"가 "배암, 쐐기, 쥐, 삵괭이, 진드기, 악어, 표범, 승냥이, 늑대, 고슴도치, 여우, 수리, 빈대"가 되더라도 악착스럽게 이룩해야 한다고 표현될 정도로 강고하다. 혁명을 "시를 쓰는 마음"으로 이룩해야 한다는 진술과 "배암이 되"는 마음으로 이룩해야 한다는 진술은 언뜻 보면 서로 모순되는 듯하지만, '혁명의 벗'과 '혁명의

---

60) 남진우, 『미적 근대성과 순간의 시학』(소명, 2001), p.141.

적'에 대한 사랑과 싸움을 동시적이고도 지속적으로 해야 한다는 진술임으로 결코 모순되지 않는다. 이렇게 사랑과 싸움이 동시적이고도 지속적으로 이루어질 때, 혁명은 비로소 "물이 흘러가는 달이 솟아나는/ 평범한 대자연의 법칙을 본받아/ 어리석을 만치 소박하게 성취"(인용하지 않은 2연)될 수 있는 것이다.

김수영이 4 · 19 혁명을 어떻게 받아들였는가는 그가 1960년 ≪민족일보≫에 발표한 「저 하늘 열릴 때」61)라는 글에 잘 나타나 있다. 월북한 김병욱에게 보내는 서간 형식으로 씌어진 이 글에서, 김수영은 "4 · 19 때에 하늘과 땅 사이에서 '통일'을 느꼈"62)고, 그래서 "'남'도 '북'도 없고 '미국'도 '소련'도 아무 두려울 것이 없"63)었다고 말한다. 그에게 4 · 19 혁명은 "하늘과 땅 사이가 온통 '자유 독립' 그것뿐"64)인 시기였으며, "나의 몸" "전부"가 "주장"이자 "자유"65)인 시기였다. 또한 그는 아래 인용문에 나타나 있듯이 "젊은 학생들"이 "시를 실천하고" 있다는 것을 발견한다. 이처럼 혁명은 그가 치열하게 일치시키고자 노력한 시와 삶을 기적처럼 일치시키고 있었다.

　　내가 시에 대한 이야기를 하고 있는 이 자체부터가 벌써 어쩌면 현실에 뒤떨어진 증거인지도 모르겠소. 지금 이쪽의 젊은 학생들은 바로 시를 실천하고 있기 때문이오. 그리고 그들이 실천하는 시가

---

61) ≪민족일보≫에 부분 게재되었던 이 글은 개정판 김수영 전집에 전문이 실려 있다. 이에 대해서는 「저 하늘이 열릴 때」, 『김수영 산문』, pp.162~165를 참조
62) 같은 책, p.163.
63) 같은 곳.
64) 같은 곳.
65) 같은 곳.

우리가 논의하는 시보다도 암만해도 먼저 앞서갈 것 같소. 그렇지만 나는 요즈음처럼 뒤따라가는 영광을 느껴본 일도 또 없을 것이오.[66]

혁명이 기적처럼 시와 삶을 일치시키고 있음을 발견한 김수영은 점차 혁명의 본질에 가까이 접근한다. 혁명 이전의 그는 적과의 싸움을 "민주주의의 싸움이니까 민주주의식으로 싸워야 한다"(「하…… 그림자가 없다」)고 생각했지만 혁명 이후의 그는 "六法全書 기준으로 혁명을 바라보는 자는 바보다"(「六法全書와 革命」)라고 생각을 바꾸게 된다. 진정한 혁명이란 김수영이 인용하고 있는 그레이브스의 말처럼 "群居하고, 인습에 사로잡혀있고, 순종하고, 그 때문에 자기의 장래에 대해 책임을 질 것을 싫어하고, 만약에 노예제도가 성행한다면 기꺼이 노예가 되는 것도 싫어하지 않을"[67] "무기력한 삶의 형식을 부정"[68]하고 전복하는 것이다. 하지만 혁명의 본질에 접근할수록 김수영은 점차 혁명에 회의하는 모습을 보이게 된다. 그가 혁명에 감격하고 환희했던 시기에는 보지 못했던 혁명의 부정적 측면들을 발견하기 때문이다.

①
아아 새까맣게 손때묻은 六法全書가
標準이 되는 한
나의 손등에 장을 지져라
四·二六革命은 革命이 될 수 없다

---

66) 같은 책, p.164.
67) 「시여 침을 뱉어라」, 『김수영 산문』, p.402.
68) 오문석, 『시는 혁명이다』(깊은샘, 2005), p.65.

차라리

革命이란 말을 걷어치워라

허기야

革命이란 단자는 학생들의 宣言文하고

新聞하고

열에 뜬 詩人들이 속이 허해서

쓰는 말밖에는 아니되지만

그보다도 창자가 더 메마른 저들은

더 이상 속이지 말아라

革命의 六法全書는 「革命」밖에는 없으니까

                    — 「六法全書와 革命」에서

②

푸른 하늘을 制壓하는

노고지리가 自由로왔다고

부러워하던

어느 詩人의 말은 修正되어야 한다

自由를 위해서

飛翔하여 본 일이 있는

사람이면 알지

노고지리가

무엇을 보고

노래하는가를

어째서 自由에는

피의 냄새가 섞여있는가를

革命은
왜 고독한 것인가를
革命은
왜 고독해야 하는 것인가를

　　　　　　　　　　　　　　－ 「푸른 하늘을」 전문

　　혁명에 환희歡喜했던 시적 주체는 ①과 ②에서 서서히 혁명에 회의懷
疑하는 모습을 보이기 시작한다. ①의 시적 주체는 혁명 이후에 전개된
사태와 그대들의 모습을 냉정하게 관찰하고 보고한다. 이 시에서 혁명
초기에 등장했던 '우리'는 다시 '나'와 '그대들'로 분리된다. 이렇게 단
독자인 '나'로 분리된 시적 주체는 "革命이란 方法부터가 革命的이어
야"(인용하지 않은 1연) 함에도 불구하고 잠깐의 "灼熱" 이후 전혀
달라진 것이 없는 그대들의 모습에 개탄한다. 이는 혁명 이후에도 여전
히 혁명 이전의 "六法全書"가 일상을 규제하고 장악하고 있기 때문이
다. 여기서 "六法全書"는 혁명 이후에도 여전히 일상을 지배하는 혁
명 이전의 제도, 법률, 관습, 정신, 태도 등을 가리킨다. 상황이 이런데
도 "그놈들이 배불리 먹고 있을 때도 고생"했고, "그놈들이 망하고
난 후에도 진짜 곯고"(인용하지 않은 1연) 있는 그대들은 어리석게도
"天國이 온다고 바라고 있"(인용하지 않은 1연)을 뿐이다.

　　그대들로 명명된 민중들이 속고 있는 이유는 진정한 혁명을 위해
피 흘리지 않고 단지 그것을 "宣言文"이나 "新聞"이나 "詩"로 "쓰는"
일에만 열중하고 있는 소위 지식인들의 기만 때문이다. 기존의 "六法
全書"를 "혁명의 六法全書"로 바꾸지 않는다면, 즉 혁명을 제도와

일상의 차원에서 피 흘려 실천하지 않는다면, 그것은 혁명을 팔아 "賣名"하는 일에 다름 아니다. 지식인이 "제 정신을 갖고"[69] "저들을 속이지" 않을 때 비로소 "창자가 더 메마른 저들"도 더 이상 속지 않게 될 것이다. 이 시는 혁명을 실천하기보다는 혁명을 이용('賣名')하기에 바쁜 학생, 기자, 시인 등 소위 지식인으로 불리는 사람들의 행태를 문제 삼고 있다.

김수영에게 진정한 혁명은 기존의 것이 무화되고 새로운 것이 창조됨을 의미한다. 따라서 그에게 혁명은 일순간의 작열이 아닌 매순간의 작열을 의미한다. 혁명 이후에도 혁명 이전의 "六法全書"가 여전히 일상을 지배한다면 그것은 분명 혁명의 본질을 훼손하는 것이다. 독재자는 물러났지만, 그를 따르던 "그놈들은 털끝만치도 다치지 않고 있"(인용하지 않은 2연)는 상황임으로 혁명은 멈추지 않고 계속되어야 한다.

이러한 혁명의 지속에 대한 열망이 ②에서 '자유에 섞여있는 피의 냄새'와 '고독해야 하는 혁명'이라는 표현을 낳는다. '자유에 섞여있는 피의 냄새'와 '고독해야 하는 혁명'은 김명인의 지적처럼, "보다 근원적이고 순수한 치열함"[70]을 의미한다. 혁명을 지속하기 위해서는 이러한

---

69) 「제정신을 갖고 사는 사람은 없는가」, 『김수영 산문』, p.131.
70) 김명인은 "'피의 냄새가 섞인 자유'가 그만한 희생이 필요하다는 물리적 의미보다는 '보다 근원적인 치열함을 통과한 자유'라는 뜻으로 읽혀야 한다"고 보았다. 이어서 그는 이 시의 중요성을 다음과 같이 평가하였다. "1950년대에는 개별자의 윤리였던 것이 이제 만인의 윤리로 즉 혁명의 윤리로 새 이름을 얻었다는 것이며 이 점이 바로 1950년대와 1960년대의 김수영 사이를 흐르는 루비콘강이다. 미완의 혁명이며 곧 배반된 혁명일지라도 4·19를 겪은 김수영은 이제 그가 무엇을 하든 이 혁명이라는 거대한 공동의 과제를 떠나서는 살아갈 수 없게 된 것이다." 이에 대해서는 김명인, 『김수영, 근대를 향한 모험』(소명, 2002), pp.154~155를 참조.

"근원적이고 순수한 치열함"이 요구된다는 것이다.

이 시의 1연에서 시적 주체는 김수영 문학의 오랜 화두인 자유를 다시금 문제 삼는다. "푸른 하늘을 制壓하는 노고지리가 自由로왔다고 부러워하던 어느 詩人의 말은 修正되어야 한다"는 진술이 바로 그것이다. "어느 시인"은 노고지리의 비상을 보면서 단지 자유만을 부러워하지만, 이 시의 시적 주체는 자유를 위한 飛翔에 섞여있는 피의 냄새를 맡는다. 그 "자유에 섞여있는 피의 냄새"는 2연의 마지막 두 행에서는 '고독한 혁명'으로 3연에서는 '고독해야만 하는 혁명'으로 변주된다. 논리적 비약이 게재되어 있어 의미 파악이 쉽지 않지만, 시적 주체가 '고독해야만 하는 혁명'을 힘주어 강조하는 까닭은 그가 목하 진행 중인 혁명에서 '고독하지 않은 혁명'인 '피의 냄새가 섞여있지' 있지 않은 혁명을 보고 있기 때문이다. 김수영은 이 시가 "약간의 비관미를 띄우고 있는 것은 역시 격려의 의미에서 오는 것이리라"고 하면서, "완전한(혹은 완전에 가까운) 投身"을 강조하고, "투신을 빙자로 한 안이성이나 혹은 무책임"[71]을 경계한 바 있다. 이러한 김수영의 판단에는 '완전한 투신'이 아직 이루어지고 있지 않고 있는 생각이 전제되어 있다. 이 점은 이어지는 6월 17일자 일기에 보다 분명히 드러나 있다.

말하자면 혁명은 상대적 완전을, 그러나 시는 절대적 완전을 수행하는 게 아닌가.
그러면 현대에 있어서 혁명을 방조 혹은 동조하는 시는 무엇인가.

---

71) 「일기초 2」, 『김수영 산문』, p.494.

> 그것은 상대적 완전을 수행하는 혁명을 절대적 완전에까지 승화시키
> 는 혹은 승화시켜 보이는 역할을 하는 것이 아닌가.
>> 여하튼 혁명가와 시인은 구제를 받을지 모르지만, 혁명은 없다.72)

인용문에 나타나 있듯이 김수영은 혁명이 진행 중인 곳에서 이미 혁명의 실패를 예감하고 있다. 어쩌면 이는 '완전한 투신'이 이루어지지 않은 혁명의 당연한 귀결인지도 모른다. 이제 현실의 "혁명은 없"고 다만 "혁명가와 시인"을 "구제"할 수 있는 미래의 "혁명"만이 가능성으로 남는다. 혁명은 실패했지만, 그 실패한 혁명은 김수영에게 절대적 완전의 혁명에 이를 수 있는 길을 터준다. 그 길은 온전히 시의 몫73)이 된다. '완전한 투신'이 이행된 시만이 "절대적 완전"의 혁명을 수행할 수 있는 것이다.

---

72) 같은 책, p.495.
73) 이러한 인식의 변화는 1966년에 씌어진 「가장 아름다운 우리말 열 개」라는 글에 다음과 같이 표현되어 있다. "언어의 변화는 생활의 변화요, 그 생활은 민중의 생활을 말하는 것이다. 민중의 생활이 바뀌면 자연히 언어가 바뀐다. 전자가 주(主)요, 후자가 종(從)이다. 민족주의를 문화에 독단적으로 적용하려고 드는 것은 종을 가지고 주를 바꾸어보려는 우둔한 소행이다. 주를 바꾸려면 더 큰 주로 발동해야 한다. 언어에 있어서 더 큰 주는 시다. 언어는 원래가 최고의 상상력이지만 언어가 이 주권을 잃을 때는 시가 나서서 그 시대의 언어의 주권을 회수해 주어야 한다. 그런 의미에서 모든 시간의 언어는 언어가 아니다. 그것은 잠정적인 과오다. 수정될 과오. 이 수정의 작업을 시인이 해야 하는 것이다. 그래서 최고의 상상인 언어가 일시적인 언어가 되어서 만족할 수 있게 해야 한다. 아름다운 낱말들, 오오 침묵이여, 침묵이여." 이에 대해서는 「가장 아름다운 우리말 열 개」, 같은 책, p.378을 참조.

①

革命은 안되고 나는 방만 바꾸어버렸다
나는 인제 녹슬은 펜과 뼈와 狂氣 ―
失望의 가벼움을 財産으로 삼을 줄 안다
이 가벼움 혹시나 歷史일지도 모르는
이 가벼움을 나는 나의 財産으로 삼았다

革命은 안되고 나는 방만 바꾸었지만
나의 입속에는 달콤한 意志의 殘滓 대신에
다시 쓰디쓴 냄새만 되살아났지만

방을 잃고 落書를 잃고 期待를 잃고
노래를 잃고 가벼움마저 잃어도

이제 나는 무엇인지 모르게 기쁘고
나의 가슴은 이유없이 풍성하다
                          ― 「그 방을 생각하며」에서

②

어둠 속에서도 불빛 속에서도 변치않는
사랑을 배웠다 너로해서

그러나 너의 얼굴은
어둠에서 불빛으로 넘어가는
그 刹那에 꺼졌다 살아났다
너의 얼굴은 그만큼 불안하다

     번개처럼
     번개처럼
     금이 간 너의 얼굴은

                              ― 「사랑」 전문

  혁명의 실패는 시적 주체의 "가슴"을 "메마르게"(인용하지 않은 1연)
하는 동시에 "풍성하게" 한다. 시적 주체가 이러한 양가적 감정을 갖게
되는 것은 그가 혁명의 실패를, ①에처럼 "나의 財産으로 삼"을 수
있었고, ②에서처럼 "변치않는 사랑"으로 바꿀 수 있었기 때문이다.
  ①의 시적 주체는 혁명의 실패를 "革命은 안되고 나는 방만 바꾸어
버렸다"고 표현한다. 이는 혁명이 현실을 근본적으로 변화시키지 못하
고 다만 지배 권력만 바꿔놓았음을 의미한다. 혁명에 피 흘리지 않았고
피 흘리지 않을 자들이 혁명에 피 흘린 사람들을 대신해 혁명을 참칭하
고 권력을 차지한 것이다. 이러한 상황에서 김수영이 느껴야했던 처절
한 심경은 1960년 6월 30일에 작성된 일기 속에 잘 나타나 있다. 이
일기에서 그는 "제 2공화국! 너는 나의 적이다"[74]라고 선언하고 있다.
이렇듯 혁명의 실패는 새로운 정권이 들어선 순간 오히려 명백해졌다.
  혁명이 실패함으로써 시적 주체는 자신이 거주하는 공간도 바꿀
수밖에 없었다. 이때 시적 주체가 바꾼 방은 물리적 공간을 의미하는
것이 아니라 의식과 실천의 장을 의미하는 것이다. 시적 주체는 이러한
상황을 "바꾸어버렸다"로, 즉 자신의 의지가 개입한 결과로 간주하고
있다. 하지만 엄밀한 의미에서 시적 주체가 방을 바꾸게 된 계기는

---

74) 「일기초 2」, 『김수영 산문』, p.495.

자발적인 것이라기보다는 타율적인 것에 가깝다. 이 시의 시적 주체는 타율적 강제에 의한 변화를 자발적 의지의 변화로 전환시키면서 역전시키고 있는 것이다. 시적 주체는 이러한 전환과 역전을 토대로 그곳에서 또 다른 가능성을 모색하고 있다.

시적 주체는 자신의 가슴이 "이유없이 메말랐다"거나 "이유없이 풍성하다"[75]고 말하고 있지만, 사실 그 '메마름'과 '풍성함'은 분명한 이유를 갖고 있다. 시적 주체가 혁명의 실패로 잠시 "싸우라는 말"과 "일하라는 말" 그리고 "그 노래도 그 전의 노래도 함께 다 잊어버리고 말았지만", "녹슬은 펜과 뼈와 광기" 그리고 "실망의 가벼움을 재산으로 삼을 줄" 알게 되었기 때문이다. 이러한 연유로 "가슴"이 "풍성"해진 시인은 잠시 "잊은" "노래"를 다시 부를 수 있게 되는 것이다.

①에서 혁명의 실패를 "재산"으로 삼을 수 있게 된 시인은 ②에서 그것을 "사랑"으로 삼을 수 있게 된다. ②의 1연에서 시적 주체는 "너로해서" "어둠 속에서도 불빛 속에서도 변치않는 사랑을 배웠다"고 말한다. 그러나 사랑의 대상인 "너의 얼굴"은 "어둠에서 불빛으로 넘어가는 그 刹那에 꺼졌다 살아났다"를 반복한다. "너의 얼굴은 그만큼

---

75) 장만호는 이 부분을 "이 시의 화자가 혁명에 대해 잠정적으로 포기했다는 것을 의미한다. 그 말은 성취될 수 없는 그 무엇에 대한 욕망이 수반하는 고통과 증후에 대한 항복이며 토로"라고 보았다. 이어서 그는 "'무엇인지 모르게'와 '이유없이'는 그의 기쁨과 풍성함이 자신의 의지와는 다른 곳에서 오고 있음을 보여 준다"고 해석했다. 이러한 장만호의 해석은 시적 주체의 표면적 진술에만 주목해 그 표면적 진술의 이면적 의미를 파악하지 못한 데서 발생한 것으로 보인다. 이에 대해서는 장만호, 「김수영 시의 변증법적 양상 - 신귀거래 연작을 중심으로」, 최동호 편, 『다시 읽는 김수영 시』(작가, 2005), pp.194 ~195을 참조.

불안하다." 이러한 나의 사랑의 견고함과 사랑의 대상인 너의 불안함
이 3연의 "번개처럼 금이 간 너의 얼굴"이라는 이미지를 낳았다. 시적
주체가 사랑하는 '너'는 "번개처럼" "금이 간" "얼굴"로 나에게 순간적
으로만 나타났다 사라진다. 이러한 "너의 얼굴"의 나타남과 사라짐은
혁명에 대해 김수영이 느끼는 희망과 좌절의 양가적 정서를 반영한다.
비록 혁명은 불안한 얼굴로 명멸하고 있지만, 김수영에게 혁명이 가르
쳐준 사랑은 영원한 가치로 남았다.[76]

> 누이야 장하고나!
> 나는 쾌활한 마음으로 말할 수 있다
> 이 광대한 여름날의 착잡한 숲속에
> 홀로 서서
> 나는 突風처럼 너한테 말할 수 있다
> 모든 산봉우리를 걸쳐온 突風처럼
> 당돌하고 시원하게
> 都會에서 달아나온 나는 말할 수 있다
> 누이야 장하고나!
>
> — 「누이야 장하고나! - 新歸去來 7」에서

---

76) 문광훈은 이 시에 나타난 사랑을 다음과 같이 분석하였다. "김수영의 사랑은
   균열의 사랑이면서 균열에의 사랑이다. 그의 자유는 모순의 사랑, 모순에의
   사랑으로부터 나온다. 이 균열과 모순에 대한 의식 속에서 그는 자기 사랑을
   내세우지 않는다. 애써 내세우기보다는 속으로 앓으면서 상대를 받아들인다.
   사랑은 요설이 아니라 침묵이기 때문이다. 그리움이란 침묵 속의 이행이기
   때문이다." 이에 대해서는 문광훈, 『시의 희생자 김수영』(생각의 나무, 2002),
   p.392를 참조.

혁명의 경험은 김수영에게 "소중한 재산이자 역사적 비전"[77]이 되어 주었다. 김수영은 혁명 이후 들어선 제2공화국을 "적"으로 규정하였지만, 그래도 제2공화국은 4·19 혁명을 딛고 서 있는 정권이라는 최소한의 명목적 정통성을 갖고 있었다. 하지만 5·16 쿠데타는 달랐다. 그것은 4·19 혁명의 역사적 의의를 통째로 부정하는 것이었다. 최하림에 의하면, 5·16 쿠데타가 발생했다는 소식을 듣자 김수영은 김이석의 집으로 피신했다. 그는 쿠데타군이 자신을 잡으러 올 것이라고 불안해했고, 파리로 가서 현대문학과 현대예술이 무엇인지 본격적으로 공부해야겠다고 말하기도 했다.[78] 그에게 5·16 쿠데타는 공포 그 자체였다.

新歸去來 연작은 이러한 상황에서 씌어졌다. 김명인은 이 시기 김수영의 시적 태도를 "정치적 사회적 현실로부터 시를 완전히 퇴각시킨"[79] 것으로 평가하였다. 신귀거래 연작에 등장하는 시적 대상이 자기 자신과 자신의 가족들로 제한되어 있다는 점에서 김명인의 평가는 정당해 보인다. 5·16 직후 김수영은 자신이 감당하기에는 너무나 절망적인 현실로부터 자신을 철저히 단절시키고 있었던 것이다. 이러한 현실과의 단절은 신귀거래1 「여편네의 방에 와서」에서는 '소년'으로의 퇴행[80]으로, 신귀거래2 「檄文」에서는 '안식'으로의 도피[81]로 귀

---

77) 최하림, 『김수영 평전』(실천문학사, 2001), p.304.
78) 같은 책, p.305.
79) 김명인, 『김수영, 근대를 향한 모험』(소명, 2002), p.164.
80) 김명인은 이 시의 '퇴행'을 "심리학적인 퇴행과 전술적 퇴각이라는 두 의미가 복합된 형태"로 파악하였다. 그에 의하면 이러한 '퇴행'은 "다분히 방법적인 것이고 상처받은 자아와 상처받은 혁명을 동시에 보존하려는 시인적 본능의 발현"이다. 이에 대해서는 같은 책, pp.167~168을 참조.

결되었다.

현실에서 퇴각하여 주체의 보존을 꾀하던 시인은 인용한 신귀거래7 「누이야 장하고나」에서 다시 현실로 복귀할 수 있는 방법을 모색하게 된다. 그 방법적 모색은 "諷刺가 아니면 解脫이다"라는 구절로 제시 되었다. 박지영은 실종된 동생에 대해 취하는 시적 주체와 누이 동생의 상이한 태도에 주목하여 이 구절을 "죽음의 구원"[82]이라는 관점에서 해석하였다. 그녀는 "이 시에서 운위되는 '풍자'와 '해탈'은 죽음을 극 복하는 두 가지 방안"[83]으로서 "앞으로 그가 삶을 대하는 두 가지의 태도"[84]로 자리 잡았다고 보았다. 그녀의 분석은 주목할 만한 것이지 만, 풍자와 해탈을 대립적으로 인식하고 있어 아쉬움을 남긴다. 아래의 인용문이 이 점을 잘 보여준다.

---

81) 최하림은 이 시에 대해 "「격문」의 시원함은 싸워서 얻은 것이 아니고 버려서 얻은 것"임으로 "도피의 안식과 진배없다"고 평가하였다. 이에 대해서는 최하림, 앞의 책, p.307을 참조.

82) 죽음은 김수영이 오랫동안 고민한 문제 중의 하나이다. 김수영은 자신의 글에서 "나에게는 아직도 해결하지 못하고 있는, 그리고 앞으로도 좀처럼 해결하지 못할 것 같은 세 가지 문제가 있다"고 했다. 그것은 "죽음과 가난과 賣名"이다. 이 셋 중에서 가장 중요한 것은 죽음의 문제인데, 죽음이 구원과 관련되어 있기 때문이다. "죽음의 구원. 아직도 나는 시를 통한 구원을 받지 못하고 있는 것처럼 죽음에 대한 구원을 받지 못하고 있다. 그런 의미에서 40여년의 세월을 문자 그대로 헛산 셈이다." 김수영은 죽음에 대한 구원을 받는다면 자신의 삶뿐만 아니라 시도 구원을 받을 수 있으리라 생각했다. 이에 대해서는 「茉莉書舍」, 『김수영 산문』, pp.107~108을 참조.

83) 박지영, 「김수영 시 연구 - 시론의 영향 관계를 중심으로」(성균관대 박사논문, 2001), p.151.

84) 같은 논문, p.151.

그러나 그는 이렇게 죽음 앞에 좌절할 수만은 없었다. 이 시에서 운위되는 '풍자'와 '해탈'은 죽음을 극복하는 두 가지 방안으로 그가 세운 것이다. 다음에 나온 "우스운 것이 사람의 죽음이다/ 우스워하지 않고서 생각할 수 없는 것이 사람의 죽음이다"라는 표현은 풍자와 해탈의 묘한 경계에 서 있는 자신의 모습을 보여준다. 우습다는 정서적 표현은 풍자와 해탈의 경지 모두에 쓰일 수 있는 표현이기 때문이다. 풍자는 대상을 비판적으로 응시하는 방법 중 하나다. 정공법으로 죽음이라는 대상을 바라볼 때 그 대상은 아무 것도 아닌 듯 격하시켜 버릴 수 있다. '해탈'은 보다 종교적인 의미를 갖는다. 대상의 본질에 대하여 꿰뚫어버린 이후에는 그 대상에 대한 심각한 고려의 고통이 없어진다. 그러면서 그 대상에 대한 무심함이 생성되는 것이다. 그러나 풍자나 해탈이나 모두 대상의 본질을 정공법으로 꿰뚫어 볼 때만 그 대상에 대한 심적 해방을 얻을 수 있다는 점에서 공통점을 갖는다. 반면 풍자가 현실 속에서 이루어지는 것이라면 해탈은 피안의 세계를 지향하는 것이라는 점에서 지향하는 바가 다르다.[85]

박지영의 풍자와 해탈에 대한 대립적 인식은 "풍자가 현실 속에서 이루어지는 것이라면 해탈은 피안의 세계를 지향하는 것이라는 점에서 지향하는 바가 다르다"는 문장에 집약되어 있다. 그녀가 이 시를 "해탈의 경지로 끝을 맺고 있"[86]다고 평가한 것도 이와 무관해 보이지 않는다. 이 시의 시적 주체는 박지영의 판단과는 달리 "풍자와 해탈의 묘한 경계에 서 있는 자신의 모습"을 끝까지 유지하고 있다. 마지막 연의 "누이야 장하고나!"는 풍자를 거쳐 해탈을 바라보게 된 시적 주체

---

85) 같은 곳.
86) 같은 곳.

의 새로운 성찰을 보여주고 있다. 하지만 이러한 성찰이 "나"와 "누이"
의 차이를 무화시키거나 동일시하는 데로 나아가지 않고 있다는 사실
에 주목할 필요가 있다. "누이"의 해탈이 "풍자"를 거치지 않은 즉자적
인 것에 불과하다면, "나"의 해탈은 "풍자"를 거친 대자적인 것이어야
하기 때문이다. 이 점을 염두에 두고 이 시를 해석해 본다.

인용하지 않은 1연에서 시적 주체는 한국 전쟁 시에 실종된 동생의
사진을 아무런 거리낌 없이 걸어두고 있는 동생의 태도와 그것을 바라
보면서 고통스러워하는 자신의 태도를 대비한다. 실종된 동생의 사진
앞에서 초연한 누이는 해탈했지만, 동생의 사진 앞에서 고통스러운
나는 그렇지 못하다. 이 때 해탈하지 못한 내가 해탈에 이르는 방법으
로 선택한 것이 바로 풍자이다. 이 시에서 풍자의 대상은 누이의 초연
함과 대비되는 자신의 심약함이다.

인용하지 않은 2연과 3연에서 시적 주체는 자신의 심약함을 풍자한
다. 2연의 시적 주체는 "풍자가 아니면 해탈이다"를 문제 삼지 않고
이미 해탈한 누이처럼 동생의 실종과 죽음에 대해 초연함을 가장해
본다. 2연에서 시적 주체는 사람의 죽음을 "우스운 것"이라고 "우스워
하지 않고서 생각할 수 없는 것"이라고 허세를 부려보지만, 이러한
시적 주체의 허세는 3연에서 "모르는 것 앞에서는 무조건 숭배하는
것"으로 뒤바뀐다. 시적 주체가 죽음 앞에서 '허세를 부리는 것'이나
'숭배하는 것' 모두가 그가 계속해서 해탈하지 못하고 있음을 보여준다.

인용한 마지막 4연에는 허세나 숭배 없이 동생의 죽음을 받아들이고
있는 누이에 대한 시적 주체의 진정한 찬탄이 나타나 있다. 이제 시적
주체는 "풍자가 아니면 해탈이다"라는 자의식^{自意識} 없이("당돌하고 시

원하게") "누이야 장하고나!"라고 말할 수 있게 되는 것이다. 이때 유의할 점은 시적 주체가 자신을 "도회에서 달아나온 나"로 규정하고 있다는 점이다. "도회에서 달아나온 나"는 "너의 방을 뛰쳐나"온 "나"에서 그리 멀리 나아간 "나"가 아니다. 시적 주체는 누이의 해탈을 찬탄하는 동시에 현실("누이의 방"과 "도회")로 다시 복귀해야 한다는 사실을 자각하고 있는 것이다.

①
먼 곳에서부터
먼 곳에서부터
먼 곳으로
다시 몸이 아프다

조용한 봄에서부터
조용한 봄으로
다시 내 몸이 아프다
여자에게서부터
여자에게로

능금꽃으로부터
능금꽃으로…

나도 모르는 사이에
내 몸이 아프다

— 「다시 몸이 아프다」 전문

②
아픈 몸이
아프지 않을 때까지 가자
나의 발은 絕望의 소리
저 말(馬)도 絕望의 소리
病院냄새에 休息을 얻는
소년의 흰 볼처럼
敎會여
이제는 나의 이 늙지도 젊지도 않은 몸에
해묵은
1961개의
곰팡내를 풍겨 넣라
오 썩어가는 塔
나의 年齡
혹은
4294알의
구슬이라도 된다
아픈 몸이
아프지 않을 때까지 가자
온갖 식구와 온갖 친구와
온갖 敵들과 함께
敵들의 敵들과 함께
무수한 연습과 함께

— 「아픈 몸이」에서

세상으로부터 자신을 격리시켰던 시적 주체는 ①과 ②에서 다시 현실로 나아간다. 격리되었던 몸이 현실과 대면할 때 몸은 아프다. 이때 시적 주체가 느끼는 몸의 아픔은 "여자에게서 여자에게로"와 "능금꽃으로부터 능금꽃으로…"에 나타나 있듯 "새로운 생성을 향한 아픔이고 일종의 성적 기대에 의한 생리적 고통"[87]이다.

①의 1연과 2연에 표현된 "먼 곳에서부터 먼 곳으로"와 "조용한 봄에서부터 조용한 봄으로"에는 다시 세상과 대면하게 된 시적 주체의 낯설음과 설레임이 드러나 있다. "먼 곳에서부터 먼 곳으로"가 5·16 직후 신귀거래를 쓰던 시기와 다시 세상과 대면한 지금의 낯설음을 드러낸다면, "조용한 봄에서부터 조용한 봄으로"는 만물이 생동하는 봄이라는 계절이 주는 설레임을 드러낸다. 이어지는 "여자에게서 여자에게로"와 "능금꽃에서 능금꽃으로…"에서 '여자'와 '능금꽃'이 "가임의 존재들이라는 점에서 이 아픔에는 강한 생명의 의지가 들어"[88]있다.

이렇게 현실로 다시 나온 시적 주체는 ②에서 "아픈 몸이 아프지 않을 때까지 가자"고 스스로에게 권유하고 다짐한다. ②에는 화자가 아픈 이유가 제시되어 있다. 혁명이 좌절된 지금 "서기 1961년 혹은 단기 4294"[89]이 "절망"적이기 때문이다. 시적 주체가 느끼는 절망은 "나의 발"에, "저 말(馬)"에, "소년의 볼"에, "나의 이 늙지도 젊지도 않은 몸"에 가득하다. 인용한 이 시의 마지막 연에서 시적 주체는 아픈 몸을 치유하기 위해 가는 길이 절망에서 도피하는 것이 아니라 그것을

---

87) 김명인, 앞의 책, pp.195~196.
88) 같은 책, 196.
89) 권혁웅, 『한국현대시의 시작방법 연구』(깊은샘, 2001), p.124.

끌어안고 가는 것임을 분명히 하고 있다. 그 길은 "온갖 식구와 온갖 친구와 온갖 敵들과 함께 敵들의 敵들과 함께 무수한 연습과 함께"가는 길이다. 이때 적으로 규정된 부정적 대상은 더 이상 자신의 외부에 자신과 대립하는 존재로 설정되지 않는다. 적은 자신의 외부뿐만 아니라 자신의 내부에도 존재하기 때문이다.

> ①
> 그러나 우산대로
> 여편네를 때려눕혔을 때
> 우리들의 옆에서는
> 어린놈이 울었고
> 비오는 거리에는
> 四十명가량의 醉客들이
> 모여들었고
> 집에 돌아와서
> 제일 마음에 꺼리는 것이
> 아는 사람이
> 이 캄캄한 犯行의 現場을
> 보았는가 하는 일이었다
> -- 아니 그보다도 먼저
> 아까운 것이
> 지우산을 現場에 버리고 온 일이었다
>   ─ 「죄와 벌」에서

②
아무래도 나는 비켜서있다 絕頂 위에는 서있지
않고 암만해도 조금쯤 옆으로 비켜서있다
그리고 조금쯤 옆에 서있는 것이 조금쯤
비겁한 것이라고 알고 있다!

그러니까 이렇게 옹졸하게 반항한다
이발쟁이에게
땅주인에게는 못하고 이발쟁이에게
구청직원에게는 못하고 동회직원에게도 못하고
야경꾼에게 二十원 때문에 十원 때문에 一원 때문에
우습지 않느냐 一원 때문에

— 「어느날 古宮을 나오면서」에서

앞에서 살펴보았듯이 김수영이 아픈 몸을 치유하기 위해 걸어가야
하는 것으로 설정한 길은 "온갖 식구와 온갖 친구와 온갖 敵들과 함께
敵들의 敵들과 함께 무수한 연습과 함께"가는 길이다. 그 길을 가기
위해 김수영이 선택한 방법은 "풍자가 아니면 해탈"이다. 인용한 ①과
②는 그가 풍자를 선택한 경우이다. 김수영의 풍자는 자기 자신의
허위와 기만을 폭로하는 방식을 보여준다. 이는 그가 허위와 기만을
떨쳐 낼 때 해탈에 이를 수 있다고 판단했기 때문으로 보인다.

①은 아내를 때리는 패악을 부리고 난 후, 그에 대해 반성하기보다
는 "아는 사람이" "犯行의 現場을 보았는가"를 걱정하거나, "지우산
을 現場에 버리고 온 일"을 아까워하는 자신을 풍자하고 있다. 또한

②는 "정정당당하게 붙잡혀간 소설가를 위해서/ 언론의 자유를 요구하고 越南파병에 반대하는/ 자유를 이행하지 못하고"(인용하지 않은 2연), "이발쟁이에게" "야경꾼에게"만 "옹졸하게 반항하는" 자신을 풍자하고 있다.

부도덕한 사회가 도덕적 인간을 요구하는 것은 기만이다. 부도덕한 사회는 부도덕한 인간을 만든다. 부도덕한 사회 속에서 자신의 부도덕성을 자각하지 못할 때 그는 부도덕한 인간으로 남는다. 하지만 부도덕한 사회 속에서 자신의 부도덕성을 폭로할 때 그는 오히려 도덕적 인간이 된다. 인용한 두 시는 이러한 역설의 효과를 노리고 있다. 김수영이 자신의 부도덕성과 소시민성을 적나라하게 드러낼 때, 그의 시는 고도의 윤리성과 시민성을 획득하게 된다.[90]

> 난로 위에 끓어오르는 주전자의 물이 아슬
> 아슬하게 넘지 않는 것처럼 사랑의 節度는
> 열렬하다
> 間斷도 사랑
> 이 방에서 저 방으로 할머니가 계신 방에서
> 심부름하는 놈이 있는 방까지 죽음같은
> 암흑 속을 고양이의 반짝거리는 푸른 눈망울처럼

---

90) 이에 대해서는 김수영의 다음과 같은 언급을 참조할 수 있다. "우리들 중에 누가 죄 없는 사람이 있겠는가. 인간은 신도 아니고 악마도 아니다. 그러나 건강한 개인도 그렇고 건강한 사회도 그렇고 적어도 자기의 죄에 대해서 몸부림은 쳐야 한다. 몸부림을 칠 줄 알아야 한다. 그리고 가장 민감하고 세차고 진지하게 몸부림을 쳐야 하는 것이 지식인이다."이에 대해서는 「제 정신을 갖고 사는 사람은 없는가」, 『김수영 산문』, pp.185~186을 참조.

사랑이 이어져가는 밤을 안다

그리고 이 사랑을 만드는 기술을 안다

눈을 떴다 감는 기술---불란서혁명의 기술

최근 우리들이 四·一九에서 배운 기술

그러나 이제 우리들은 소리내어 외치지 않는다

아들아 너에게 狂信을 가르치기 위한 것이 아니다

사랑을 알 때까지 자라라

人類의 종언의 날에

너의 술을 다 마시고 난 날에

美大陸에서 石油가 고갈되는 날에

그렇게 먼 날까지 가기 전에 너의 가슴에

새겨둘 말을 너는 都市의 疲勞에서

배울 거다

이 단단한 고요함을 배울 거다

복사씨가 사랑으로 만들어진 것이 아닌가 하고

의심할 거다!

복사씨와 살구씨가

한번은 이렇게

사랑에 미쳐 날뜀 날이 올 거다!

그리고 그것은 아버지같은 잘못된 시간의

그릇된 冥想이 아닐 거다

— 「사랑의 變奏曲」에서

앞에서 살펴본 「죄와 벌」과 「어느날 古宮을 나오면서」가 자신의
허위와 기만을 폭로하는 풍자의 방식을 보여준다면, 인용한 「사랑의

變奏曲」은 사랑의 견고함("아름다운 단단함이여")과 위대함("사랑의 위대한 도시")을 찬양하는 해탈의 방식을 보여준다.

이 시에 대해 유종호는 "아마도 우리말로 씌어진 가장 도취적이고 환상적이며 장엄한 행복의 약속을 보여주고 있다"[91]고 평가한 바 있다. 유종호의 평가에서 주목할 만한 대목은 "도취적이고 환상적이며"라는 부분이다. 유종호의 지적처럼, 이 시에는 김수영 시의 특징이라 할 수 있는 성찰적 주체의 자의식이 거의 드러나지 않고 있다. 이러한 자의식의 부재가 "도취적이며 환상적이며 장엄한 행복의 약속"을 가능하게 한 것이다. 김명인은 이 시의 취약점을 "「사랑의 변주곡」은 낭만적 일탈과 그에 수반하게 마련인 주술적 열광이 현실에 대한 긴장을 이완시키고 있다"[92]고 지적하였다. 그는 "사랑이라는 말 자체가 세상의 그 어떤 말보다 인간을 고양시키는 말이기는 하지만 그 사랑을 실천하는 일은 결국 주어진 사회·역사적 조건과 구체적 관계 속에서 이루어지는 것이기 때문에 단순한 낭만적 정열이나 종교적 고양감으로는 아무 것도 하지 못한다"[93]고 보았다.

이 시가 '낭만적 열정'의 파토스에 의지해 있다는 사실 판단에 있어서는 유종호와 김명인이 같은 자리에 서 있지만, '낭만적 열정'의 파토스에 의지해 있다는 사실 판단이 가치 판단으로 나아가는 지점에서는

---

91) 유종호는 이 시가 "아마도 우리말로 씌어진 가장 도취적이고 환상적이고 장엄한 행복의 약속을 보여주고 있다"고 평가하면서도 동시에 "우리는 왜 이 작품이 압축과 언어경제를 통한 절제를 보여주 않았을까 하는 안타까움을 경험하게 된다"고 지적하고 있다. 이에 대해서는 유종호, 「시의 자유와 관습의 굴레」, 황동규 편, 『김수영의 문학』(민음사, 1981), p.255를 참조.
92) 김명인, 앞의 책, p.247.
93) 같은 책, p.248.

양자의 평가가 갈리고 있다. 이 시에서 유종호가 "행복의 약속"을 읽고
있는 반면, 김명인은 "종교적 허위의식"을 읽고 있기 때문이다. 이
시에 대해 두 논자와는 다른 전제에서 출발하고 있는 평가도 있다.
아래에 인용한 두 편의 글이 그 다른 관점을 보여준다.

> 결국 「사랑의 變奏曲」에서 화자의 '사랑의 발견'은, '혁명'에 대한
> 의미를 정치 사회적인 차원에서 내면적 각성의 차원으로 확대시켜
> 주고 있으며, 혁명의 완수에 대한 조급성도 역사적 전망으로 간직하
> 게 된다. 이러한 의미의 변화는 사랑의 발견을 통해 이루어진다.
> 가슴 벅찬 미래의 약속과 믿음은 화자로 하여금 모든 일상을 사랑으
> 로 바라보게 하며, 아울러 그러한 발견을 아들에게 전해주게 만든다.
> 이상의 결과를 통해 이 작품은 김수영의 시세계가 보여주고 있는
> 시적 지향의 한 정점이라고 할 수 있다.94)

> 우리를 둘러싼 구체적 삶의 조건과 배치가 자유를 부재하게 하는
> 동시에 가능하게 한다. 이 조건과 배치를 바꾸는 자유는 외부적인
> 이념에서 생성되지 않는다. 오히려 항상 우리들의 구체적인 삶을
> 정직하게 직시하고 갱신하고자 하는 우리 내부의 간절한 욕망 속에
> 서 온다. 따라서 삶의 새로운 가능성을 향한 모색은 외부적인 이념으
> 로, 차이를 지양한 상위 범주의 자기 동일성으로 나아가지 않는다.
> 지금 여기의 삶의 조건을 초월하고자 하는 다양한 가능성과 잠재성
> 을 인간 존재의 무의식적인 흐름을 통해서 발견하고 구현할 뿐이다.
> 이것이 진정한 '내재적 초월'이며, 김수영의 저토록 강렬한 시의 에
> 너지는 이 에토스에서 뿜어 나온 것이다.95)

94) 강연호, 「김수영의 시 '사랑의 변주곡' 연구」, ≪현대문학이론연구≫(1999,
   12집), p.201.

두 논자는 「사랑의 變奏曲」을 각각 "시적 지향의 한 정점"(강연호)으로, "진정한 '내재적 초월'"(이찬)로 해석하고 있다. 이러한 해석은 두 논자가 이 작품을 '낭만적 열정의 파토스'에 의지해 있다고 본 유종호와 김명인의 관점과는 다른 관점에 서 있기 때문에 가능한 것이다. 두 논자는 시적 주체의 '사랑의 발견'을 각각 "혁명에 대한 의미를 정치 사회적인 차원에서 내면적 각성의 차원으로 확대"(강연호)한 것으로, "지금 여기의 삶의 조건을 초월하고자 하는 다양한 가능성과 잠재성을 인간 존재의 무의식적인 흐름을 통해서 발견하고 구현"(이찬)한 것으로 약간 달리 해석하고 있다, 하지만 두 논자가 「사랑의 變奏曲」이 현실과의 팽팽한 긴장 속에서 탄생한 것임을 강조하고 있다는 점에서는 의견을 같이하고 있다. 특히 이찬은 이 시의 이러한 특징을 시적 '파토스'가 아닌 시적 '에토스'[96]에서 찾고 있다. 이 시가 일시적인 정서적 '파토스'에 의지하지 않고 지속적인 윤리적 '에토스'에 의지하고 있다는 이찬의 해석은 주목할 만하다. 이찬의 해석을 수용하여 이 시를 해석해 본다.

인용하지 않은 1연에서 시적 주체는 "욕망이여 입을 열어라 그 속에서 사랑을 발견하겠다"고 선언한다. 시적 주체의 이 선언이 욕망으로 호명한 것들을 사랑의 대상으로 변화시킨다. 그 사랑의 대상은 "사그러져가는 라디오의 재잘거리는 소음"에서부터 "쪽빛 산"에 이르는 도

---

95) 이 찬, 「내재적 초월로서의 힘, '사랑과 혁명'」, 황정산 편, 『김수영』(새미, 2002), p.273.

96) 이 시가 일시적인 정서적 '파토스'가 아닌 지속적인 윤리적 '에토스'에 의지해 있다는 판단은 김수영의 시와 시론을 '윤리의 미학화'로 해석한 강웅식의 관점과도 맥을 같이하는 것이다. 이에 대해서는 강웅식, 「주체의 자기 형성과 윤리의 미학화」, 『김수영 신화의 이면』(웅동, 2004), pp.138~141을 참조.

시의 모든 것들을 포괄한다. 이러한 사랑의 발견이 가능한 것은 시적 주체가 "사랑을 만드는 기술"을 알고 있기 때문이다. 그것은 "눈을 떴다 감는" 기술처럼 자연스러운 기술이다. 시적 주체는 그 기술을 "프랑스 혁명의 기술", "최근 우리들이 4·19로부터 배운 기술"이라고 말한다. 그러므로 시적 주체를 포함한 우리들은 사랑을 "소리내어 외" 칠 필요가 없다. 사랑은 외치는 것이 아니라 도처^{到處}에 편재^{遍在}하는 사랑을 발견하고 실천하는 것이기 때문이다.

이러한 사랑의 발견과 실천은 인용한 마지막 연에서 나의 세대에서 아들 세대로 이어진다. "광신을 가르치"는 아버지가 아닌 "사랑을 만드는 기술"을 실천하는 아버지이기에, 아버지는 더 이상 아들에게 부정되거나 거부되지 않는다. 이제 아버지와 아들은 오랜 갈등과 반목을 청산하고, 서로에게 사랑을 배우고 실천할 수 있게 된다. 이렇듯 "都市의 疲勞" 속에 "단단한 고요함"으로 감춰져 있던 사랑의 씨앗이 사랑의 실천을 매개로 사랑의 열매를 맺는 날에는 "개미"처럼 작고 보잘것 없었던 "봄베이도 뉴욕도 서울"도 "사랑의 위대한 도시"(인용하지 않은 5연)가 된다. 시적 주체에게 그 날과 그 곳은 먼 미래가 아닌 가까운 미래로, 먼 곳이 아닌 가까운 곳으로, 지금 이곳에 서서히 도래^{到來} 중이다.

앞에서 지적한 것처럼 혁명의 실패로 현실에서 퇴각하여 자기 보존을 꾀하던 김수영은 "풍자가 아니면 해탈이다"는 테제를 제시하며 현실로 다시 복귀하였다. 여기서 "아니면"을 "해탈이 아니라 풍자"로 볼 것인가, 혹은 '풍자이거나 해탈'로 볼 것인가, 또는 '풍자를 통하여 해탈로 가는 것'으로 볼 것인가가 문제될 수 있다. 이 세 가지 중

김수영이 어떤 방향을 선택했는가에 대한 판단이 이후에 전개된 김수영 시에 대한 부정적 평가와 긍정적 평가의 분할선이 되고 있기 때문이다. 김지하는 '해탈이 아니라 풍자'를 선택했고, 김명인은 '풍자이거나 해탈'[97]을 선택했으며, 김상환은 '풍자를 통하여 해탈로 가야한다는 것'[98]을 선택했다. 이러한 선택을 바탕으로 김지하와 김명인은 김수영의 후기시를 부정적으로 평가한 반면, 김상환은 긍정적으로 평가했다. 혁명 이후에 전개된 시작 과정을 살펴 볼 때, 김수영은 '풍자를 통하여

---

97) 김명인은 김수영의 시를 1945~1949년, 1953~1959년, 1960~1961년, 1961~1968년으로 나누어 고찰하였다. 김명인은 이 네 시기 중에서 두 번째 시기는 긍정적으로 평가한 반면, 네 번째 시기는 부정적으로 평가했다. 그가 네 번째 시기를 부정적으로 평가한 이유는 김수영의 풍자가 그 방향을 외부로 돌리지 못하고 공격적 자기 풍자에 머물렀다고 판단했기 때문이다. 이처럼 김수영의 시적 풍자가 부정됨으로써 김수영의 시적 해탈도 동시에 부정된다. 혁명 이후에 전개된 김수영 시에 대한 김명인의 부정적 평가는 다음의 문장에 집약되어 있다. "결론적으로 김수영의 '현대성' 투쟁은 너무나 '목전의 투쟁'이었고 이는 목전까지 밀려온 커다란 적 앞에선 속수무책일 수밖에 없었다. 그것이 풍자와 그 실패, 역사 내적 해탈과 그 실패, 그리고 마침내 초역사적 해탈에까지 이른 것이다. 여기엔 역사로서의 현실과 현실로서의 역사는 존재할 자리가 없는 것이다." 이에 대해서는 김명인, 앞의 책, p.306을 참조.

98) 김상환은 김수영의 시가 풍자를 통하여 해탈에 이르는 길을 제시했다고 보았다. 이에 대한 김상환의 언급은 다음과 같다. "'풍자가 아니면 해탈이다'가 시는 해탈이기 전에 먼저 풍자여야 한다는 것을 말하고 있다면, 혹은 풍자를 통하여 해탈로 가야한다는 것을 말하고 있다면, 우리는 이 공식이 시와 현실 사이의 불가분한 관계를 중시하는 김수영의 생리적 직관을 담고 있음을 알 수 있다. '시인의 스승은 현실이다'라고 했던 김수영에게 시는 역사적 현실을 떠나서 존재할 수 없다. 이는 시가 역사적 현실의 제약 안에서 존재한다는 것과 같다. 시의 한계는 곧 현실의 한계이다. 그러나 시를 통해서 반영되는 현실의 한계는 정지 혹은 폐쇄의 지점을 말하지 않는다. 그것은 시적 사유의 출발점이다. 시적 사유는 현실의 낙후성에 대한 발견을 통하여 앞으로 나아간다. 낙후성의 현상학은 시적 진보의 불가결한 필수조건이다." 이에 대해서는 김상환, 『풍자와 해탈 혹은 사랑과 죽음』(민음사, 2000), p.52를 참조.

해탈로 가야한다는 것'을 선택했다고 볼 수 있다. 아래에 인용한 시에
는 풍자를 통하여 해탈로 가야하는 것에 대한 김수영의 사유가 잘
반영되어 있다.

> 文明의 하늘은 무엇인가로 채워지기를 원한다
> 나는 지금 規制로 詩를 쓰고 있다 他意의 規制
> 아슬아슬한 설사다
>
> 言語가 죽음의 벽을 뚫고 나가기 위한
> 숙제는 오래된다 이 숙제를 노상 방해하는 것이
> 性의 倫理와 倫理의 倫理다 중요한 것은
>
> 괴로움과 괴로움의 履行이다 우리의 行動
> 이것을 우리의 詩로 옮겨놓으려는 생각은
> 단념하라 괴로운 설사
>
> 괴로운 설사가 끝나거든 입을 다물어라 누가
> 보았는가 무엇을 보았는가 일절 말하지 말아라
> 그것이 우리의 증명이다
>
> — 「설사의 알리바이」에서

위 시의 인용하지 않은 1연, 2연, 3연은 각각 육체의 설사, 정신의
설사, 자연의 설사를 묘사하고 있다. 1연에서 시적 주체는 설사를 멈추
게 하려고 설파제를 먹었다. 하지만 설사는 멈추지 않고 계속해서 "뒤
가 들먹거린다." 1연의 육체적 설사는 2연의 정신적 설사로 이어진다.

"머리가 불을 토"할 때는 "성도 윤리도 약이 되지 않"기는 매한가지이다. 이렇게 시적 주체가 육체적 설사와·정신적 설사로 고통스러워하고 있는데 비해, 자연은 "설사를 하려고" "성과 윤리의 약을 먹"고 "꽃을 거두어 들"이고 있는 중이다. 시적 주체가 육체적·정신적 설사를 규제하려고 애쓰는 반면, 자연은 능동적으로 설사를 시작하고 있다. 처음에는 부정적인 의미로 쓰였던 설사는 1,2,3연을 거치면서 점차 긍정적인 의미를 획득하게 된다.

자연이 능동적으로 설사를 시작하고 있는 것과 달리, 4연의 문명은 "무엇인가로 채워지기를 원"하고 있다. 자연이 몸을 비우는 동안 문명은 몸을 불린다. 비만한 문명은 "시를 쓰"는 나에게도 "他意의 規制"를 강요한다. 그래서 내가 쓰는 시는 "아슬아슬한 설사"가 된다. 나의 시가 "아슬아슬한 설사"인 이유는 나의 시가(언어가) "죽음의 벽을 뚫고 나가"지 못했기 때문이다. 시적 주체에게 "언어가 죽음의 벽을 뚫고 나가"는 것은 "오래된 숙제"이다. 하지만 시적 주체는 이러한 "오래된 숙제"를 해결하지 못했다. "성의 윤리와 윤리의 윤리"가 "오래된 숙제"의 해결을 "노상 방해"하고 있기 때문이다.

"언어가 죽음의 벽을 뚫고 나가"는 것은 "풍자가 아니면 해탈이다" 혹은 "풍자를 통해서 해탈로 가야한다는 것"의 다른 표현이다. "성의 윤리와 윤리의 윤리"가 시적 주체를 강력하게 규제하는 상황에서 그것을 뚫고 나간다는 것은 쉬운 일이 아니다. 마지막 6연과 7연에서 시적 주체가 "괴로움의 이행"인 "우리의 행동"을 "시로 옮겨놓으려는 생각"을 "단념하라", "괴로운 설사가 끝나거든 입을 다물어라"라고 말하는 이유도 이 때문이다.

이 시에서 눈여겨볼 대목은 자연의 설사가 시적 주체의 육체적 설사, 정신적 설사 그리고 문명 속에서 씌어지는 시적 설사와는 다른 차원의 설사로 설정되고 있다는 점이다. 전자가 능동적이고 자발적인 것이라면 후자는 규제적이고 타율적인 것이다. 김수영의 마지막 작품 「풀」은 이러한 능동적이고 자율적인 자연의 설사를 시적 설사의 차원으로 확장한 것으로 이해할 수 있다.

시인 황인숙은 23회 김수영 문학상 수상 소감에서 "김수영의 삶과 문학 속에서 사랑이라는 왼손과 자유라는 오른손은 신명나는 박장(拍掌)을 이루지 못하고 더러 따로 놀았던 것 같다. 그리고 그런 안타까운 미완(未完)이 도리어 그의 사후에 김수영이라는 이름을 서로 다른 문학적 이념의 버팀목으로 만드는 축복으로 작용한 것 같다"99)고 말한 바 있다. 황인숙의 이러한 언급은 김수영 문학의 미완적 성격에 대한 완곡하지만 날카로운 비판적 안목을 보여주고 있다. 하지만 고종석의 지적처럼, "자유와 사랑의 지양이 모든 문학적 사회·철학적 탐구의 다다르지 못할 이상태(理想態)로 존재했다는 것을 생각하면, 그리고 그가 "욕망이여 입을 열어라 그 속에서/ 사랑을 발견하겠다"는 의지로 "복사씨와 살구씨가/ 한 번은 이렇게/ 사랑에 미쳐 날뛸 날이 올 거다!" 라고 전망할 줄 알았던 시인이었다는 점을 생각하면, 김수영의 내면에서 자유와 사랑의 거리는 최소한으로 좁혀져 있었다"100)고 파악하는 것이 더욱 온당해 보인다.

---

99) 황인숙, 「제23회 '김수영 문학상' 수상 소감」, ≪세계의 문학≫(2004, 겨울호), p.122.
100) 고종석, 「김수영의 '거대한 뿌리'」, ≪한국일보≫(2005. 3. 22), p.30.

결 론

지금까지 본고는 우리의 현대 혹은 현대성에 대한 김수영의 사유와 성찰이 그의 시론과 시작의 실천 속에 구현되는 과정을 검토·논의했다. 김수영은 미학적 현대성을 발판으로 역사적 현대성의 폐허를 넘어서고자 했다. 이 때 중요한 것은 그가 현대 혹은 현대성을 넘어섰느냐에 있지 않다. 아무도 현대 혹은 현대성의 심연을 훌쩍 뛰어 넘을 수는 없기 때문이다. 따라서 중요한 것은 그가 현대를 어떻게 넘어서려 했느냐, 다시 말해 그의 넘어섬이 아니라 넘어서려는 시적 실천 행위의 '진정성'과 '현대성'이다. 그리고 그 넘어서려는 시적 실천 행위의 '진정성'과 '현대성'이 지금 이곳에서 어떤 의미가 있는지 새롭게 전유하는 것이다. 이러한 문제의식 아래 진행된 연구를 통해 필자가 얻은 결론을 각 장별로 정리하면 다음과 같다.

2장에서는 해방기와 한국 전쟁을 거치면서 이른바 '문협 정통파'가 정전의 지위를 획득하고 새로운 문학적 아비로 등장하는 과정을 조명하였다. 김수영은 새로운 문학적 아비로 등장한 그들을 인정하지 않았는데, 이와 관련해서는 김수영의 "알맹이는 다 이북 가고 여기 남은 것은 다 찌꺼기뿐이야 하는 말을 나는 과거에 수많이 들었고 내 자신도 했고 아직까지도 역시 도처에서 그런 인상을 받고 있다"는 언급을 참조할 수 있다. 이러한 주류 문단에 대한 불만과 거부는 김수영에게만 한정된 것이 아니라 새로운 세대 대부분이 공유한 것이었다. 한국문학 사에 새로운 고아들이 출현하는 순간인데, 그중에서도 '후반기'로 자신들을 명명한 당대의 모더니스트들이 가장 대표적이었다.

또한 2장에서는 이 새로운 고아들의 존재 방식과 그 의미를 프로이트의 '가족 로망스' 개념을 원용하여 분석하였다. '가족로망스'는 이제는 자신이 낮게 평가하게 된 부모로부터 벗어나 자유로워지기 위해, 대체적으로 더 높은 사회적 지위를 지닌 다른 사람들로 자신의 부모를 대체하고자 하는 신경증 환자들의 환상을 가리키는 용어이다. 마르크 로베르는 이러한 프로이트의 가족 로망스 개념을 두 가지 형태로 나누어 고찰한 바 있는데, 업둥이의 방식과 사생아의 방식이 그것이다. 후반기 동인 중에는 김경린과 김규동이 가장 활발히 시론을 전개하였다. 이들의 시론은 "새로움"의 지향으로 요약할 수 있는데, 그들이 지향한 새로움은 '언어'와 '이미지' 중시의 미학으로 정립되었다. 그들은 자신들의 글에서 '문명'과 '생활'을 끊임없이 강조했지만, 그것은 현실에 대한 치열한 인식과 성찰이 결여된 것이기에 선언 수준을 넘어서지 못했다. 반면 김수영은 당대의 모더니스트들에게는 없었던 전통에 대한 자의식을 가지고 있었고, 그 연장선상에서 현실에 대한 치열한 인식과 성찰을 보여주었다. 말하자면 당대 모더니스트들이 업둥이의 방식으로 시작을 전개했다면, 김수영은 전형적인 사생아의 방식으로 시작을 전개했다.

정전의 탄생과 새로운 고아들의 출현이라는 1950년대의 문학사적 지형과 맥락 속에서 김수영은 이 양자의 지양·극복이 당면 과제임을 누구보다 먼저 간취하고, 그것을 자신의 시작에 적극 수행해 나갔다. 요컨대 김수영은 문협 정통파의 '몰현실'과 후반기 모더니스트들의 '비현실'을 넘어설 수 있는 가능성을 창출했던 것으로 평가할 수 있다.

3장에서는 2장의 분석을 토대로 김수영이 서정주로 대표되는 전통주의와 '후반기'로 대표되는 모더니스트들의 모더니즘을 어떻게 넘어설 수 있었는가를 분석하였다. 여기서 필자는 서정주의 전통주의를 '고안된 전통'으로, 후반기의 모더니즘을 '번역된 근대'로 각각 개념화하여, 김수영이 이 양자를 넘어설 수 있는 독자적인 모더니티관을 정립하고 이를 실천했다고 평가하였다. 김수영은 외국의 작품과 이론들을, 그의 표현을 빌자면 '운산'과 '검증'을 거쳐 철저히 자기화했다. 그리하여 그는 외국의 작품과 이론을 우리의 역사와 현실에 성공적으로 접목하여 우리문학사의 이단자 계보를 형성하게 되었던 것이다.

또한 3장에서는 '온몸의 시론'으로 명명되는 김수영 시론의 전개 과정을 '생성의 미학'이라는 관점에서 살펴보았다. 김수영은 끊임없이 시와 삶의 분리를 극복하고, 양자를 일치하려고 노력했다. 그는 "시대에 뒤떨어진 현실"도 문제지만, 보다 큰 문제는 "뒤떨어진 현실을 직시하지 못하는 시인의 태도"라 보았다. 뒤떨어진 현실을 자각하지 못할 때, 시는 '사기詐欺'가 되지만, "'뒤떨어졌다'는 것을 확고하고 여유 있게 의식"하게 되면, 시는 역설적이게도 '앞서게' 된다는 것이다. 이러한 사유는 사랑과 죽음에 대한 다음과 같은 언급에서도 발견된다. 김수영에게 시는 "어떻게 자기 나름으로 죽음을 완수했느냐의 문제"이고, 시론은 "'이 죽음의 고개'를 넘어가는 모습과 행방과 그 행방의 거리에 대한 해석과 측정의 의견"이다. 여기서 김수영이 말하는 '죽음의 고개를 넘어가는 모습'이란 기존의 것이 무화되고 새로운 것이 생성되는 순간을 의미한다. 죽기 직전에 발표한 「시여 침을 뱉어라」에는 온몸으로 새로움을 생성하려는 김수영의 생각이 곡진하게 반영되었다.

4장에서는 앞 장의 논의들을 토대로 시작들을 분석하였다. 우선 김수영의 시세계를 '한국 전쟁 이전', '한국 전쟁 이후부터 4·19 직전까지', '4·19 이후부터 사망까지'의 세 시기로 나누고, 각 시기의 작품들을 '作亂과 作戰을 넘는 바로보기', '설움의 인식과 자유의 지향', '혁명의 경험과 사랑의 이행'이라는 관점에서 분석하였다.

4-1에서는 시적 주체의 시선이 「공자의 생활난」의 '바로 보기'(시각에 대한 긍정)에 대한 선언으로부터 출발해, 「가까이 할 수 없는 서적」의 '멀리 보기'(시각에 대한 회의)를 거쳐, 「아메리칸 타임지」의 '응결된 시각'(凝視)(시각에 대한 재인식)에 대한 요구로 이어지는 데 주목하였다. 한국 전쟁 이전에 창작된 김수영의 초기 시들에는 시적 주체의 시선이 정제되지 않은 채 혼재 되어 있다. 이는 김수영이 아직 자신만의 시작 태도와 시작 방법을 확고히 정립하지 못했다는 것을 의미한다. 그렇지만 김수영은 시적 주체의 시선에 대한 긍정, 회의, 재인식의 과정을 거치면서 좀 더 심화된 자아 의식과 현실 인식을 가지게 되는 방향으로 나아갔다고 할 수 있다.

4-2에서는 김수영 초기시의 지배적 정서인 '설움'과 '비애'가 삶과 현실의 비극을 정직하게 응시한 자에게만 허락되는 '특권적 정서'임을

규명하였다. 김수영은 '설움'과 '비애'를 회피하거나 초월하려 하지 않고, 오히려 이를 적극적으로 수락하였다. 그리고 그것을 '자유'를 이행하는 조건으로 전환시켰다. 이러한 태도를 바탕으로 삶과 현실에 대한 정직한 '바로 보기'를 지향함으로써 김수영은 새로운 제삼의 삶과 현실을 모색할 수 있는 가능성을 열 수 있었다. 그 새로운 제삼의 삶과 현실에 대한 열망은 '자유'와 '사랑'이라는 명제로 집약되었다. 이러한 김수영의 시적 진화進化는 죽음에 대한 사유를 토대로 이루어진 것이기에 '진정성'과 '현대성'을 갖춘 것으로 평가할 수 있다.

4-3에서는 4·19 혁명과 그 이후 전개된 김수영의 시를 살펴보았다. 김수영은 1950년대를 치열하게 통과하며, 혁명을 예감했지만 혁명을 준비하지는 못했다. 그렇기 때문에 그는 혁명에 환희했고, 곧 혁명에 좌절했다. 환희가 컸기에 좌절도 컸다. 이러한 환희와 좌절의 경험은 "혁명(정치적 혁명 - 인용자)은 상대적 완전을 그러나 시는(시적 혁명 - 인용자) 절대적 완전을 수행"한다는 그의 문장으로 수렴되었다. 그는 정치적 '혁명'의 좌절을 딛고 그것을 삶과 시의 영역으로 확장했다. 이러한 혁명에 대한 사유는 김수영의 오랜 탐구 주제인 '자유'와 '사랑'의 외연과 내연을 넓고 깊게 하였다.

김수영의 시작 과정은 시와 삶의 분리를 극복하고자 몸부림친 치열한 고투의 기록이라 할 수 있다. 그가 그것을 이루었는지 그렇지 못했는지에 대한 판단은 평가자 각자의 몫이지만, 그가 그것을 생의 마지막 순간까지 실천했다는 사실은 부정할 수 없다. 필자는 바로 이 점이 중요하다고 판단했다. 김수영은 물론이고 김수영 이후의 그 어느 누구도 시와 삶의 일치를 이루었다고 할 수는 없다. 그것을 이루었다고 말하는 순간 그는 시인이 아니기 때문이다. 적어도 이렇게는 말할 수 있을 것이다. 김수영이 시와 삶의 합치를 누구보다 치열하게 수행했고, 그래서 확고하게 한국문학사의 성별된 이단자로 자리매김 되었다고.

　본고는 '김수영 문학의 발생 조건과 형성 배경', '산문과 시론의 현대성', '역사적 현대성과 미학적 현대성의 변증법'이라는 키워드를 통해, 김수영 문학의 문학사적 맥락, 산문과 시론에 나타난 현대성 획득 양상, 시에 나타난 역사적 현대성과 미학적 현대성의 지양과 극복 과정을 입체적으로 규명하였다. 하지만 본고는 이러한 연구 목적을 달성하는 데 여러모로 미흡했다. 본고의 한계는 첫째, 김수영 문학의 발생론적 맥락을 문단 내의 인정 투쟁으로 제한했다는 혐의에서 완전히 자유롭지 못했다는 점, 둘째, 산문과 시론에 나타난 현대성 획득 양상을 기존 논자들의 관점과 예리하게 차별화시키지 못했다는 점, 셋째, 시에 나타난 역사적 현대성과 미학적 현대성의 지양과 극복 과정을 개별 시편들에 대한 정치한 분석을 바탕으로 충분히 입증하지 못했다는 점 등이다. 이는 본 연구의 한계이자 연구자가 앞으로 해결해 나가야 할 이후의 연구 과제이기도 하다.

· · ·

제2부

8, 90년대 시인 연구

● ● ● **1**

김용택론 80년대 시를 중심으로

1-1. 서론

김용택 시인이 80년대 발표한 5권의 시집[1]에는 그의 시적 성취가 집약되어 있다. 이 시집들은 김용택 시인이 90년대 이후에 발표한 여러 시집들이 주로 개인적 서정을 노래한 것과 크게 대비된다. 이러한 양상은 시인이 시적 주체의 내면성에 주목함으로써 새로운 문학을 모색하고 있다는 긍정적 평가와 농촌현실의 낭만적 도피라는 부정적 평가가 모두 상당한 설득력을 갖기 때문에 논란의 대상이 될 수 있다. 따라서 이 글은 농민문학문학의 가능성을 제시했던 김용택의 80년대 시들을 중심으로 김용택 시의 성과와 한계를 밝혀보고자 한다.

일반적으로 김용택의 시는 크게 두 계열로 나누어 고찰되어 왔다. 개인적 서정시 계열과 풍자와 해학, 공격과 선언의 농민시 계열이 그것

---

1) 김용택이 1980년대 발표한 시집은 다음과 같다. 『섬진강』(창작과비평사, 1985); 『맑은날』(창작과비평사, 1986); 『누이야 날이 저문다』(청하, 1988); 『꽃산 가는 길』(창작과비평사, 1988); 『그리운 꽃 편지』(풀빛, 1989). 이후 김용택의 시를 인용하는 경우 시집 제목과 시 제목을 인용시 끝에 밝힌다.

이다. 그렇다면 김용택 시의 이러한 이중성을 어떻게 평가해야 하는가. 일부 평자들은 한쪽을 옹호하고 다른 한쪽을 폄하하는 경향이 있다. 하지만 김용택의 이러한 두 계열의 시가 일관되게 농민과 대지에 대한 사랑을 그 기저에 깔고 있다는 사실에 주목하게 되면 사랑의 이중적 변주(즉 대상에 대한 그리움과 사랑 그리고 대상을 괴롭히는 적에 대한 분노와 적개심)임을 쉽게 눈치 챌 수 있을 것이다. 그러므로 이 두 계열의 시를 서정시 또는 농민시로 구분하는 것은 무의미하며, 또한 한 쪽을 옹호하고 다른 한 쪽을 폄하하는 논리도 지양되어야 할 것이다. 문제는 시적 형상화의 우수성과 그 시적 성취를 구체적으로 밝혀내는 데 있기 때문이다.

김용택의 출현은 1970년대 김정한, 송기숙, 이문구, 김춘복 등이 소설에서 개척한 농민문학의 가능성을 바탕으로 한 80년대 시적 성과의 구체적 증좌이다. 홍일선, 하종오, 정규화 등의 시인들이 나름대로 농민의 삶을 집중적으로 다룬 시들을 발표한 바 있으나, 대부분의 시들이 지식인의 주관적 울분이나 세태묘사 혹은 공동체주의를 내세운 복고주의로 기울고 말았다. 70년대 소설이 개척한 농민문학의 성과가 80년대는 거의 불모에 가까울 정도로 희박해진 까닭은 민중문학론자들이 노동자들의 헤게모니를 강조하는 방향으로 논의를 정립한 까닭도 있었지만, 더 큰 이유는 작가 자신들이 농촌을 피상적으로 파악하고 역동하는 농민 주체를 설정하지 못했기 때문이라 판단된다.

이러한 의미에서 김용택의 출현은 과거 농민을 주인공으로 한 작품들이 지식인의 주관적 농촌 파악으로 인해 삶의 구체성을 획득하지 못하고 소재주의로 함몰되어 버리는 한계를 극복하고, 농민 주체에 가까운 농민을 그려내고 있다는 점에서 문학사적으로도 큰 의미를 갖는다. 농민 주체란 개념은 농민을 지식인 작가의 눈에 비친 단순한 소재차원으로 형상화하지 않고 농민을 농민 스스로 자신의 현실에 대한 뚜렷한 인식과 그 현실 인식에 근거한 온전한 농촌 전체의 삶을 대표하는 전형으로서 형상화한다는 것을 의미한다. 따라서 삶의 기초적 근거를 농촌에 두고 있으며, 항상 농민들과 생활하는 가운데서 경험이 체화되어 형상화된 김용택의 시는 다른 어떤 작가의 작품보다도 이런 농민 주체의 개념에 가깝다고 할 수 있다.

하지만 안타까운 것은 그가 열어 보인 농민시의 가능성을 그가 계속해서 밀고 나가지 못했다는 데 있다. 김용택이 농민 주체에 가까운 농민상을 형상화했지만, 그의 시가 때때로 복고주의적 경향과 기만적 자기만족에 함몰되고 마는 것은 아직도 농민 주체 개념의 언저리에 투영된 지식인 작가의 주관적 세계인식에 기인하는 것으로 파악되기 때문이다. 따라서 이 글은 '농촌현실을 빼어나게 형상화'한 김용택 문학에 대한 정당한 평가와 함께 진정한 농민 주체의 설정을 통한 농민문학의 새로운 성취에 대한 소박한 바람을 동시에 피력해 보는 試論의 의미도 갖는다.

1-2. 낭만주의와 '출발에의 열정'

낭만주의는 자본주의 발달과 더불어 19세기말에 비로소 그 모순을 발견한 소시민 의식의 개안에서 비롯되었다. 에른스트 피셔에 의하면

당시의 소시민은 사회적 모순의 구체화 그 자체였다. 즉 소시민은 전체
부의 분배를 희망하나 그 과정에서의 탈락을 두려워하고, 새로운 가능
성을 꿈꾸지만 계층과 질서라는 구시대의 안전판에 집착하며, 그의
눈은 새 시대를 향하나 또한 종종 향수적으로 '옛날의 좋은 시대'를
향하고 있다. 결국 낭만주의의 한계는 자본주의에 대한 반항이 종종
과거에로의 집착이라는 복고주의를 낳고 만다는 것으로 모아진다. 현
실에 대한 뚜렷한 모순을 인식하고 있으면서도 불안감과 고립감 사이
에서 갈등하고 그 갈등의 도피처로서 과거로 퇴행하거나 먼 곳에로의
도피를 감행하고, 현실에 대한 구체적 탐구보다는 먼 곳으로의 출발에
의 열정에 집착하게 된다는 것이다. 그러나 이러한 낭만주의적 세계관
은 분명히 자본주의에 대한 반항과 적개심의 표현이었으며, 낭만주의
의 일부는 사회에 대한 현실주의적 비판으로 발전했다는 사실 또한
간과할 수만은 없다.[2]

　이를 토대로 살펴보면 김용택의 시는 낭만적 현실인식에서 출발하
여 현실비판으로 발전하고 있다고 볼 수 있으나, 또한 김용택의 시에
자주 등장하는 복고주의적 경향과 기만적 자기만족은 낭만적 현실인
식이 그의 시에 간섭하여 적확한 현실인식을 방해하는 요인으로 계속
해서 작용하고 있다고도 볼 수 있다. 그의 초기시[3]들은 이러한 낭만주
의적 '출발에의 열정'과 현실주의적 '길 찾기'와 '집 짓기' 사이의 길항

---

2) 에른스트 피셔, 『예술이란 무엇인가』(돌베게, 1984), pp.68~78.
3) 김용택 시인이 자서에서 밝히고 있듯이, 세 번째 시집으로 출판된 『누이야
　 날이 저문다』는 『섬진강』과 『맑은날』보다 "훨씬 이전에 쐬어"진 시들을 모은
　 것이다. 필자는 『누이야 날이 저문다』에 실려 있는 시들을 김용택 문학의 출발
　 점으로 보아 초기시로 명명하고 분석하고자 한다.

을 잘 보여주고 있다.

　　　가는 봄같이 가는 봄같이
　　　누이는 바람 강 건너듯
　　　시집가고
　　　강가까지 따라 나와
　　　강물에 발을 적시며
　　　손을 흔드는
　　　노랑 풀꽃

　　　큰 누이 작은 누이
　　　　— 「강변의 추억」 전문(『누이야 날이 저문다』, p.57.)

　이 시는 에른스트 피셔가 이른바 '변증법적 3박자'라고 표현한 낭만
주의적 세계인식을 잘 보여주고 있다. 즉 '지금 여기'의 삶이 무엇인가
를 결여하고 있으며, 이는 '먼 곳에의 그리움'과 '고향에의 그리움'이
기묘하게 복합되어 일으키는 '출발에의 열정'을 불러일으킨다.[4] '강'
건너 멀리 있는 누이에 대한 '먼 곳에의 그리움'과 '누이'로 표현된
'고향'(여기서 고향이라는 의미는 '지금 여기'에 부재한 원초적 행복의
공간)이 '손을 흔드는 노랑 풀꽃'처럼 '출발에의 열정'을 자극하고 있다.

　　　외딴집,
　　　외딴집이라고

---

4) 이동하, 「낭만적 상상력의 세계인식」, 『이문열론』(삼인행, 1991), p.31.

왼손으로 쓰고
바른손으로 고쳤다
뒤뚱거리며 가는 가는 어깨를 가눴다
불 한 끄고
불 하나 달았다

가물가물 눈이 내렸다
　　　　　— 「집」 전문(『누이야 날이 저문다』, p.13.)

　집으로 표현되는 온전한 휴식과 안정의 공간이 '가물가물 눈이 내렸
다'라는 시구로 위태롭고 아스라한 존재로 그려지고 있다. 집의 이미지
는 곳곳에 등장하는 누이, 여자, 봄의 이미지들과 상응하여 '지금 여기'
에서 상실한 고향의 이미지를 집약적으로 표현하고 있다. 「초가집」에
서는 '제 그림자를 잡고 앉아 있는 여자 시꺼멓게 그을려 있다'라는
시구를 통해 다만 그림자로 존재할 뿐인 여자의 이미지로 표현되고
있으며, 「집이 없었다」에서는 '그녀가 울고 있었다'고 표현된다. 울고
있는 여자는 내가 '조바심으로 그녀를 안았을 때 '집'과 함께 쓰러지고
마는 존재다. 따라서 여자는 있으면서 없는 존재이자 없으면서 있는
존재로서 항상 나에게 그리움을 불러일으키는 존재이다.

　곧 눈이 하얗게 산 사이를 하염없이 딴 나라처럼
　내릴 것이다
　누이야
　아무것도 준비한 것이 없는데 겨울이 보인다

추위
내 시린 한 손을 덥힐 온기는 이제 다른 내 한 손뿐이구나
— 「가을 편지 - 누이에게」 중에서
(『누이야 날이 저문다』, pp.81~82.)

누이가 '여기 없음'으로 인해 세상은 온통 눈이다. 그리고 시적 주체는 그 눈의 차가움에서 나를 지켜줄 것은 '다른 내 한 손뿐'임을 발견하게 된다. 이러한 상황 속에서 시적 주체는 '밤새워 님 기다려/발 저려 서 있'(「꽃등」)지만 '부재하는' 님은 결국 오지 않는다.

해는 지는데 건너지 못할 강물은 넓어져
오빠는 또 거기서 머리 흔들며 잦아지는구나
이마 선명한 무명꽃으로
피를 토하며, 토한 피 물에 어린다

누이야 저묾의 끝은 언제나 물가였다
배고픈 허기로 저문 물을 바라보면 안다
밥으로 배 채워지지 않은 우리들의 멀고 먼 허기를
— 「누이야 날이 저문다」 중에서(『누이야 날이 저문다』, p.76.)

언뜻 보면 한편의 아름다운 서정시로 보이지만, 이 시의 서정성은 추상적인 시어들로 인해 얻어진 것임으로 공허하기만 하다. '건너지 못할 강물', '무명꽃', '먼 허기' 등의 시어들은 구체성을 상실하고 시인의 그리움을 관념적으로 드러낸다. 즉 이 시의 어감과 내재율이 형식적

서정성을 담보하고 있지만, 그 서정성은 다분히 낭만적 현실인식에
기반한 먼 그리움이기 때문에 진정한 감동으로 승화되지 못하고 만다.
이 시에서도 누이의 부재는 채워지지 않는 허기와 그리움을 유발할
뿐이다.

결국 누이, 여자, 봄, 집으로 표현된 '고향에의 그리움'들은 '먼 곳에
로의 그리움'을 유발시키는 계기로 작용하고 있음을 알 수 있다. 시집
곳곳에 등장하는 '먼', '산 넘어 물 건너', '강 건너듯', '저 어둔 앞산'
등의 시어는 그리움의 대상이 먼 곳에 존재한다는 사실을 가리킨다.
이제 시적 주체는 먼 곳의 그리움을 찾아 나서게 된다. 소위 '출발에의
열정'이 시적 주체의 출발을 독려하고 있는 것이다.

　　　　우리집 닭이 한 번 울고
　　　　이웃집 닭이 한 번 울고
　　　　온 동네 닭이 다 울었습니다
　　　　마을에서 마을로 길이 다 열리고
　　　　새벽 하늘 한 군데가
　　　　환하게 뚫려 있었습니다
　　　　　　　　　― 「닭 울음」 전문(『누이야 날이 저문다』, p.48.)

그리움의 대상을 찾으러 떠나가는 길은 새벽의 희망 속에 훤하게
열려있는 듯 보인다. '출발에의 열정'이 길 찾기의 어려움이라는 현실
적 상황인식을 결여하게 한다. 그러나 '출발의 열정' 속에서 떠난
길은 그리고 온존한 집 짓기(상실한 고향의 회복) 과정은 그리 녹녹하

지만은 않다. 그 길은 '아무도 가지 않고/이따금 내가 가다가 해 져서/
길 읽고 길 없이/돌아오는'(「길」부분) 길이며, '길이 하얗게 드러나고
있다/길 끝에서 죽은 그대가/아직도 자욱히 가고 있'는 끝이 없을 지도
모를 길이기 때문이다.

> 하늘은 청명합니다
> 고샅길을 걷습니다
> 울 넘어 핀 개나리꽃을 보며
> 움막이라도, 내 집 한 칸을 지어야겠다고 생각했습니다
>
> 세 기둥을 세워 받치고
> 한 기둥은 닿지 않습니다
>
> 짓지 못한 노란 초가집이 천천히 허물어지는 슬픔,
> 다시 걷습니다
> — 「노란 초가집」전문(『누이야 날이 저문다』, p.19.)

'세 기둥을 세워 받치'지만 '한 기둥은 닿지 않는 집 짓기의 어려움
은 정처 없는 길 찾기로 다시 시적 주체를 내몬다. 이런 길 찾기와
집 짓기의 어려움에 대한 인식은 그의 낭만적 현실인식을 구체적 현실
인식으로 이행하게 하는 결정적 계기가 되고 있는 듯 하다.

> 해가 저물었다
> 가문 강변에 풀꽃처럼

불 쬐듯 모여들어 숯불처럼 서로 살려낸다
강물에 발을 씻고 맨발로 야윈 풀밭을 걸으면
풀잎 뒤에 숨은 어둠 서늘하고 뼈가 걸리고 밟힌다
밟히어 찌르고
피없이 끊기고 갈갈이 찢긴다

          — 「노을」 전문(『누이야 날이 저문다』, p.90.)

이 시의 시적 주체는 '강물에 발을 씻'는다는 표현으로 풀꽃으로 상징되는 민초들과 동일시된다. 민초들과 동일시된 시적 주체는 민초들 삶의 공간인 풀밭에 교묘하게 숨어 있는 어둠을 발견하고 그 어둠에 찔리어 갈갈이 찢긴다. 하지만 그 찢김은 다시 서로를 살려내는 숯불이 된다. 이 시는 수난의 역사 속에서도 끈질긴 생명력을 유지한 민중에 대한 현실주의적 인식의 소산이다. 또한 「보리와 농부」에서는 '넘어지더니 무릎짚고 푸르게 일어서'는 농민의 생명력과 '넘어질 때마다 흘린 핏자국'이라는 수난의 역사를 형상화하고 있다. 이 두 편의 시는 길 찾기와 집 짓기의 어려움에 대한 인식과 그 경험과정에서 얻어진 현실주의를 보여주고 있다. 특히 이 두 시는 김용택 문학의 성취를 보여주는 『섬진강』, 『맑은 날』의 시편들과 밀접하게 연관을 맺고 있으며 초기의 낭만적 현실인식이 집 짓기와 길 찾기의 어려움을 경험하는 과정에서 극복되고, 현실적 현실인식으로 이행하는 과정을 보여준다는 점에서 중요한 의미를 갖는다.

1-3. 농촌현실의 시적 형상화

집 짓기와 길 찾기의 체험을 통해 농촌 현실의 열악함과 구조적 모순을 탐구하기 시작한 시인은 그 문학적 매개로서 '섬진강', '꽃산', '아버지', '어머니' 그리고 향토와 농민들과 같은 구체적 소재들을 시로 형상화하게 된다. 이 시기는 다시 제 2기와 제 3기로 나누어 살펴볼 수 있는데,『섬진강』『맑은 날』의 제 2기는 구체적 경험과 현실인식을 통해 서정을 표출한 시기이고,『꽃산 가는 길』『그리운 꽃 편지』의 제 3기는 관념적 현실인식이 구체적 경험을 끌어내지 못해 관념적인 농민시와 당위적인 통일시를 생산하게 된 시기이며, 따라서 초기의 낭만적 현실인식의 부정적 측면을 드러내고 있는 시기이다. 농민시, 통일시가 농민과 통일이라는 대상을 '지금 여기'에 부재한다는 사실에만 집중해 현실에 대한 정당한 고려 없이 당위적으로 '있어야 하는' 것으로 신비화시킨다는 점에서 시인의 낭만적 현실인식의 일면을 드러낸다.

> 그대 이제 물 깊이 그리움 심었으리
> 기다리는 이 없어도 물가에서
> 돌아오는 저녁길
> 그대 일 길 돌멩이, 풀잎 하나에도
> 눈 익어 정들었으니
> 이 땅에 정들었으리
> 더 키워나가야 할
> 사랑 그리며
> 하나둘 불빛 살아나는 동네

멀리서 그윽이 바라보는

그대 야윈 등,

어느덧

아름다운 사랑 짊어졌으리.

— 「섬진강 3」 중에서(『섬진강』, pp.10~11.)

　초기시에서 보이던 '먼' 그리움은 이 시에서 '눈 익어 정든' '돌멩이'와 '풀잎' 등 '이 땅에' 있는 대상에 대한 사랑과 그리움으로 전이된다. '서러움', '기쁨', '행복', '사랑' 모든 것이 '물 깊이 그리움'으로 심어지게 되는 것이다. 이 아름다운 서정시는 앞에서 지적한 「누이야 날이 저문다」와 비교할 때 그리움의 공간적 거리는 '먼' 곳에서 '지금 이곳'으로 그리움의 대상은 '먼' 것에서 '이 땅'으로 현실화되어 있다. 따라서 이 시의 서정성은 현실성을 갖게 됨과 동시에 깊은 시적 울림을 동반하게 된다.

① 섬진강을 따라가며 보라

　섬진강물이 어디 몇 놈이 달려들어

　섬진강물이 어디 강물이더냐고

　지리산이 저문 강물에 얼굴을 씻고

　일어서서 껄껄 웃으며

　무등산을 바라보며 그렇지 않느냐고 물어보면

　노을 띤 무등산이 그렇다고 훤한 이마 끄덕이는

　고갯짓을 바라보며

② 저무는 섬진강을 따라가며 보라

　어디 몇몇 애비 없는 후레자식들이

>   퍼간다고 마를 강물인가를
>   — 「섬진강 1」 중에서(『섬진강』, pp.6~7.)

   이 시는 ①의 '섬진강을 따라가며 보라'라는 문장과 ②의 마지막 '저무는 섬진강을 따라가며 보라'라는 문장 사이의 '고', '며'로 연결되는 행들의 휴지와 '라'라는 명령형 어미의 단절 그리고 다시 새로운 행의 반복을 통해, 섬진강의 유장한 흐름과 끊일 듯 끊이지 않는 문체가 절묘하게 조화되어 아름다운 율격을 창조하고 있다. 또한 섬진강의 끈질긴 생명력을 '몇몇 애비 없는 후레자식들이 퍼간다고 마를 강물'이 아니라고 표현함으로써 농촌적 삶의 생명력과 건강성을 절묘하게 형상화하고 있다. 향토와 농민에 대한 사랑이 섬진강이라는 대상에 농촌적 삶을 투영하게 한 것이다. 초기의 시가 이런 농촌적 삶(또는 현실)을 포착하지 못하고 낭만적으로 바라보고 있다면, 이 시는 그의 시가 농촌적 현실과 서정성을 적절히 결합시키는 단계로 나아갔음을 확인시켜 준다.

>   누님, 누님은 차가운 강 건너온 사랑입니다. 많은 것들과 헤어지고
>   더 많은 것들과 만나기 위하여, 오늘밤 나는 사랑 하나를 완성하기
>   위하여 그 불빛을 따뜻이 품고 자려 합니다. 누님이 만나고 헤어진
>   사랑을 사랑하며 기다렸듯 그런 세월, 그 정겨운 세월 …… 누님의
>   초상을 닦아 달빛을 받아 강 건너 한자락 어둔 산속을 비춰봅니다.
>   — 「섬진강 4」 중에서(『섬진강』, pp.15.)

   『누이야 날이 저문다』에서도 자주 등장하던 누이는 이제 더 이상 먼 그리움의 대상이 아니다. 이 시에서 누님은 '차가운 강 건너온 사랑'

이 되고 나의 삶과 '사랑'을 '완성'하기 위한 계기가 된다. 누님에 대한 그리움은 더 이상 '먼' 그리움이 아니라 나의 삶의 일부분으로 수용되고 있는 것이다. 특히 이 시는 '누이'로 상징되는 농민과 농민적 삶을 적극적으로 끌어안으려는 시인의 사랑이 잘 드러나 있다.

이렇게 먼 그리움의 대상들을 가까이 끌어안았을 때, 그 대상들의 현실적 삶이 비로소 보이기 시작한다. 낭만적으로 파악한 그리움이 그 대상을 현실적으로 바라보는 것을 방해했다면, 가까이 끌어안은 대상들은 여기저기 상처입고 소외당한 것들이다. 그 대상들은 '서울에서 돈 못 벌고/중동을 다녀와도 어쩐지 우리는 못 산다며/첩첩산중 못난 여자 데리고/검은 염소 몇 마리 끌고 돌아'(「섬진강 8」)온 친구이거나 '핵교 그만 두'(「섬진강 23」)고 돈 벌러 나간 누이들이다.

하지만 그들의 삶은 그들이 나태하다거나 노력이 부족해서가 아니다. 그들의 삶은 구조적으로 조건 지워진 것이며, 그 구조는 온갖 모순과 허위의 구조이다. 반경환이 적절히 지적하고 있듯이 그의 시에 등장하는 가족구성원은 동학혁명 이듬해 나신 할머니, 육이오 때 돌아가신 할아버지와 큰아버지, 그리고 육이오 때 이쪽 저쪽의 포탄짐을 져다 주기도 하며 평생을 농군으로 살다 가신 아버지, 젊어서 죽은 아내, 빨치산이 된 낭군을 기다렸던 누님, 어려서 죽은 동생, 홀로 되어서도 억척으로 일하시는 어머니, 도시 노동자인 누이와 동생, 그리고 국민학교 선생인 '나' 등이다.

그가 이런 가족사를 시로 형상화했을 때 그 속에 나타나는 어둠의 이미지 즉, 빛의 나쁜 이미지로서 불가시적인 밤, 안개, 구름의 이미지와 물의 가장 나쁜 이미지로서 서리, 얼음, 눈물 그리고 피의 가장 나쁜 이미지로서의 싸움, 살인 등이 자주 등장하고 있으며 이는 시인이 슬픔 그리움, 기다림, 외로움, 죽음, 배고픔 등의 정서적 감정들을 토로하게 되는 계기가 된다. 이런 부정적 이미지들은 농촌의 실상을 드러내는 시에서는 철저하게 슬픔과 외로움의 정서로 나타난다.[5]

> 그의 텅 빈 집앞을 애써 외면하고 지나며 이제 아무도 이사 들지 않을 꺼멓게 그을린 불빛 없는 그 이웃을 생각하며 우리들은 또 소쩍새 울음소리나 부엉새 울음소리에, 강물소리에 돌아눕고 돌아누우며 며칠 밤을 설칠 것이다. 누가 또 떠나겠지. 누군가 또 떠나겠지.
> ─ 「섬진강 16」 중에서(『섬진강』, p.55.)

이 시에서는 '꺼멓게', '불빛 없는', '밤'이라는 어둠의 이미지가 짙게 드러나 외로움, 슬픔 등의 정서를 유발시킨다. 그만큼 농촌의 현실은 암담하고 쓸쓸한 것이리라. 그러나 대부분의 시들에서는 이런 부정적 이미지들이 밝고, 깨끗하고, 건강한 이미지들과의 대립을 통해 지양되고 있다. 앞서 살펴본 「섬진강 1」에서도 어둠/밝음의 대립은 '애비 없는 자식'/'퍼간다고 마를 강물'이 아니다라는 표현처럼 어둠은 밝음에 의해 지양되고 있다.[6]

이상의 분석을 통해 그의 시가 농촌의 현실에 대해서 느끼는 슬픔의 정조를 '섬진강'으로 대표되는 농민적 삶의 넉넉한 낙관으로 극복하고 있음을 알 수 있다. 더 나아가 이런 농민적 삶에 대한 건강한 낙관은 적극적으로 변주되어 '적'에 대한 풍자와 해학 그리고 개혁의지로 표출된다.

---

5) 반경환, 「원형상징의 꿈」, 『시와 시인』(문학과 지성사, 1992), p.275.
6) 같은 책, p.269.

군수가 오는 날
마을마다 동네마다
그놈의 확성기 소리
왕왕 웅웅 와글와글 시끌벅적
삼동네 사동네가 떠나가는디
당최 뭔 소리가 뭔 소린지 모르겠더라
풀 한 주먹을 베어 들고
귀를 쫑긋 세워 들어보니
군수한테 잘못 뵈면 주민들만 손해보니
민주적으로다가 청소허고 퇴비허고 어쩌고저쩌고
이래라 저래라 정신 못 차리게 울러대며
이장 반장 교대로 숨이 넘어가더라
한 사람이 이 회원 저 회원이니
회원 회원이 다 모여야 그 사람이 그 사람이어서
풀 벨 사람은 늙고 병든 몇몇이요
무슨 당원 이장에다 반장 개발위원장에다
예비군 소대장에다 새마을 지도자 부녀자회장에다 된장이니
고추장에다가 순창장 관총장에다가
임실장 장도 장도 많은 장들은
사타구니에 방울소리가 나게 이리 뛰고 저리 뛰고
요리 뛰고, 정신 못 차리게 고샅이 불이나게
뛰어 댕기니
어허 저 난리가 무신 난리당가

— 「풀피리」 중에서(『맑은 날』, pp.109~110.)

판소리 가락의 전통적 리듬과 그에 걸맞은 사설이 절묘하게 조화된 김용택의 절창이다. 이 시가 보여준 풍자와 해학은 시인에 의해 예리하게 포착된 농촌현실과 맞물려 단순히 가해자인 대상을 희화화하는 것만으로 그치는 것이 아니라 현실에 대한 다각적인 실상을 파악하게 해준다. 이 시는 단순히 적에 대한 적개심만을 강조하는 관념시가 아니다. 정감 있는 사투리와 익숙한 판소리 리듬의 사설에 실어 현실을 다각적으로 탐색하게 해준다.7) 이런 점에서 이 시는 제 3기의 시들과 질적 차별성을 갖는다.

지금까지 살펴본 대로 제 2기의 시들을 통해 시인은 초기의 낭만주의적 세계인식을 어느 정도 극복하고 있음을 알 수 있었다. 그리하여 이 시기는 「섬진강」 연작들의 빛나는 서정성과 「풀피리」계열의 사설조를 바탕으로 한 풍자와 해학의 시편들이 절묘하게 조화된 김용택 시의 가장 빛나는 성취기로 평가할 수 있다.

1-4. 제3기 - 농민시의 관념성과 통일시의 당위성

『꽃산 가는 길』과 『그리운 꽃 편지』는 김용택 시세계에 있어 제 3기로 파악될 수 있다. 시인 자신이 자서에서 밝히고 있듯이 『그리운 꽃 편지』1.2부에는 『꽃산 가는 길』에 수록하지 못한 시들이 실려있고, 3부는 장시 「아버지의 땅」이 실려있다. 따라서 이 두 시집은 『맑은

---

7) 정효구, 「농촌시의 성과와 한계」, 『상상력의 모험』(민음사, 1992), p.69.

날』이후의 시세계를 지속적으로 보여주고 있다고 할 수 있다. 그러나 이러한 시적 연속성에도 불구하고 제 3기의 시들은 제 2기의 시들과 변별되는 미세한 변화가 포착된다. 그것은 초기의 낭만적 현실인식의 편린들이 부정적으로 노출되고 있다는 점이다.

김용택의 초기 시들은 낭만적 현실인식으로부터 출발하고 있음을 앞장에서 살펴본 바 있다. 이러한 낭만적 현실인식은 그의 시를 '먼' 그리움과 그 그리움으로 추동된 '출발에의 열정'에 사로잡히게 만들었으나, 이러한 낭만적 현실인식은 제 2기 시들에 와서 시적 대상의 현실적 객관화와 향토와 농민에 대한 사랑을 통한 건강한 농민적 낙관으로 극복되고 있다. 그러나 제 2기의 시들이 표현하고 있는 농민적 낙관과 농촌적 서정성이 때때로 내비치는 복고주의적 경향은 이 시기의 시들을 전적으로 긍정할 수만은 없게 만든다.

같이 슬프고 기뻐하며
태어나 살고 죽고 하는 일이
자연스러워 세상 인심에 큰 변동이 없고
잘 살고 못 사는 것 또한
다 자기 몸 쓸 탓으로 살아
사돈이 논 사도 배가 안 아프고
빈부에 귀천이 없고
태어남에 근본이 같아
알고 모름에도 부끄럼이 없으니
쌀과 보리나 온갖 곡식과 채소 잘 자라
여기저기서 불쌍치 않더라.

쌀과 보리가 불쌍치 않으니
밥 먹고 하는 일들이 좋아서
하늘 아래 땅 위에서
밥이 아깝지 않더라.
　　　　　　－ 「섬진강 13」 중에서(『섬진강』, pp.41~42.)

　특히 이 시는 이상적인 농촌사회를 원시공동사회와 비슷하게 형상
화함으로써 현실적 모순의 파악을 방해하고 있다. 이런 이상화된 농촌
사회는 지금 이곳의 모순을 중화시키고 아름다운 환상을 제공한다는
점에서 낭만주의적 세계인식의 소산이다. 다음의 시 역시 이러한 낭만
주의적 경향을 농후하게 보여주고 있다.

　참 오래 살랑게
　벼라별 험한 꼴들 다 겪고
　지금은 이렇게 사람 모양도 아닝 것맹이로
　늙고 병들었어도
　다 우리들 덕에 이만큼이라도
　모다덜 사는지 알아야 혀
　아뭇소리 안 허고 있응게 다 죽은 줄 알지만 말여
　아직도 이렇게 두 눈 시퍼렇게 부릅뜨고
　땅을 파는
　농군이여
　농군이여.
　　　　　　－ 「마당은 비뚤어졌어도 장구는 바로 치자」
　　　　　　　　　　　　중에서(『섬진강』, p.109.)

제 2기의 대표시로 평가할 수 있는 이 시는 사설조에 실린 전라도 사투리가 풍자와 해학을 전달해 주고 있지만, 현실의 모순에 대한 인식이 '아직도 두 눈 시퍼렇게 뜨고/땅을 파는 농군'이라는 식의 자기만족으로 수렴되고 있다. 인용한 마지막 부분 바로 앞에서 시적 화자는 '우리는 옛날 옛적부텀/만백성 뱃속 채워 주고/마당은 비뚤어졌어도 장구는 바로 치고/논두렁은 비뚤어졌어도/농사는 반듯이 짓는/전라도 논군들이랑게'라고 노래하고 있다. 분명히 모순을 인식하고 있으면서도 그 모순에 대한 해결을 과거에서 찾고 있으며, 농민에 대한 역사적 소외와 착취를 체념한다. 이 두 시는 초기 시집을 지배하고 있던 낭만적 현실인식이 소멸되지 않고 순간순간 시의 표면에 드러나고 있음을 보여준다. 제 2기의 시들이 시적 주체의 구체적 현실인식을 통해 농촌 현실을 빼어나게 형상화한 시기였지만, 습작기를 지배하고 있던 낭만주의가 시나브로 시의 표면에 노출되고 있다는 것을 대표작을 통해서도 확인할 수 있는 것이다.

필자는 김용택이 농촌현실을 빼어나게 형상화할 수 있었던 이유가 시인 자신의 구체적 경험을 통해 시적 대상과 만날 수 있었기 때문이라고 판단한다. 그리고 이러한 구체적 경험은 제 2기 시들의 시적 성취를 담보하는 일차적인 요인으로 작용하고 있음을 확인할 수 있었다. 그러나 그의 관심이 운동시로서의 농민시와 통일시로 확대된 제 3기에 와서는, 시인의 구체적 경험이 배제된 관념적 세계 인식이 시적 성취를 방해하고 있다. 이점은 시인 자신도 인정하고 있는 사항이다. 김용택 시인은 어느 잡지사와의 인터뷰에서 "나는 운동가가 아니기 때문이다. 나의 상상력(역사적·사회적)은 거기에 미치지 못한다. 부끄럽지만 이

문제가 내겐 당연하다고 생각한다."8) 라고 자신의 입장을 표명한 바
있다. 시인 자신도 자신이 운동의 현장에 같이 서 있지 못하다는 것을
분명히 인식하고 있는 것이다. 그러나 이러한 자기 한계에 대한 고백이
자기 시에 면죄부를 부여하는 아니다. 김용택 시인은 농촌의 현실을
시로 형상화하는 가운데 농촌의 적에 대한 뚜렷한 인식과 적과의 구체
적 싸움이 필요하다는 것을 깨달았을 것이다. 그러나 시인 자신이 고백
한 대로 그는 그 운동의 현장에 서 있지 못하기 때문에 구체적 경험이
상실된 채 농민과 통일이라는 대상에 관념적으로 접근하게 된다. 구체
적 경험이 상실된 채 시적 대상에 접근할 때 시인의 낭만적 현실인식이
다시 시적 형상화에 영향을 미치게 된다.

초기의 '먼' 그리움은 시적 대상에 대한 관념적 인식으로 인해 대상
을 신비화하고 절대시한다. '누이', '여자', '집'이라는 대상이 '지금 여
기'에 없기 때문에 '지금 여기의 현실'은 견디지 못할 그리움과 슬픔뿐
이다. 그러므로 그런 그리움의 대상은 견디기 힘든 '지금 여기의 현실'
에서 탈출할 수 있는 유일한 대안이 된다. 유일한 대안이라는 점에서
그것은 감히 의심할 수 없는 어떤 것으로 신비화된다. 이런 정신적
굴절 과정과 비슷한 방식으로 농민과 통일이라는 시적 대상 역시 절대
화되고 신비화된다. 따라서 그의 농민시와 통일시에는 현실에 대한
적절한 탐구가 이루어지지 않고 있으며, 시적 형상화 역시 관념적이며
당위적인 수준을 넘지 못하게 된다.

관념적 농민시와 당위적 통일시에 대한 분석은 조금 뒤로 미루고

---

8) 김용택, 「나는 이렇게 쓴다」, ≪사상문예운동≫(1989, 가을호), p.380.

잠시 제 3기 시집들의 전체적 윤곽을 살펴보기로 하겠다. 제 3기의 시들은 「그리운 그 사람」, 「꽃산 가는 길」, 「당신」, 「금새 보고싶은 당신」, 「우리는」 등과 같은 서정시와 「어린 꽃산」, 「우리 민세 땅 딛다」 등의 아들에 대한 사랑을 노래한 시들, 그리고 「문태환 약전」으로 대표되는 농민시 계열과 「그리운 꽃 편지」 연작으로 대표되는 통일시 계열 등으로 구분할 수 있다. 서정시가 시인 자신의 개인적 서정을 노래하는 양식이라지만, 제 2기의 서정시들이 객관적 상관물에 의해서 자신의 서정을 노래하고 있다면, 제 3기의 서정시들은 시인의 감정이 직설적으로 토로되고 있다는 미묘한 차이가 발견된다. 대상의 측면에서 살펴보자면, 전기의 시들은 '누이', '어머니', '아버지' 등의 3인칭 주인공들을 통해 자신의 서정을 노래했다. 그러나 제 3기의 시들은 '당신'이라는 2인칭으로 설정되어 있고 시적 화자와 당신은 거의 밀착되어 있다. 제 3기의 이런 경향은 대상의 입체적 탐구와 서정의 객관화를 약화시키고 있는 듯 하며, 아들에 대한 사랑을 노래한 시들과 더불어 그의 시를 '가족주의'적인 것으로 축소시키고 있다.

서정시의 이러한 내면화는 관념적 농민시와 당위적 통일시에도 영향을 미치고 있는 듯 하다. 즉, 서정시의 내면화는 앞에서 살펴보았듯이 시인 자신의 주관성을 강화하고 있으며, 이는 농민과 통일에 대한 현실적 파악을 어렵게 하고 자신의 주관적 판단에 의지하게 하는 것으로 보인다. 그러면 구체적인 작품을 통해 대상의 신비화를 통한 농민시의 관념성과 통일시의 당위성에 대해 살펴보도록 하겠다.

야 이놈아
없는 세상의 길을 찾지 말고 논을 찾아라 논을
　　　　　　　— 「산울림」 중에서(『꽃산 가는 길』, p.49.)

싱싱한 낫자루,
새벽빛이 빛나는
풀잎 묻은 조선낫 날
그 시퍼런 분노의 빛을
보았는가
보았는가
　　　　　　　　　— 「낫」 중에서(『꽃산 가는 길』, p.50.)

저문 강물의 줄기찬
싸움을 보아라
한 방울 물도
한 줄기 어둠도 저버리지 않고
다 가져가는
저 저문 강물의 넉넉한 싸움을 보아라
　　　　　　　　　— 「싸움」 중에서(『꽃산 가는 길』, p.52.)

　　인용한 세 편의 시는 한 연의 종결부분을 「산울림」은 명령형으로
「낫」은 의문형으로 「싸움」은 권유형으로 처리하고 있다. 이는 농민의
현실참여를 시로서 형상화하지 못하고 강요하고 있다는 느낌을 준다.
'논'과 '조선낫 날' 그리고 '강물'이 시인의 의식에 의해 통합되어 구체
적으로 형상화되지 못하고, 관념적 선언과 공허한 강요에 그치고 말았

음을 의미한다. 이는 앞에서 지적한 운동의 현장에 있지 않은 지식인의
주관적 자기선언에 불과하다. 대상에 대한 관념적 인식이 시적 형상화
보다는 권유나, 명령 또는 의문의 형식으로 표출되고 만 것이다. 이는
농민을 '논', '낫' 그리고 '강물'이라는 자족적이고 신비로운 도덕적 정
결성을 획득한 존재로 설정해 구체적인 형상화작업의 필요성을 느끼
지 않았기 때문이다.

    물머리에
    피묻어 빛나는 새벽이 온다
                    ― 「싸움」 중에서(『꽃산 가는 길』, p.52.)

    피 흘리는 시절
    저 어둠을 뚫고
    논두렁 올라 넘고
    가시덤불 돌자갈길 지나
    빼앗긴 땅
    우리세상 찾아
    저기 저 남산 꽃산에
    우리 꽃 피러 가자
                    ― 「빼앗긴 산」 중에서(『꽃산 가는 길』, p.48.)

    팔십만원 빚진
    우리 형 태환이 형 만나서
    저 남산 꽃산에
    실정법 어기고

자연법 찾아서

밥 찾아가네

    — 「밥과 법」 중에서(『꽃산 가는 길』, pp.102~103.)

나는 빚더미 위에 올라앉았으니

빚이 내 것이요 내 것이라

나라가 다 내 살이요

나라가 다 내 피요

나라가 다 내 뼈이니

이 나라는 내가 쥔이다

      (중략)

태환이 형 우리 형 빛산 타고

저기 저 남산 꽃산에 가더라

      — 「태환이형 빛산 타고 가다」 중에서

          (『꽃산 가는 길』, pp.109~110.)

    인용한 네 시는 꽃산이라고 표현한 어떤 이상향에 대한 그리움과 그 곳으로의 도피심리가 작용하고 있다. 특히 「싸움」이라는 시는 강물로 표현한 민중적 삶이 왜 싸움이며 무엇에 대한 싸움인지가 구체적으로 드러나지 않은 채로 다시 말해 그 과정이 무시된 채로 '빛나는 새벽'이 온다고 비약해 버리고 있다. 나머지 시들도 마찬가지로 구체성을 상실하고 추상적으로 존재하는 현실적 삶의 어려움과 마지막 연의 '꽃산'으로 상징되는 이상향과의 이분법적 대립에 근거하고 있을 뿐이다. 제 2기와 제 3기의 가장 중심적인 시어인 '꽃산'과 '섬진강'을 비교해 볼 때 섬진강이 지명의 구체성과 농촌적 삶과의 조화로운 만남에 의해 형상화된 반면에 꽃산은 지명의 추상성과 이상향이라는 도피성을 드러내고 동시에 현실적 모순의 삶을 단순히 이상향과 대립시키고 있을 뿐이다.

이상에서 살펴보았듯이 그의 시적 관심이 운동으로서의 농민시로 확대되었을 때 구체적 경험이 배제되고 당위에 집착함을 알 수 있다. 이런 경향은 농민이란 대상을 삶과의 변증법적 관계 속에서 파악하지 못하고 신비화시키는 한계를 노출하고 있다.

꽃이 핍니다.
꽃이 피면 기쁩니다
꽃이 집니다
꽃이 지면 슬픕니다
꽃이 피면
당신이 금방 올 것 같고
꽃이 지면
당신은 영영 오지 않을 것 같습니다
  (중략)
그대와 나의 멀고 먼 거리
이 한반도의 허리는
어디나 밟으면 터질
지뢰밭 길입니다
  — 「그리운 꽃편지 2」 중에서(『그리운 꽃 편지』, p.10.)

마지막 3행에 분단된 이 땅의 현실이 제시되어 있지만, 꽃이 피고 짐에 의해 당신(통일)이 올 것도 같고 안 올 것도 같다고 노래한 이 시는 통일시의 추상성을 뚜렷이 보여주고 있다. 이런 추상성은 「그리운 꽃편지」 연작에 수시로 나타나고 있다.

바람 부는 날은 풀잎처럼 길게 쓰러져 북쪽으로 전부 울고, 바람 없는 날은 풀잎처럼 길게 서서 북쪽으로 전부 울었습니다.
－「그리운 꽃편지 3」 중에서(『그리운 꽃 편지』, p.11.)

겨울이 오고
꽃이 없는 풀들은
자기보다 더 길고 더 멀리
북쪽으로 머리를 두고 쓰러졌습니다
－「그리운 꽃편지 4」 중에서(『그리운 꽃 편지』, pp.13~14.)

곧 북상할 꽃소식 꽃바람 따라
당신께 달려가겠어요
－「그리운 꽃편지 5」 중에서(『그리운 꽃 편지』, p.16.)

인용한 시 어디를 찾아보아도 분단된 민족의 구체적 아픔들은 없고, 다만 '울다', '쓰러지다', '달려가다'라는 추상적 아픔과 슬픔 그리고 대책 없는 희망들이 감정적으로 토로되고 있을 뿐이다. 여기서 우리는 자연스레 초기 그의 시들을 추상적이고 관념적으로 만든 낭만적 현실인식을 떠올릴 수 있다. 통일이란 것은 과거 우리들이 분단되기 전의 고향(잃어버린 원초적 행복의 공간)이다. 그 고향의 없음과 그러한 없음의 이유를 탐구하고 과학적으로 접근하는 것이 현실주의적 세계관이다. 그러나 제 3기의 통일시는 그런 현실적 조건들의 고려 없이 통일이라는 관념으로 비상해 버린다. 통일은 이 땅의 삶을 왜곡하는 결정적 모순이지만, 그 모순의 낭만주의적 접근은 통일을 더욱 고착화하는데 이바지한다. 중요한 것은 통일에 대한 민중적 열망과 함께 통일을 방해하는 적들에 대한 정확한 인식을 통한 싸움이다. 김용택의 통일시는 이런 대원칙을 무시하고 있기 때문에 상투적 수준으로 통일에 접근하고 있는 것이다.

이런 종류의 통일시가 초기에는 그 도덕적 정결성으로 인식적 충격을 줄 수 있었지만, 거듭되는 가운데 그 선언적 의미마저도 상투화되고 만다. 김용택이 자신만의 시세계로 개척한 농촌현실에 대한 천착을 통일과의 관계 속에서 지속적으로 밀고 나갔었다면 하는 아쉬움이 남는다. 그 아쉬움은 통일이라는 낯익은 것을 낯설게 할 수 있는 시적 역량을 그가 갖추고 있다는 믿음 때문이다.

1-5. 결론

김용택은 신경림 이후 '농촌의 현실을 가장 빼어나게 형상화'한 시인으로 평가받고 있다. 그의 문학적 성과는 향토와 농민에 대한 사랑을 바탕으로 한 서정성과 섬진강처럼 유장하고 생명력 있는 문체 그리고 걸직한 사투리의 능수능란한 사용 등이 어우러진 것이다. 그의 초기시를 지배하고 있던 낭만적 현실인식은 '길 찾기'와 '집 짓기'라는 통과제의를 거쳐 현실주의로 이행되었지만, 체화하지 못한 대상을 시로 형상화할 때 다시 시의 전면에 노출되게 된다.

　이러한 낭만적 현실인식은 그의 초기시를 관류하고 있는 기본 정신이다. 향토와 농민에 대한 사랑과 그리움이 초기시에도 일관되게 나타나고 있지만, 낭만적 현실인식은 농촌적 삶의 구체적 현실에 대한 탐구를 도외시하게 하였다. 즉, 시적 대상에 대한 대책 없는 그리움이 지금 여기에 대한 탐구를 외면하게 한 것이다. 하지만 '먼 곳에의 그리움'과 '고향에의 그리움'으로 추동된 '출발에의 열정'으로 떠난 길을 가는 과정에서 '길 찾기'와 '집 짓기'의 어려움을 인식하게 되고, '집 짓기'는 구체적 현실에서 이루어지는 것이라는 사실을 발견하는 과정들을 또한 시집 『누이야 날이 저문다』는 보여주고 있다. 이 과정에서 획득한 현실주의는 제 2기의 시집들에 반영되어 있으며, 낭만주의는 농민의 건강함과 만나 민중적 낙관주의를 형성하게 되었다. 물론 제 2기에서도 낭만적 현실인식은 기만적 자기만족과 복고주의라는 부정적 양상으로 노출되기도 하는데 이는 낭만적 현실인식이 종종 내비치는 '과거에의 향수'를 반영하고 있는 것이다. 이러한 낭만적 현실인식의 부정적 양상은 제 3기의 농민시와 통일시를 낳게 하는 결정적인 계기로 작용하기도 하였다. 즉 초기의 먼 그리움의 대상인 '집', '누이', '봄' 등이 '지금 여기'에 결여되어 있는 원초적 행복의 공간으로서의 고향이기 때문에 절대화되고 신비화된 형태로 시에 등장하고 있는 것과 마찬가지로 농민과 통일이라는 절대적 대상은 현실적 탐구 없이 신비화되어 관념적이고 당위적으로 시에 등장하게 되는 것이다. 이는 김용택 자신이 스스로 인정하고 있듯이 자신이 농민운동과 통일운동의 현장에 있지 않은 까닭으로 구체적 체험이 배제되어 있기 때문이기도 하다.

낭만주의와 현실주의와의 차이점을 거칠게 요약하자면 '지금 여기'가 무엇인가를 결여하고 있는 모순의 공간이라는 점에는 인식을 공유하지만 낭만주의가 모순의 공간인 '지금 여기'에서 탈출하고 싶다는 '출발에의 열정'에 집착한다면 현실주의는 '지금 여기'에 결여하고 있는 모순의 공간에 대한 탐구로부터 그 해결로 나아간다는 점에 있다. 제 2기의 시들은 구체적 경험을 통해 낭만주의를 극복하고 있지만 제 3기의 시들은 구체적 경험의 약화로 인해 대상을 추상적으로 인식하는 낭만주의적 세계인식의 한계를 노출하고 있음을 알 수 있다.

김용택의 시는 '농촌현실을 형상화'하는 데는 일정 정도 성공하고 있지만, 농촌의 현실을 조건짓는 계급모순과 분단모순에 대한 구체적 제시에는 실패하고 있다. 제 2기 시들의 시적 성취는 농촌의 구체적 현실과 시인의 체험이 친숙한 소재들과 더불어 조화롭게 형상화되고 있기 때문이며, 현실의 구체적 탐구가 낭만주의에로의 비상을 잘 제어하였기 때문에 가능하였다. 그러나 제 3기의 시들은 자신의 구체적 경험 없이 대상에 집착하였기 때문에 관념적이고 당위적인 수준의 형상화에 그치고 말았다. 초기의 낭만적 현실인식은 그의 시 전반에 흐르고 있는 주된 흐름이다. 그 흐름이 시인의 구체적 경험, 특히 농촌현실과 만났을 때에는 잘 제어되어 건강한 민중적 낙관으로 발전하였지만, 구체적 경험을 상실하고 있을 때에는 낭만주의적 추상성과 관념성을 그대로 노출하게 된다. 따라서 김용택 문학의 성취는 '농촌현실의 빼어난 형상화'에 그쳤고, 그 성과를 농민운동과 통일운동문제에까지 지속적으로 밀어붙이지 못했다는 아쉬움을 남기고 말았다.

김용택 문학의 성취는 현실주의를 통해 획득한 구체적 경험이 시적 형상화와 긴밀히 연관됨으로써 가능한 것이었다. 그가 농민운동과 통일운동을 당위적 세계로 제시하는 데 그치지 않고, 구체성을 획득하여 농민문학의 확고한 성취를 이룰 수 있기를 기대해 본다.

김남주론 혁명의 시, 혹은 시의 혁명

2-1. '오래된 미래' 그리고 '지속될 미래'로서의 혁명

이제 아무도 혁명을 말하지 않는다. 이제 혁명은 일상의 영역에서 역사의 영역으로 후퇴한 듯 보인다. 4·19와 5·18은 어김없이 돌아올 터이지만, 그 날은 공식적인 기념일의 흥청거림으로, 혹은 '희미한 옛 사랑'으로나 기억될 뿐이다. 혁명에 대한 열정을 공유했던 세대에게는 안타까운 일이지만, 그렇다고 무작정 시대를 탓할 수만도 없다.

이 글은 '혁명을 위한 무기'로 시를 선택한 한 시인의 시를 새롭게 읽어보려는 의도로 쓰여 진다. 그리하여 이 글이 혁명에 대한 열정과 희망이 사라지고, 냉소와 허무가 지배적인 현실 속에서 '혁명의 진정한 의미와 가치'를 복원할 수 있기를 기대한다.

김남주가 타계한 이후 출판사 '문학동네'는 『옛 마을을 지나며』라는 제목으로 유고 시집을 간행하였다. 평론가 황현이 지적하듯이 이 시집을 통해 우리는 "김남주의 시에서 '혁명'을 거세시키고, '순수'로 치장하려는" 출판사의 의도를 엿볼 수 있을지도 모른다. 그렇지만 필자는 김남주를 과격한 혁명 시인에서 순수한 서정 시인으로 자리매김 하려는 출판사의 의도는 긍정적인 효과와 부정적인 효과를 동시에 갖는다고 생각한다. 혁명 시인이라는 명명이 주는 대중의 거부감을 해소한다는 의미에서 그것은 긍적적인 효과를 불러오지만, 서정 시인이라는 명명이 시인의 삶과 시를 왜곡할 수 있다는 의미에서 그것은 부정적인 효과를 불러올 수도 있다.

어쩌면 김남주를 서정 시인으로 명명하려는 의도는 한 평론가의 지적처럼 "광주 비엔날레 공원에 그의 시비 건립을 허락해 준 놀라운 관용의 관(官)에서나 할" 일인지도 모른다. 김남주의 시를 서정성과 혁명성으로 나눌 수 있다는 생각에는 이미 불순한 의도가 잠복되어 있다. 김남주의 서정시가 확보하고 있는 유니크함은, 사실 '혁명적 서정시'라 명명할 수 있는 주류 서정시에 대한 전복적인 상상력에서 기원하고 있기 때문이다. 김남주 시의 혁명성과 서정성은 손쉽게 분리할 수 있는 기계적 결합물이 아니다. 그것은 김남주 시에 혼융된 하나의 시적 육체이다.

아마도 역사는 김남주의 혁명을 아니 우리 모두의 혁명을 실패한 혁명으로 기록할지도 모른다. 그러나 문학사는 그의 시를 '오래된 미래'의 성공한 혁명의 한 형식으로 기억할 것이다. 좀 더 정확히 말하자면, 문학사는 김남주의 삶과 시를 저항문학 또는 참여문학이라는 우리 문학의 결코 낯설지 않은 계보의 가장 순도 높고 치열한 성과로 기록하게 될 것이다. 그렇다면 우리에게 김남주를 다시 읽는다는 것은, 혹은 새롭게 읽는다는 것은. '지속될 미래'의 혁명을 예감하는, 혁명을 살아내는 것이다.

2-2. 식민지 세계의 전도된 선악이원론 비판

김남주에게 혁명이란 무엇인가. 그것은 "(혁명이란) 다름 아닌 계급 투쟁"[1]이다. 그리고 그러한 계급투쟁으로서의 혁명이란 "단 한 사람도 자유롭지 못"[2]한 '식민지 사회'를 철폐함으로써만 완성될 수 있는 것이다. 김남주가 파악한 남한 사회의 근원적인 모순은 '식민지 사회'라는 현실에서 기인한다. 헤겔과 마르크스를 패러디한 시 「각주」는 이 점을 명확하게 보여주고 있다.

헤겔은 어딘가에서
이런 말을 한 적이 있다

동방에서는 한 사람만이 자유로왔는데 지금도 그렇다
그리스 로마에서는 몇 사람이 자유로왔다
게르만 세계에서는 모든 사람이 자유롭다
마르크스는 어딘가에서
이런 말을 한 적이 있다
아시아적 봉건사회에서는 한 사람만이 자유로왔다
자본주의 사회에서는 몇 사람이 자유롭다
사회주의 사회에서는 만인이 자유로울 것이다

---

1) 김남주, 「시와 혁명」, 『불씨 하나가 광야를 태우리라』(시와사회사, 1994), p.343.
2) 김남주, 「각주」, 『조국은 하나다』(남풍, 1988), p.296.
　이후 김남주의 시를 인용하는 경우, 시 제목과 함께 시집 제목을 다음과 같이 약칭하여 인용시 끝에 밝힌다. 『조국은 하나다』(남풍, 1988)는 『조국』으로, 『저 창살에 햇살이 1』(창작과비평사, 1992)는 『햇살 1』로, 『저 창살에 햇살이 2』(창작과비평사, 1992)는 『햇살 2』로 약칭한다.

> 그러나 헤겔도 마르크스도
> 다음과 같이 각주 붙이는 것을 잊어버렸다
> 식민지 사회에서는
> 단 한 사람도 자유롭지 못하다고
>
> ─「각주」전문(『조국』, p.296.)

이 시에 드러나 있는 것처럼, 김남주는 헤겔과 마르크스가 제시한 인류의 해방과 자유의 확대라는 근대적 기획이 '식민지 사회'에서는 한갓 객쩍은 소리에 불과하다고 생각한다. 한국 사회는 일제 말기의 면서기가 미군정 시기에는 군주사로, 자유당 시절에는 도청과장으로, 공화당 시절에는 서기관으로 승진하여, 민정당 말기에는 청백리상을 받는 왜곡된 사회[3]이다. 그 왜곡된 사회의 관료는 "아프리칸가 어딘가에서 식인종이 쳐들어와서/우리나라를 지배한다 하더라도/한결 같이 그는 관료 생활을 계속 할"(「어떤 관료」,『햇살 2』, p.152.) 것이다.

김남주가 파악한 한국 사회는 일제 식민지 사회가 미제 식민지 사회로 변화한 것에 불과하다. 따라서 완전한 혁명은 근대자본주의의 자기 표현방식인 제국주의를 극복할 수 있을 때 비로소 가능한 것이다. 지배 권력의 매판적 성격에 기인한 한국 사회의 특수성은 자본주의의 국지적 자기 표현방식인 자본가와 민중의 대결구도를 자본주의의 국제적 자기 표현방식인 제국과 식민지의 대결구도로 확장시킨다. 김남주에게 한국 사회의 혁명은 자본가/민중의 단순 대립 구도가 아닌 자본가 ─ 제국/민중 ─ 식민지라는 중층적 대립구도 속에서 모색된다.

---

3) 김남주,「어떤 관료」,『저 창살에 햇살이』(창작과비평사, 1992), p.152.

파농에 의하면, 식민지 세계는 이분된 세계이다.[4] 이분된 세계의(정착민과 원주민 사이의) 구획선은 군대와 경찰에 의해 유지되고 보호된다. 지리적 구획선을 토대로 이분화된 식민지 세계는 마니교적 선악이원론이 지배하는 사회이다. 물론 이때 선은 정착민에게 할당되고, 악은 원주민에게 할당된다. 따라서 탈식민화된다는 것은 "진실로 새로운 인간을 창조하는 과정"[5]이며, "나중 된 자가 먼저 되고, 먼저 된 자 나중 되리라"[6]는 성경 말씀을 실천에 옮기는 행위이다.

과거의 제국주의가 물리적 힘에 의존했다면, 현대의 제국주의는 경제적, 문화적 힘에 의존한다. 그러나 과거의 제국주의와 현재의 제국주의는 제국/식민지라는 지리적 구획선을 완강히 고수하고 있으며, 그것을 가치 판단의 구획선으로 확장시킨다는 점에서는 논리적 동일성을 여전히 유지하고 있다. 더욱 문제적인 것은, 정착민 제국주의자는 존재하지 않지만, 원주민 제국주의자는 존재한다는 사실이다. 이렇듯 가시적인 것을 불가시적인 것으로 전환시킴으로써 제국의 식민지 지배의 효과는 극대화되고 저항은 극소화된다.

시인은 사물의 숨겨진 이면을 보는 자이다. 시인은 견자(見者)인 것이다. 그래서 김남주의 시가 이분법적 단순성에 기초하고 있다는 지적은 하나마나한 지적이 되기 십상이다. 그 이분법적 단순성이 어떻게 제국주의의 이분법적 허구성을 폭로하고 조롱하며 해체하고 있는가를 섬세하게 포착하는 것이 김남주 시 이해의 핵심에 놓이기 때문이

---

4) 프란츠 파농, 『대지의 저주받은 자들』(광민사, 1974), p.33.
5) 같은 책, p.32.
6) 같은 곳.

다. 김남주는 현대 제국주의의 간접적이고 복잡한 식민지배의 매커니즘을 직접적이고 단순한 방식으로 형상화한다. 이때 제국주의자가 할당한 전도된 마니교적 선악이원론은 두 방향의 시적 전략에 의해 해체된다. 하나는 선으로 할당된 제국의 본질을 폭로하는 것이고, 다른 하나는 악으로 할당된 식민지의 가치를 발견하는 것이다.

그렇기 때문에 김남주의 시가 '이분법적 단순성'에 기초한 '각박한 도식성'을 지니고 있다는 비판이 곧바로 '혁명이 거세된 서정성'을 강조하는 시각을 정당화하지 못한다. 한 시인의 시세계를 '도식성'과 '서정성'으로 이분화 하는 시각 역시 또 다른 이분법적 단순성을 강화하는 일일 터이기 때문이다. 게다가 김남주의 시가 '이분법적 단순성'에 기초하고 있다는 사실 판단이 '각박한 도식성'을 지니고 있다는 가치판단으로 나아가는 지점에 일종의 미학적 편견이 작용하는 것은 아닌지도 의심해 볼 일이다. '이분법적 단순성'에 기초한 아래의 시는 제국주의의 본질을 촌철살인적으로 드러낸다.

미군이 있으면
삼팔선이 든든하지요
삼팔선이 든든하면
부자들 배가 든든하고요

미군이 없으면
삼팔선이 터지나요
삼팔선이 터지면

부자들 배도 터지나요

　　　　　　　　　－「삼팔선」전문(『햇살 1』, p.230)

　김남주는 89년『노동해방문학』과의 인터뷰에서 "우리 사회의 주요 모순을 민족모순이라고 보고 있다"[7]고 말한 바 있다. 이러한 규정에 따르면 '매국 지배계급'과 '애국 민중' 간의 대립은 필연적이다. 이에 덧붙여 김남주는 "민족 모순을 주요 모순으로 규정하더라도 계급적 시각을 놓쳐서는 안 된다"는 단서를 잊지 않고 있다.

　이 시는 앞에서 지적한 '이분법적 단순성'에 기초하고 있다. 즉, (표면에 드러나 있는) 미군 - 부자 - 삼팔선 유지/(표면에 드러나 있지 않는) 민중 - 삼팔선 폐지라는 이분법적 구도가 그것이다. 그러나 이러한 '이분법적 단순성'이 곧바로 '각박한 도식성'으로 떨어지지 않고 있다는 사실에 주목해야 한다. 이 시는 삼팔선이라는 민족 모순의 상징이 계급 모순의 물적·정신적 토대가 되고 있음을 시적 직관으로 날카롭게 포착하고 있다. 이러한 시적 직관은 삼팔선에 대한 기존의 상식을 충격하고 새로운 인식의 깊이로 독자들을 인도한다. 삼팔선이라는 낯익은 분단의 소재를 민족 모순과 계급 모순이 중첩되는 시대의 상징으로 낯설게 제시됨으로써 우리는 제국주의의 본질과 신식민지의 현실을 새롭게 인식할 수 있게 된다.

　김남주 시의 '이분법적 단순성'은 제국주의에 의해 유포된 마니교적 선악이원론을 뒤집기 위한 시적 전략의 일환이다. 그것은 미국에 할당

---

7) 김남주,「노동해방과 문학이라는 무기」,『불씨 하나가 광야를 태우리라』(시와사회사, 1994), p.253.

된 선의 이미지를 전복하고, 조국에 할당된 악의 이미지를 해체하는
효과적인 작업이다. 이때 우리가 주목해야 할 점은, 김남주의 제국주의
비판과 민족주의 강조가 철저히 계급적 시각을 견지하고 있다는 점이다.

> 병사여 그대를 알고 나는 물어본다
> 그대는 누구의 밤을 지키는 용사냐
> 고향에 돌아가면 일구어야 할 땅 한 뙈기 없는 병사여
> 제대하면 누이를 찾아 가난의 거리를 헤매야 할 병사여
> 그대가 지켜야 할 땅은 재산은 어디에 있느냐
> 남의 나라 총을 메고 이 밤에 삭풍의 밤에
> 북을 향해 그대가 겨누고 있는 것은 무엇이냐
> 그대에게도 저 너머 38선 너머 조선의 마을에
> 자본가가 이를 가는 노동자의 세계가 있느냐
> 그대에게도 저 너머 38선 너머 조선의 도시에
> 아메리카합중국이 초토화시키고 싶은 증오의 대상들이 있느냐
> 그대에게도 저 너머 38선 너머 조선의 금수강산에
> 압제자들이 찢어죽이고 때려죽이고 싶은 사람들이 있느냐
> ― 「병사의 밤」(『햇살 1』, p.258.)

이 시에서 시적 화자는 북을 향해 총구를 겨누고 있는 병사에게
너의 진정한 적이 누구인가를 묻고 있다. 그 이유는 시적 화자가 병사
에게서 "서울로 팔려간 서림의 작은 오빠"의 얼굴을 읽고, "빛에 눌려
홧김에 농약을 마셨다는 서산마을 농부"의 얼굴을 읽고 있기 때문이다.
이 시는 민족 모순과 계급 모순에 의한 민중의 정당한 분노와 적의가
국가에 의해 어떤 식으로 조작되고 통제되고 있는지를 보여준다. 즉,

국가는 핍박받고 억압받는 민중의 분노와 적의를 교묘하게 38선 너머
의 또 다른 민중에 대한 분노와 적의로 치환하고 있다는 것이다. 국가
는 제국 - 자본가/식민지 - 민중의 대립 구도를 은폐하고, 남한/북한의
대립 구도를 확대 재생산함으로써 결국에는 애국과 매국의 가치 개념
자체를 전도시키는 역할을 담당하게 된다. 따라서 국가가 제시하고
있는 애국심이 반공 이데올로기에 기초한 철저한 허구적 개념이라는
것이 이 시의 궁극적인 메시지라 할 수 있다.

　이러한 허구적인 애국심을 강요하고 유포하는 자들의 본질은 무엇
인가. 그들은 철저한 매국노다. 김남주에 의하면, 매국노는 "매국의
칼로/나라의 허리를 잘라 그 아랫도리를/이민족의 코앞에 바치고 그
대가로/제 동포의 머리 위에 군림하는 자"들이다. 또한 그들은 "여차하
면 한 보따리 돈 보따리 챙겨들고/나라 밖으로 도망치는 산적들"이고,
"민족을 팔아 제 뱃속을 채우다가 들통이 나면 허겁지겁 미제 비행기
를 타고 줄행랑을 놓은"(이상 「매국」, 『햇살 2』, pp.23~24.) 자들이다.

2-3. 민중의 주인됨과 해방됨

　민족주의가 위험한 것은 추상화된 민족이란 이름으로 다양한 계급의
이해와 욕망을 동질화시키기 때문이다. 동질화된 민족 개념은 다양한
계급의 이해와 욕망을 민족이란 이름 아래 국가주의로 포섭한다. 따라
서 추상화된 민족 개념의 전복과 해체는 국가주의에 포섭된 민족 개념

의 허구성을 폭로하고 새로운 민족 개념의 구성을 요청하게 마련이다.

이러한 요청에 대한 응답의 형식이 민중 개념의 발견이다. 민중 개념은 '소수의 지배자에 대한 다수의 피지배자'라는 대립 구도를 바탕으로 설정되었다. 물론 이러한 민중 개념이 갖고 있는 애매성과 모호성은 끊임없는 비판의 대상이 되어왔지만, 다양한 계급을 혁명으로 유인할 수 있는 포괄적 정의라는 측면에서는 아직도 유효한 개념이라고 할 수 있다. 김남주에게 민중은 "지상의 모든 부/쌀이며 옷이며 집이며/이 모든 것의 생산자"이지만 "가장 많이 일하고 가장 적게 먹"고 "가장 따뜻하게 만들고 가장 춥게 입"으며 "가장 오래 일하고 가장 짧게 쉬고 있"(「민중」, 『햇살 1』, p.94.)는 자이다. '모든 것의 생산자'이지만 '모든 생산에서 소외된 자'가 바로 민중인 것이다.

> 지금 이 나라에는
> 보수와 진보가 있는 게 아니어요
> 우익과 좌익이 있는 게 아니어요
> 매국노와 애국자가 있을 뿐이어요
> 그 중간은 없는 거예요 없는 거예요 어머니.
> — 「어머님께」 중에서(『햇살 1』, p.162.)

> 어머니 우리나라에는
> 두 종류의 사람이 살고 있답니다
> 별로 일도 안하고 아니 일하고는 아예 담을 쌓고
> 아니 일이라고는 남을 부려먹기 위해
> 손가락 하나 까딱하는 일밖에는 안하고도

펜대 하나 까딱하는 일밖에는 안하고도
가장 잘 먹고 가장 잘 입고 가장 잘 사는 사람들과
어머니처럼 뼈빠지게 골병들게 일하고도
못 입고 못 먹고 못 사는 사람들과
두 종류의 사람이 있답니다 대한민국에는
— 「어머님에게」 중에서(『햇살 1』, p.158.)

　　김남주가 지향하는 세상은 인간이 인간을 억압하지 않는 해방된 사회이다. 이러한 인간해방은 민족해방을 통해 가능하며, 민족해방을 위한 투쟁은 매판자본을 등에 업은 파쇼정권과의 싸움을 매개로 하여 이루어진다.[8) 민족해방을 지향하는 그의 입장은 많은 시편들에 편재되어 있으며, 이를 바탕으로 일부 평자들은 김남주 시의 민족주의적 편향성을 비판하기도 한다.

　　그러나 이러한 비판은 김남주 시의 다양한 성과를 일면적으로 판단한 결과이다. 위에 인용한 두 편의 시들은 김남주의 시세계가 민족해방과 계급해방을 동시에 추구하고 있음을 보여주는 예이다. 김남주가 파악한 한국 사회는 가진자와 못가진자가 날카롭게 대립하고 있는 공간인 동시에 제국주의에 기생하는 매국노와 제국주의에 저항하는 애국자가 날카롭게 대립하고 있는 공간이다. 이러한 인식은 계급모순의 해결이 민족모순을 철폐할 수 있다거나 민족모순의 해결이 계급모순을 철폐할 수 있다는 단순 논리를 넘어서는 시적 직관을 보여준다.

　　민중의 해방됨과 민중의 주인됨은 민족모순과 계급모순이 동시에

---

8) 윤지관, 「풍자 정신과 투쟁적 리얼리즘」, 『피여 꽃이여 이름이여』(시와사회사, 1995), p.241.

철폐되는 끊임없는 투쟁으로 가능한 것이다. 김남주 시의 직접성과
전투성은 이 끊임없는 실천적 투쟁의 미학적 성과이다.

　김남주 시의 직접성은 시인의 삶 자체에서 연원한다. 특히 자신의
어머니와 아버지의 삶을 소재로 쓰인 아래 시편들은 육화된 경험의
깊이와 투쟁의 진정성을 담보한다.

> 그는 지푸라기 하나 헛반 데 쓰지 못하게 했다
> 어쩌다 내가 그릇에 밥태기 한톨 남기면 죽일 듯 눈알을 부라렸다
>
> 그는 내가 커서 어서어서 커서
> 사람이 되어주기를 바랐다
> 농사꾼은 그에게 사람이 아니었다
> 뺑돌이의자에 앉아 펜대만 까딱까딱하고도
> 먹을 것 걱정 안하고 사는 그런 사람이 되어주기를 바랐다
> 　　　　　　 ― 「아버지」 중에서 (『햇살 1』, p.20.)
>
> 일흔 넘은 나이에 밭에 나가
> 김을 매고 있는 이 사람을 보아라
>
> 아픔처럼 손바닥에는 못이 박혀 있고
> 세월의 바람에 시달리느라 그랬는지
> 얼굴에 이랑처럼 골이 깊구나
> 　　　　　　 ― 「어머니」 중에서(『햇살 1』, p.22.)

　김남주 시에 등장하는 어머니와 아버지는 자신의 노동에 의지해

한 평생을 살았건만, 자신의 노동의 신성함보다는 노동의 고통과 신산만을 맛본 사람들이다. 그래서인지 아버지는 자신의 아들만은 고통과 신산의 노동에서 벗어나기를 간절히 원하는 사람으로 그려지고 있다. 농사꾼과 노동자는 사람이 아닌 땅에서 사람으로 살아갈 수 있는 유일한 방법은 노동에서 벗어나는 길이라는 기막힌 역설이 발생하고 있는 것이다. 자신이 생산한 쌀의 소중함을 노동의 신성함과 연결시키지 못하는 아버지의 삶은 모든 것의 생산자이지만 모든 생산에서 소외된 자의 비극을 유감없이 드러낸다.

한때 우골탑으로 상징되던 부모들의 유별난 교육열은 자신의 삶을 자식들에게만은 절대 유전시키지 않겠다는 안타까운 자기부정이자 부질없는 대리충족이다. 이러한 부모들의 기대를 떨치고 민중의 해방을 위한 혁명전사로서의 삶을 선택하기란 쉬운 일이 아니었을 것이다. 아마도 그 과정 속에는 현실에서의 싸움보다 더 치열한 내면적 투쟁이 있었을 것이다. 그 내면적 투쟁의 진정성이 김남주 시의 진정성을 담보하고 있는 것이리라. 입으로 혁명하기란 얼마나 쉬운 일인가.

80년 광주 체험은 미국의 본질을 명확하게 인식하게 해주었다. 전두환 정권의 광주 학살을 방관함으로써 미국이 독재 정권을 간접적으로 지원했으며, 이후의 독재 체제를 직접적으로 관리했음이 밝혀진 것이다. 이러한 인식은 한국 전쟁의 기원과 분단 체제의 확립에 미국이 깊숙이 개입해 있었다는 사실이 속속 확인되면서 더욱 확산되었다. 그러나 독재 체제하에서 이러한 사실을 발설하거나 표현하는 것은 대단한 용기와 희생을 요구했다. 아는 것과 말하는 것 그리고 실천하는 것 사이의 분리와 그로 인한 무기력이 당대 사회를 짓누르고 있었다.

김남주 시의 직접적성과 전투성은 당대 사회를 짓누르고 있었던 무기력과 허무의식에 대한 날카로운 미학적 자의식의 반영이다.

> 판문점에서 너를 대표한 자 누구냐
> 도마 위에 너를 올려놓고 초 치고 장 치고 포 치고 차 치고
> 내 조국의 운명을 요리하는 자 누구냐
> 입으로는 자유와 평화를 사랑하고
> 뒷전에서는 원격 조정의 끄나풀로 꼭두각시를 앞장세워
> 제 조국의 해방과 독립을 위해 싸우는 민중들을
> 계획적으로 학살하는 아메리카여
> 보아다오, 너희들과 너희들 똘마니들이 저질러놓은 범죄를
> 보다다오, 음모와 착취로 뒤덮인 이 땅을
> 보아다오, 너희들이 팔아먹은 탄환으로 벌집투성이가 된 내 조국의
> 심장을.
>
> — 「학살 2」 중에서(『햇살 2』, p.15.)

> 군홧발이 와서 그의 턱을 걷어찼어요
> 피를 토하며 거리에
> 푸르고 푸른 하늘에 오월에
> 붉은 피를 토하며
> 벌렁 그가 대지에 나자빠지자
> 기다렸다는 듯이 기다렸다는 듯이
> 미제 군용 트럭이 와서 그를 실어갔어요
> 갈고리로 그의 목을 찍어올려
>
> — 「학살 5」 중에서(『햇살 2』, p.20.)

　　광주민중항쟁 당시 군부에 의해 저질러진 잔혹한 학살을 다루고 있는 위의 시들에서 미국은 단순한 방조자가 아닌 적극적 협조자로 그려지고 있다. 한국사에서 학살은 수시로 반복되었다. 국가건설기, 즉 한국전쟁기에 나타났던 학살은 4·19 혁명에서, 베트남전에서, 5·18광주항쟁에서 그리고 그 이후의 무수한 의문사, 공권력의 폭력, 인권 침해 등의 상황에서 지속적으로 반복되었다. "전쟁 당시의 학살이 '반공국가'를 지키기 위한 성전이었고 피학살자는 국가를 건설하기 위한 희생양이었듯이, 광주항쟁 당시 '화려한 휴가'는 국가를 건설하기 뒤흔들고 안보를 위협하는 불순분자를 제거하기 위한 성전이었고 광주의 시민군들은 바로 군부독재의 연장을 위해 필요한 희생양이었다."[9]

　　김남주의 학살 연작은 이러한 사회과학적 인식을 시적 직관으로 일찌감치 선취하고 있다. 미국이 제3세계에 취한 일련의 정책은 제국주의에 우호적인 독재정권에 기반하고 있다. 김남주의 학살 연작의 시적 성취는 독재정권과 제국주의의 밀월과 야합을 직접적으로 형상화함으로써 얻어지는 것이다. 특히 '너희들이 팔아먹은 탄환', '미제 군용 트럭'과 같은 표현은 제유를 통해 미국의 본질을 날카롭게 제시하고 있다.

　　자본주의사회는 사물의 고유한 가치(사용가치)보다는 화폐라는 상징적 질서를 통해 교환할 수 있는 가치(교환가치)가 주류를 이루게 되는 사회이다. 특히 현단계 자본주의를 설명하기 위해 보드리야드가 명명한 '소비사회'라는 규정은 자본주의가 더욱 순수(혹은 타락)해지면

---

9) 김동춘, 『전쟁과 사회』(돌베개, 2000), p.302.

서 사용가치가 부차화되고 교환가치가 전면화되는 단계를 일컫는다. 이때 보드리야드의 '소비사회'에 대한 규정은 이중의 의미를 갖게 된다. 불어의 consommation은 소비라는 뜻 이외에 성적 욕망의 충족(consummation)이라는 의미가 복합적으로 작용하고 있다. 따라서 보드리야드의 '소비사회'는 '소비와 성적 욕망의 충족사회'라고 할 수 있다.[10]

보드리야드는 현단계 자본주의를 중립적인 용어인 '소비사회'로 규정했지만, 한국 자본주의는 이러한 중립적인 용어를 허락하지 않는다. 소위 '천민자본주의'로 명명되는 한국 자본주의의 타락은 일제식민지를 제대로 청산하지 못한 한국사회의 구조적 모순에서 기인한 것이다. 김남주 시에 그려지고 있는 반자본주의적 시각은 현단계 한국자본주의의 타락을 정확하게 적출해 낸다.

> 해방 직후 이북의 감옥은
> 친일한 사람들로 우글우글했지
> 미처 남으로 도망치지 못해서겠지
>
> 해방 직후 이남의 감옥은
> 항일한 사람들로 빽빽했지
> 미처 북으로 넘어가지 못해서겠지
> ― 「남과 북」 중에서(『햇살 2』, p.128.)

---

10) 이정호, 『포스트모던 문화읽기』(서울대학교출판부, 1995), p.166.

경찰을 부르면
최루탄 터뜨리며 곤봉이 오고

군대를 부르면
피바람 일으키며 총알이 오고

자본과 노동이 싸우는 거리에서
자본가가 부르면 아니 오는 무기가 없지요
　　　　　　　— 「주인과 개」중에서(『햇살 2』, p.129.)

자본주의 사랑은
남자가 여자에게 여자가 남자에게 1회용 반창고 인스턴트 식품이다
낮과 밤이 없이 돌아가는 포르노 영화다
개씹이고 닭씹이고 말씹이다
당나귀 좆이 여성의 우상이다
　　　　　　　— 「자본주의 사랑」중에서(『햇살 2』, p.180.)

　　인용한 세 편의 시는 소위 천민자본주의로 일컬어지는 이 땅의 현실
을 시적으로 압축하고 있다. 북한이 일본제국주의의 잔재를 청산함으
로써 최소한의 정통성과 도덕성을 확보하고 있다면, 남한은 일본제국
주의의 잔재를 용인함으로써 정통성 단절과 도덕성 부재라는 역사적
부채를 계속해서 짊어질 수밖에 없었다.
　　정통성과 도덕성을 결여한 정권이 의존할 수 있는 수단은 폭력과
억압뿐이다. 그리하여 남한 정권은 강력한 '경찰국가체제'를 유지할
수밖에 없었다. 자본의 명령에 충실히 복종하는 개라는 은유는 국가와

개인의 관계가 일방적으로 국가의 요구에 종속되어 있다는 것을 의미한다. 이 때 개인이 자신의 소신과 양심을 지키기 위해서 선택할 수 있는 길은 국가와 체제의 요구에 철저히 비타협적으로 맞서는 것이다. 김남주의 시는 이러한 비타협적 싸움의 처절한 기록이다. 따라서 김남주의 시에서 '혁명'을 거세시키고 '순수'로 치장하려는 노력은 그 최소한의 선의를 인정한다 하더라도, 너무나 불온하고 음험하다.

2-4. 혁명의 역동성, 가능성 그리고 현재성

최근 활발하게 논의되고 있는 포스트콜로니얼리즘은 서구 학계에서는 이미 인기 문화상품으로 자리 잡고 있다. '탈식민주의', '신식민주의', '반식민주의'라는 용어가 억압적 현실과 저항의 가능성을 내포하는 데 비해서, 포스트콜로니얼리즘이라는 용어는 그 애매모호함 덕분에 정치적 색채를 희석시키고 있다. 포스트콜로니얼리즘은 제3세계와 (신)식민적 현실을 간과하거나 은폐할 가능성이 농후한 것이다.

따라서 탈식민주의라는 용어의 기원과 탈식민주의의 계보를 어떻게 설정할 것인가가 상당히 중요해진다. 바트무어 - 길버트는 『탈식민주의 저항에서 유희로』에서 명쾌하게 이 문제를 해결한다. 얼마 전 작고한 사이드의 『오리엔탈리즘』 등장 이전의 제3세계적 이론을 '탈식민주의 비평'으로 등장 이후의 서구적 이론을 '탈식민주의 이론'으로 구분하는 것이다. 이러한 지적은 책 제목에서도 나타나 있듯이, 저항과 유희의 단절을 극복하고 넘어서려는 저자의 의도가 내포되어 있다.

바트무어 - 길버트의 분류를 따르자면, 김남주의 시는 '탈식민주의 비평'의 계보에 속할 것이다. 다시 말해 김남주의 시는 '저항의 윤리학'을 보여주고 있는 것이다. 많은 평론가들이 김남주 시의 한계로 지적하고 있는 '이분법적 단순성'은 김남주 시가 내장하고 있는 '저항의 강도'와 '윤리의 밀도'를 역설적으로 드러낸다. 김남주 시세계에서 혁명을 거세하려는 시도는 탈식민주의의 계보학에서 '탈식민주의 비평'을 건너뛰고 '탈식민주의 이론'으로 넘어가려는 불순한 의도를 내포한다. '혁명의 시'가 '시적 혁명'으로 축소되는 순간, 또는 혁명전사로서의 시인이 시사 속의 시인으로 활자화되는 순간, 혁명의 역동성과 가능성 그리고 지속성도 동시에 사라진다. 김남주를 다시 읽는다는 것은 그 혁명의 역동성과 가능성 그리고 지속성을 끊임없이 현재화하는 일이며, 그것을 끊임없이 실천하는 일이다.

박노해론 긴 노동의 밤, 먼 노동의 새벽

3-1. 같으면서 다른 두 권의 『노동의 새벽』

지금 내 앞에는 두 권의 『노동의 새벽』이 놓여 있다. 그 두 권의 『노동의 새벽』은 공교롭게도 하나(1984년 풀빛)는 상대적으로 왼편에, 다른 하나(1998년 해냄)는 오른편에 놓여 있다. 물론 우연히 그렇게 놓여진 것일 터이지만, 나에게는 그 우연이 예사롭지 않다. 그 왼쪽과 오른쪽이 '풀빛'과 '해냄'이라는 출판사 이름과 결합되면서부터, 나는 좌파와 우파, 진보와 보수, 본격문학과 상업문학 같은 대립쌍들을 거의 자동적으로 떠올리기 시작했다. 나는 동일한 시들이 묶여 있는 두 권의 『노동의 새벽』을 서로 다른 집(시들의 집)으로 받아들이고 있는 것이다. 두 개의 시집이 동일한 시를 동일한 순서로 싣고 있음에도 불구하고, 나의 정서와 의식은 한사코 '풀빛'의 『노동의 새벽』은 인정하면서도 '해냄'의 『노동의 새벽』은 인정하고 싶지 않은 것이다.

먼저 이러한 나의 정서와 의식이 박노해에 대한 정당한 읽기1)를

---

1) 본고가 분석 대상으로 한 박노해의 책들은 다음과 같다. 박노해, 『노동의 새벽』
(풀빛, 1984); 박노해, 『참된 시작』(창작과비평사, 1993); 박노해, 『사람만이

통해 이루어진 것이 아님을 고백해야 하겠다. 박노해의 두 번째 시집인
『참된 시작』(1993년 창작과비평사) 이후의 시들을 나는 이 글을 쓰기
전까지 의식적으로 읽지 않으려 했기 때문이다. 그 이유는 보수 언론의
떠들썩한 박노해 '신화' 만들기에 대한 거부감 때문이기도 했고, 박노
해 스스로가 자신의 '신화'를 상업적으로 이용하고 있다는 거부감 때문
이기도 했다. 그러나 풍문에 의지한 모든 선입견이 일정 정도의 오해와
불신을 전제하고 있듯이, 실제로 확인해 본 박노해의 '변화'는 무조건
거부할 수만은 없는 나름대로의 '진정성'과 '정당성'을 확보하고 있는
듯 했다. 가령 「살아 있으라, 살아있으라」의 다음과 같은 구절은 그
'변화'의 '진정성'과 '정당성'의 근거처럼 보였다.

> 나는 정말 내가 사심 없이 순수하게 온몸을 바쳐온 혁명가인 줄
> 믿었는데, 그게 아니었다. 내 안에는 거대한 욕망이 숨어 있었다.
> 나는 나의 시린 눈빛과 뜨거운 열정의 가슴까지만 보았던 것이다.
> 내 가슴 아래, 형이하학, 내 뱃속을 들여다보니 거기에 욕망이 꿈틀
> 거리고 있는 게 아닌가.
> ─ 「살아 있으라, 살아 있으라」 중에서(『오늘은 다르게』, p.83.)

인용문에서 박노해는 혁명에 대한 자신의 열정과 헌신이 지공무사
(至公無私)의 순수함만은 아니었다는 사실을 고백하고 있다. 이러한
고백은 죽음이라는 극한 상황을 전제하고 있다는 점에서 '비극적 깊이'

희망이다』(해냄, 1997); 박노해, 『오늘은 다르게』(해냄, 1999); 박노해, 『겨울이
꽃된다』(해냄, 1999). 이후 박노해의 글을 인용하는 경우, 시(또는 글)의 제목과
시집(또는 책) 제목을 인용시 끝에 제시한다.

를 획득하고 있는 듯 보인다. 그러나 '과거의 자신'을 죽음과 대면시키고 그 죽음과의 대결을 통해 '변화된 자신'을 상정하는 이러한 방식은, 모든 '전향' 논리의 예정된 수순이기도 하다는 점에서 문제적이다. 우리의 문학사는 수많은 문인들의 '전향'을 기록하고 있지만, 그 전향이 진정성과 정당성을 확보하고 있는 경우는 그리 많지 않았다.

지금 여기 온 몸으로 80년대를 통과한 시인이자 노동자이고, 또한 혁명가이기도 한 문제적 인물이 자신의 문학사를 만들어가고 있다. 미래의 문학사는 그의 '변화'(전향(?))를 어떻게 기록할 것인가? 박노해의 변화는 긴 노동의 밤을 깨우고 노동의 새벽을 보여줄 수 있을 것인가?

3-2. 열광과 연대에서 환멸과 소외로

우리들에게 80년대는 열광과 연대를 의미했으며, 그러한 열광과 연대에서 비켜선 자들에게는 굴욕과 죄책을 의미했다. 우리는 필요 이상으로 민감했으며, 또한 필요 이상으로 둔감하기도 했다. 우리가 필요 이상으로 민감했던 부분은 나와 너의 대립이었고, 우리가 필요 이상으로 둔감했던 부분은 나와 너의 대립이 필연적으로 동반할 배제와 분할의 한계였다. 열광과 연대에 대한 열정은 충분했으나, 열광과 연대에서 비켜선 자를 추동할 사랑과 이해는 턱없이 부족하기만 했다.

또한 우리들에게 80년대는 나와 너의 대립에 근거한 너의 해체만이 문제되던 시기였다. 그 해체의 주 대상은 독재 권력, 독점 재벌과 같은 정치 경제적 틀이었으며, 나아가 해체되어야 할 너(독재 권력, 독점 재벌)에 대해 변혁의 목표와 방법을 달리하는 작은 너(다양한 변혁 논리들)조차도 이러한 해체의 대상으로 간주되었다. 이를 달리 표현하자면 자기동일성에 대한 과도한 집착이 타자를 극복하고 복종시켜야만 할 대상으로 전락시킴으로써 결국에는 자기 자신마저 소외당하는 결과를 초래한 것이다. 결국 우리는 해체의 대상이 '너'뿐만 아니라 '나' 역시 예외일 수 없음을 깨닫지 못했던 것이다.

따라서 열광과 연대가 환멸과 소외로 전환된 원인은 외부에서 주어진 것이라기보다는 내부에서 자생한 것이라는 표현이 더욱 온당할 것이다. 자기 성찰을 포함하지 않은 자기동일성에 대한 과도한 집착은 필연적으로 맹목과 편견으로부터 자유로울 수 없었기 때문이다.

이러한 맹목과 편견에서 노동자 개념 역시 자유롭지 못했다. 노동자 계급을 '순결' 또는 '무죄'의 은유 개념2)으로 상정함으로써 현실의 외부적 총체성을 왜곡하고 예정된 결론으로 나아가는 노동 문학의 한계는 이러한 맹목과 편견의 비근한 예이다. 이러한 맥락에서 보면, 최근 진행되고 있는 박노해의 일련의 글쓰기가 80년대적 맹목과 편견을 비판의 근거로 삼고 있는 것은 어찌 보면 정당해 보일 수도 있다.

> 그런데 내가 꿈꾸던 그 사회주의가 마침내 현실로 나타났을 때는 끔찍한 모습이 되어 있었다. 숨막히는 절대주의, 유일주의, 관료사회의 부패상, 피 어린 숙청, 저급한 평등주의, 전통 가치와 문화의

---

2) 양진오, 「새로운 연대의 노동소설 읽기」, 『비평의 시대2』(문학과 지성사, 1993), p.193.

파괴, 개성과 인간성의 상실…… 그 참담한 삶의 풍경, 우리가 소리 높여 주장하던 그 사회주의를 이 땅에서 이루어냈을 때, 나는 과연 그것을 책임질 수 있을 까? 소련, 동유럽, 북한 등지에서 벌어진 프롤레타리아 독재의 참상과 얼마나 다른 '현실'을 이루어낼 수 있을 까? "그래도 우리는 다르다"고 말할 수 있을까? 그들도 우리만큼 똑똑하고, 우리만큼 헌신적이고, 우리만큼 품성 좋고, 나름의 최선을 다했을 텐데, 그들인들 이런 결과를 상상이나 했을까?

그렇다면 나는 피 묻은 스탈린 일당과 얼마나 다를 수 있을까?

― 「살아 있으라, 살아 있으라」 중에서(『오늘은 다르게』, p.80.)

"노동의 새벽을 노래하던 시인에서 선명한 노선을 가진 사회주의 혁명시인으로, 노동자계급의 선전선동가와 조직지도자로서의 숨가쁜 변모를 거듭"[3]해오기까지 박노해는 계급적 불평등에 대한 분노와 적 개심으로 충만해 있었다. 박노해의 출현은 이 땅 천민자본주의 역사적 필연이며 비극이라고 할 수 있다. 시인이 시인에 머물 수 없게 한 이 땅의 현실이 그를 노동자에서 시인으로 그리고 혁명가로 변화시킨 것이다.

박노해의 시인에서 혁명가로의 변화가 역사적 필연성을 함축하고 있지만, 최근 박노해의 변화는 역사적 필연성을 확보하고 있지 못하다. 그 역사적 필연성의 부재(不在)로 인해 박노해의 자아성찰과 자기비판 은 그 수사적 강렬함에도 불구하고 별 설득력을 갖지 못하게 되는 것이다. 출옥 이후 발표된 박노해의 글들에는 자신의 '변화'를 긍정하 기 위해 자신의 '과거'를 부정하려는 성급함과 조급함이 읽혀진다. 인

---

3) 박노해, 「이 땅의 자식으로 태어나서」, ≪신동아≫(1990, 12월호), p.81.

용문에 드러나 있듯이, 박노해는 자신이 추구하던 사회주의를 스탈린 주의와 동일시하고 있다. 이러한 자기비판은 준열하지만, 또한 저열하다. 자신의 '변화'를 합리화하기 위해 자신이 몸담았던 조직을 통째로 부정하고 있기 때문이다.

많고 적음의 차이가 있지만, 모든 글쓰기의 근원에는 나르시즘이 작동하기 마련이다. 그러나 나르시즘이 자아성찰을 동반하지 않는다면, 그 나르시즘은 병적인 자기중심성을 드러낼 뿐이다. 박노해가 자신의 변화를 "내가 살아남았다는 것, 그것이 나의 희망입니다"[4]라는 시적 비약으로 긍정할 때, 시인에게 객관적 현실분석과 구체적 실천방법은 부차적인 문제일 뿐이다. 『참된 시작』 이후에 발표한 두 권의 책(산문과 시가 뒤섞여 있는 「사람만이 희망이다」, 「오늘은 다르게」) 속에는 박노해의 변화에 대한 집착이 거의 강박적으로 반복되고 있다.

사회주의가 무너진 건 민중을 자각하지 못한 '대중성'의 실패, '주체성'의 결여 때문이 아니냐, 사회주의 이념 자체의 문제가 아니지 않느냐 하면서 처음에는 현실 사회주의와 사회주의 이념을 갈라냈다. 마르크스에게서 스탈린을 잘라내고 다시 레닌을 잘라내고, 다시 초기 마르크스에서 후기 마르크스를 잘라내고, 일당 독재, 국유화, 폭력혁명론을 잘라냈다. 그러면서 강변해 보았다. 이제부터 정말 과학적 사회주의의 시작이라고!

그러나 어떠한 순수 이념도 구체적인 삶과 현실 운동과 동떨어진 것일 때는 무의미한 이론일 뿐, 이론과 철학은 현실을 변화시키는 실천을 통해 옳고 그름이 판단된다. 나아가 인간성을 성숙하게 하는

---

4) 박노해, 『오늘은 다르게』(해냄,1988), p.80.

대안 삶의 창출과 삶의 질을 높이는 실효성 있는 정책으로 나타나야
하는 것이다. 그런데 기존의 사회주의는 어떤 삶의 방식을, 어떤
내용의 대안을, 어떤 생활 문화와 새로운 인간형을 만들어갈 수 있을
까? 이미 무너져버린 사회주의 사회를 지향해 가는 것과 얼마나 다를
수 있을까?
— 「살아 있으라, 살아 있으라」 중에서(『오늘은 다르게』, p.81.)

인용문에서 박노해는 사회주의적 가치들을 인정하는 듯 보이지만,
결국에는 사회주의적 가치들을 부정하고 있다. 고종석이 지적하고 있
듯이, "사회주의란 말의 의미는 좌파 이념 전체를 지칭할 수도 있고,
서유럽의 사회민주주의 정당이 내세우는 정책들의 내용을 의미할 수
도 있고, 과학적 사회주의 즉 정통 마르크시즘을 의미"5) 할 수도 있다.

인용문 처음 문단의 '과학적 사회주의'가 정통 마르크시즘을 의미하
는 것이라면, 인용문 두 번째 문단의 '기존 사회주의'는 사회주의적
가치 전반을 의미한다. 박노해는 정통 마르크시즘을 포기한다고 말하
는 동시에 무의식적(그것이 의식적이지 않다는 데에 더욱 큰 문제가
있다)으로 사회주의적 가치들 전체를 포기하는 것이다. 또한 기존의
사회주의가 "어떠한 삶의 방식"도, "어떠한 내용의 대안"도, "어떤 생
활 문화와 새로운 인간형"도 제시하지 못했다는 수사학적 과장 또한
문제가 있다. 왜 그는 자신의 변화를 부정을 통해서만 입증 받으려
하는가. 그것은 아마도 박노해가 자신의 변화에만 집착한 나머지 자신
이 추구하던 사회주의적 가치들(임규철에 의하면 '평등한 푸르른 대

---

5) 고종석, 「두 권의 책에 대한 메모」, 『인물과 사상』11(인물과 사상사, 1999),
   p.287.

지')의 소중함을 너무 쉽게 폐기 처분하고자 하기 때문일 것이다.

3-3. 두개의 감옥, 민중성과 대중성

박노해의 이러한 변화는 미학적인 차원에서도 감지된다. 박노해의
『노동의 새벽』이 보여준 '구체적 현장성'과 '실천적 운동성'[6]이 도식적
차원에서 이루어지고 있다는 지적은 이미 채광석에 의해서도 지적된
바 있었지만, 이 시기의 박노해 시에 대한 평가는 대체로 긍정적이었다.

반면 김정환은 이러한 민중주의자들의 긍정적 평가에 동의하지 않
는다. 김정환에 의하면 박노해의 시는 "미학적으로 노동자적이라기보
다는 대중적"이며, "2분법을 고수하는 것은 상업주의적인 대중문학
뿐"[7]이라고 혹평한다. 김정환의 이러한 평가는 박노해에 대한 극단적
인 비판의 형태이기는 하지만 최근 발표되고 있는 박노해의 글에 대한
깊은 통찰을 제공한다. 그것은 박노해의 "자아 성찰"과 "자기 비판"이
이미 대중을 전제로 한, 다시 말해 대중을 의식하고 진행되고 있는
수사적 차원의 왜곡된 나르시즘의 형태가 아닌가 하는 뼈아픈 비판을
함축하고 있기 때문이다.

이러한 비판과 의심은 박노해 스스로가 자초한 것이기도 하다. 박노
해가 한 대담에서 "준법서약서는 사상의 자유와 무관하다고 생각합니

---

6) 채광석, 「노동현장의 눈동자」, 『노동의 새벽』(풀빛, 1984), p.157.
7) 김정환, 「마음의 감옥과 마음 밖 감옥」, 『전망은 그릴 수 없는 아름다운 그림』
  (사회평론, 1999), p.50.

다. 사상의 자유는 이미 보장이 되어 있죠. 지금 사회주의 얘기한다고
구속되는 건 아니잖아요. 그런 면에서 사상의 자유는 준법서약서 문제
와는 다릅니다."(≪사회평론 길≫98년 11월)라고 진술할 때, 이러한
박노해의 생각이 죽음과의 대결을 통해 이루어진 내적 진실을 동반하
고 있음을 나는 전혀 의심하지 않는다. 그러나 그의 생각이 자신의
의도와는 다르게 왜곡되어 수용될 수 있음을 그는 간파하지 못했다.

'변화'의 '진정성'과 '정당성'을 주장하기 위해 '변화하지 못한 자'들
을 알리바이로 삼고 있는 박노해의 생각은 매우 위험해 보인다. 그가
"내가 먼저 변화하지 않고서 어떻게 세상을 변화시킬 수 있겠는가"라
고 물을 때, 그 '변화'는 그의 의도와는 달리 체제의 요구에 충실히
복무할 수도 있기 때문이다. 사실 '나의 변화'와 '세상의 변화'는 시간적
순차성이나 논리적 인과성을 전혀 갖지 않는다. '나의 변화'는 '세상'과
의 부단한 교섭의 과정 속에 실재하기 때문이다. 다시 말해 모든 '변화'
는 적극적인 성찰과 실천을 매개로 이루어져야 한다.

박노해는 스스로도 "그러나 어떠한 순수 이념도 구체적인 삶과 현실
운동과 동떨어진 것일 때는 무의미한 이론일 뿐, 이론과 철학은 현실을
변화시키는 실천을 통해 옳고 그름이 판단된다"고 말하고 있지 않은가.
문제는 박노해가 그러한 이론을 갖추고 있는가 하는 점이다. 우리는
앞에서 박노해의 이론이라는 것이 과거의 자신을 부정하고 새로운
자신을 강변하는 수사학적 차원에 머물고 있음을 이미 지적한 바 있다.
문제는 바로 여기서부터 시작된다. 이론 없는 실천. 부정을 통해서만
자신을 긍정할 수밖에 없는 노예의 변증법.

이러한 경향은 『참된 시작』의 대표적 작품이라 할 수 있는 「그해

겨울나무」에서도 발견된다. 1,2부와 3,4부가 과연 한 시인의 작품이라
할 수 있을까 하는 의문을 품게 만들었던 이 시집 속에서 우리는 이미
박노해의 변화를 조심스럽게 예감할 수 있다.

> 이 겨울이 언제 끝날지는 아무도 말할 수 없다
> 죽음 같은 자기비판을 앓고 난 수척한 얼굴들은
> 아무데도 아무데도 의지해서는 안 된다는 것을 잘 알고 있었다
> 마디를 굵히며 나이테를 늘리며 뿌리는 빨갛게 언손을 세워 들고
> 촉촉한 빛을 스스로 맹글며 기울고 있었다
> 오직 핏속으로 뼛속으로 차오르는 푸르름만이
> 그 겨울의 신념이었다
> 한점 욕망의 벌레가 내려와 허리 묶은 동아줄에 기어들고
> 마침내 겨울나무는 애착의 띠를 뜯어 쿨럭이며 불태웠다
> 살점 에이는 밤바람만이 몰아쳤고 그 겨울 내내
> 뼈아픈 침묵이 내면의 종울림으로 맴놀이쳐갔다
> 모두들 말이 없었지만 이 긴 침묵이
> 새로운 탄생의 첫발임을 굳게 믿고 있었다
> 그해 겨울,
> 나의 패배는 참된 시작이었다
> ― 「그해 겨울나무」 중에서(『참된 시작』, pp.16~17.)

　총 3연으로 구성되어 있는 이 시는 첫 연의 마지막 구절 "그해 겨울,
/ 나의 시작은 나의 패배였다"로 시작되어, 마지막 연의 "그해 겨울,
나의 패배는 참된 시작이었다"로 끝나고 있다. 『참된 시작』 이후 박노
해의 글쓰기를 압축적으로 보여주고 있는 이 시는, 자신의 '패배'를

자신의 '시작'으로 승화시키는 시적 주체의 내면을 아름다운 시적 이미지들을 통해 형상화하고 있다. 시적 주체가 겨울 나무로 전이되고, 그 겨울 나무는 "한점 욕망"마저 불태워 버리는 존재가 된다. 그러나 이후에 전개된 박노해의 글쓰기는 이 시의 진정성을 스스로 무화시켜 버린다. "그해 겨울, 나의 패배는 나의 참된 시작이었다"라는 시적 비약을 지탱해 주고 있는 시적 이미지들의 구체성이 이후의 시들에서는 사라져버리고 있기 때문이다.

『노동의 새벽』 이후 박노해의 변화(일련의 '시사시'를 둘러싼 논란)에 대해서는 상반된 평가가 있었지만, 대부분의 평자들은 박노해 시의 관념화를 경계하였다. 시와 산문이 뒤섞인 형태로 발간된 두 권의 책에서 간헐적으로 등장하는 시들은, 노동자계급의 해방이라는 당위에 의해 설정된 맹목과 편견의 관념성과는 다른 형태의 관념성과 추상성을 그대로 드러내고 있다.

> '아직'에 절망할 때
> '이미'를 보아
> 문제 속에 들어 있는 답안처럼
> 겨울 속에 들어찬 햇봄처럼
> 현실 속에 이미 와 있는 미래를
> 　　　　(중략)
> 저 아득하고 머언 아직과 이미 사이를
> 하루하루 성실하게 몸으로 생활로
> 내가 먼저 좋은 세상을 살아내는
> 정말 닮고 싶은 좋은 사람

푸른 희망의 사람이어야 해
— 「아직과 이미 사이」 중에서(『사람만이 희망이다』, p.21)

네가 자꾸 쓰러지는 것은
네가 꼭 이룰 것이 있기 때문이야

네가 지금 길을 잃어버린 것은
네가 가야만 할 길이 있기 때문이야
　　　　　(중략)
너무 힘들어 눈물이 흐를 때는
가만히
네 마음의 가장 깊은 곳에 가 닿는

너의 하늘을 보아
— 「너의 하늘을 보아」 전문(『오늘은 다르게』, p.7.)

　『사람만이 희망이다』와 『오늘은 다르게』에 수록된 두 편의 시들은, 평범한 산문적 진술에 시적 의장만 갖춘 꼴이다. 물론 이러한 형태의 시가 80년대 박노해 신화와 맞물리면서 감동적으로 읽힐 가능성을 부인할 수는 없다. 그러나 이때의 감동이 의지하고 있는 정서는 민중성이라기보다는 대중성이라는 데 문제가 있다. 그리고 그 대중성이 현실적 모순을 은폐하고 체제에 의해 왜곡된 이데올로기를 강화한다는 데 더 큰 문제가 있다. 80년대 박노해 신화가 최근 박노해의 행보와 맞물릴 때, 80년대적 모순들은 철저하게 은폐된다. 현재 절대 빈곤층이 1000만을 넘어서고 있다는 통계조차도 사회적 구조의 문제라기보다는 개인의 문제로 귀결되고 마는 것이다. '아직'의 절망을 '이미'로 극복할 수 있는가? 희망을 품기만 하면, 하늘을 보기만 하면 그 모순이 해결될 수 있는가?

3-4. 알리바이로서의 시

박노해의 변화에 대해 한 평론가는 "『사랑만이 희망이다』는 배제와 투쟁의 정서에서 포용과 사랑의 정서로 나아간 박노해의 자기 고백 혹은 자기 다짐이다"라고 평가한 바 있으며, ≪작가 세계≫ 박노해 특집 역시 '투쟁에서 성찰로 가는 먼 길'이라는 제목을 달고 있다. 이러한 긍정적 평가의 배후에는, '투쟁을 포기하고 성찰의 길'을 가라든가, 혹은 '배제와 투쟁의 정서'를 버리고 '포용과 사랑의 정서'로 나아가라는, 다시 말해 전자를 부정하고 후자를 긍정하는 평론가들의 미학적 편견이 은밀하게 잠복되어 있다. 이러한 미학적 편견은 문학과 정치를 분리해야 한다는 해묵은 형식주의적 가치판단이 전제되어 있는 것이다. 박노해 역시 이러한 편견에 충실히 응답하고 있는데, 산문을 통해서 '과거의 자신'을 부정하고 '변화된 자신'을 긍정하고 있다면, 시를 통해서는 변화된 자신의 판단을 일방적으로 강요하고 있는 것이다.

박노해 시의 자기중심성과 대상을 소유하려는 경향은 초기시에서부터 발견되는 요소이다. 그것은 시적 주체가 남성노동자, 여성노동자. 젊은 남자농민, 노동자의 어머니로 설정됨에도 불구하고, 단일한 주체 (노동해방의 주체)에 종속되어 있으며, 계몽주의자로서 기능하고 있기 때문이다.8) 이것은 다양한 시적 주체를 통해 현실의 모순을 총체적으로 그려낼 수 있는 가능성을 미리 봉쇄해버리는 결과를 초래했고, 결과적으로 시의 관념화와 추상화를 초래했다. 이러한 시적 경향은 최근 시의 형식을 빌린 산문적 진술에서 더욱 악화되고 있는데, 이는 앞서 지적한 이론의 빈곤과 실천의 강박이 빚어낸 졸속품이다.

> 농사꾼에게는
> 흙과 바람이 사상이요
>
> 수행자에게는
> 구름과 물이 사상이요
>
> 운동가에게는
> 힘없고 가난한 사람들의 눈물 어린 삶
>
> 그 소박한 꿈과 노동이
> 내 사상의 살과 피다
> ─ 「나의 사상」 전문 『오늘은 다르게』, p.105.)

이미 김지하가 지적한 것처럼 "(박노해 시의) 형식은 소외된 노동자의 불안정한 생활을 의미연관에 따라서 단편적으로 끊어 가지고 축조하는 시적 전개를 가지"고 있고, "그런 시적 구조를 따라가다 보면

---

8) 송승철, 「외로움에 갇히면 철인도 녹이 슨다」, ≪작가세계≫(1997, 겨울호), p.78.

자칫 요즘 노동운동에서 주장하는 슬로건 차원에 머물기"⁹⁾ 쉽다. 김지하의 지적은 인용한 시에서 더욱 악화된 형태로 반복되고 있다. '농사꾼', '수행자', '운동가'의 '사상은 무엇이다' 라는 진술이 단편적으로 축조되고 있는 이 시는, 박노해의 초기시가 갖고 있는 슬로건주의의 관념성과 닮아 있다. 초기 박노해 시의 슬로건주의가 노동자적인 것이었다면, 최근의 박노해 시의 슬로건주의가 대중적인 것이라는 차이가 있을 뿐이다.

여기서 우리는 물리적 감옥 밖으로 나온 박노해가 다시 대중이라는 심리적 감옥 안으로 자진해 들어가는 것을 목도하게 된다. 돌이켜 보면, 박노해 시 대부분이 이러한 다양한 감옥으로부터 자유로웠던 적은 한 번도 없었다. 노동자에서 노동자 '시인'으로, 시인 '혁명가'로 그리고 다시 대중 '시인'으로 변화해 가는 굴곡에는 여지없이 그 감옥이 존재하고 있었다. 그러나 노동자에서 노동자 '시인'으로, 시인 '혁명가'로의 변화가 역사가 부과하는 필연성을 함축하고 있는 반면, 물리적 감옥 체험에서 빚어진 대중 '시인'으로의 변화는 어떠한 역사적 필연성도 함축하고 있지 않다.

지금까지 발간된 박노해의 마지막 시집인 『겨울이 꽃 핀다』에는 평론가 정효구의 호의적인 해설이 실려 있다. 이 글에서 정효구는 박노해 시의 정신적 특성으로 '이상주의'를 거론한다. 정효구의 '이상주의'라는 규정은 얼핏 많은 것을 밝혀주고 있는 것 같지만, 실은 아무것도 밝혀주지 못한다. 이 점은 '이상주의'라는 규정의 하위 목록을

9) 백낙청·김지하, 「권두대담 - 민족, 민중 그리고 문학」 《실천문학》(1985, 봄호), p.37.

구성하고 있는 '포용', '화해', '상생', '긍정', '묵상' 등과 같은 개념도 마찬가지이다. 더욱 문제적인 것은, '생명성', '자연성', '여성성'이라는 개념이다.

> "한 인간의 삶은 개인의 발견에서 사회의 발견으로, 다시 자연의 발견과 우주의 발견으로 이어지면 확대되어 나아간다. 이러한 과정 속에서 한 인간은 자신을 개인적 존재로, 사회적 존재로, 자연적 존재로, 우주적 존재로 점점 더 넓히면서 이해하고 마침내는 이들 사이의 유기적 관계를 인지하게 된다"[10]

박노해 시인의 시적 전개 과정을 유기적 시론과 관련시키고 있는 정효구의 지적은 원론적으로는 수긍할 수 있으나, 박노해의 시적 변화를 긍정하기 위한 지나친 일반론이라는 혐의를 지우기 힘들다. 또한 박노해가 '포용', '화해', '상생', '긍정', '묵상', '생명성', '자연성', '여성성'을 드러냈다는 소재주의적 사실 판단 이외에 박노해가 이것들을 '어떻게 시로 형상'하고 있느냐는 가치판단이 빠져있다. 사실 시인이 전달하려는 시적 메시지 혹은 시적 주제는 제한되어 있기 마련이다. 문제는 그 제한된 주제를 어떤 식으로 드러내느냐가 중요한 것이다.

> 이 목숨의 꽃 바쳐
> 세상이 따뜻하다면
> 그대 마음도 한얀 솜꽃처럼
> 깨끗하고 포근하다면

---

10) 정효구, 「부활을 창조하는 시인」, 『겨울이 꽃 핀다』(해냄, 1999), p.190.

나 기꺼이 밭둑에 쓰러지겠네
앙상한 뼈마디로 메말라가며
순결한 솜꽃 피워 바치겠네
「목화는 두번 꽃이 핀다」
진정한 강함은 섬세함이다
철저한 자기 절제력이다
안의 깊음으로 불의에 강함이다

부드러운 강함이고
열린 강함이고
복잡성을 품어낸 강함이다
　　　　　－ 「진정한 강함」 중에서 (『겨울이 꽃핀다』, p.57.)

난 물처럼 바람처럼 부드러운 페니스로
넌 흙처럼 햇살처럼 따스해진 자궁으로
내일의 푸른 봄을 잉태하고 싶어
　　　　－ 「부드러운 페니스로」 중에서 (『겨울이 꽃핀다』, p.50.)

　　위에 인용한 시편들은 정효구가 지적한 박노해 시의 특성을 잘 보여
주는 시들이다. 그런데 문제는 위의 시들이 감동적으로 읽힌다면, 그
감동의 정체는 시 자체에서 오는 것이 아니라 박노해의 삶 또는 박노해
의 『노동의 새벽』으로부터 온다는 점이다. 위의 시들은 선행 텍스트의
아우라와 압력이 없다면, 평범하고 진부한 시로 읽힐 가능성이 농후한
시들이다. 다시 말해 시적 진정성의 밀도와 순도가 한참 떨어진다는
말이다.

아름드리 나무 둥치에 등 기대고 앉아
젖물린 아이를 내려다보고 있는 여자
한순간 사람은 자취 없고
푸른 숲의 일부가 된 여자
장엄하구나 저 자연의 예술행위
숲은 나무에게 나무는 여자에게
여자는 아이에게 제 몸을 내어주며
커다란 한 몸으로 젖물리고 있구나
모두 한 몸이 된 푸른 숲의 고요 앞에
몸둘 곳 없어라 사나운 내 남근
시멘트 바닥 위를 더 빨리 더 높이 달리며
상처만 준 이 슬픈 욕망의 봉우리
나무에 등 기대 앉아 젖물린 여자는
성자처럼 깊어진 얼굴로 조용히 웃는데
맑은 햇살 아래 부끄러워라
바삭바삭 금가며 허물어지는
부실 공사로 세워진 내 몸뚱어리
　　― 「젖물리고 싶어라」 중에서 (『겨울이 꽃핀다』, pp.54~55.)

　　이 시에는 여성성에 대한 무한 긍정이 드러난다. 특히 이 시의 시적
주체는 자신의 남성성을 부정("몸둘 곳 없어라 사나운 내 남근")하고,
나아가 자신의 존재까지도 부정("바삭바삭 금가며 허물어지는/부실공
사로 세워진 내 몸뚱어리")하는 데까지 나아간다. 하지만 이러한 여성
성/남성성의 극한 대립 위에 형상화된 여성성이 모성성에 대한 찬사로
귀결된다는 점은 매우 문제적이다. 그리고 이 점은 박노해의 근작 시를

이해하는데 좋은 시사점을 제공한다. 박노해가 위의 시에서 찬미하고 있는 여성성은 남성 주체에 의해 철저히 관리되고 통제되는 '여성성'이다. 시적 주체의 시선은 작은 존재, 약한 존재, 소외된 존재에 가 닿고 있지만, 작은 존재, 약한 존재, 소외된 존재를 바라보는 시적 주체의 시선은 큰 존재. 강한 존재, 가진 존재의 시선이다. 다시 말해 시적 대상에 대한 시적 주체의 반성적 성찰이 동반되지 않고 있다는 것이다. 박노해의 근작 시들이 보여주는 세계는 아름다워 보이지만, 그러나 그 아름다움은 세상의 균열과 상처를 일시적으로 봉합하는 아름다움이다. 자신은 변화했을지 모르나, 세상은 여전히 요지부동이다.

3-5. 긴 노동의 밤, 그리고 먼 노동의 새벽

박노해의 시집 제목이기도 한 표제작 「겨울이 꽃 핀다」에는 고난을 이겨낸 인고의 꽃이 등장한다. 매우 아름다운 이미지이다. 특히 "어둠 속 뿌리가 환희 꽃핀다"라는 마지막 행은 무모하리만치 아름답다. 겨울과 어둠의 부정적 이미지 속에서 환히 번지는 꽃의 이미지는 그 강렬한 색채의 대비를 통해 선명한 상징성을 획득한다. 하지만 겨울 속에서 그리고 어둠 속에서 빛을 피워내기 위해서, 그 가녀린 꽃은 치열한 싸움을 벌여야 한다. 그리고 그 치열한 싸움에서 승리했을 때만 꽃은 아름답게 개화할 수 있는 것이다. 박노해의 시들은 이러한 치열한 존재의 싸움을 그리고 있지 않기 때문에, 무모하게 그리고 무책임하게 아름다울 수 있는 것이다.

그러나 나는 혹은 우리는 박노해의 "변화해야 한다"는 생각 자체를 부정할 생각이 전혀 없다. 다만 그의 '변화'에 대한 집착이 '성찰'과 '실천'의 결과물이기보다는 사회주의 몰락과 신체적 구속이라는 극한 상황의 결과물처럼 느껴져 안타까울 뿐이다. 그리고 80년대의 박노해가 사회적 '변화'에만 맹목적으로 경도 되어 있었듯이 90년대 이후의 박노해가 내적 '변화'에만 맹목적으로 경도 되어 있는 것이 아닌가 하고 우려할 뿐이다.

때문에 지금 그에게 진정으로 필요한 것은 '변화'에 대한 집착이 아니라 '성찰과 실천'을 매개로 '사회적 변화'와 '내적 변화'의 균형을 회복하는 일이다. 그가 이러한 '성찰'과 '실천'을 토대로 "변화와 변절은 다르다"라는 그의 주장을 증명할 수 있게 되기를 진심으로 고대한다. 상투적인 말이긴 하지만, 박노해를 비판하는 가장 큰 이유는 나 혹은 우리가 아직도 박노해를 사랑하기 때문일 것이다.

우리들의 긴 노동의 밤은 목하 진행 중이고, 노동의 새벽은 아직 멀기만 하다.

• • • • 4

유하론 변방의 시학

4-1. 머리말

유하의 시[1]들은 '하나대'와 '압구정' 사이의 긴장 위에 놓여있다.[2] 그 둘은 유하 시를 읽는 유력한 독법을 제시하는 동시에 그의 시를 평가하는 중요한 키워드를 제공한다. 하나대와 압구정은 단순히 시적 배경이나 공간에 머물러 있는 것이 아니라, 개별 텍스트를 제어하고 통합하는 강력한 상징으로 확장되기 때문이다. 유하의 시는 서정적

---

[1] 본고가 분석 대상으로 한 유하의 시집들은 다음과 같다.
유하, 『무림일기』(중앙일보사, 1989); 유하, 『바람부는 날이면 압구정동에 가야 한다』(문학과지성사, 1991); 유하, 『세상의 모든 저녁』(민음사, 1993); 유하, 『세운상가 키드의 사랑』(문학과지성사, 1995); 유하, 『나의 사랑은 나비처럼 가벼웠다』(열림원, 1999); 유하, 『천일馬話』(문학과지성사, 2000). 이후 유하의 시를 인용하는 경우, 시의 제목과 시집 제목을 인용시 끝에 제시한다.
[2] 유하의 시들이 압구정/하나대의 선명한 대립 구도로 이루어졌다는 사실은 많은 논자들에 의해 거듭 언급된 사항이다. 이보다 진전된 논의는 이인성에서 나왔다. 이인성은 압구정 계열과 하나대 계열의 시들 밑에 감추어져 있는 '연애시편'들의 의미를 상세하게 고찰한 바 있다. 이에 대해서는 이인성, 「푸른 비밀의 공간 - 유하의 연애시편이 보여주는 욕망의 역동성」, ≪문학과 사회≫(1991, 겨울호)를 참조.

주체가 '하나대'와 '압구정'이라는 이적 공간에 이끌리거나 혹은 길항하면서 빚어내는 매혹과 성찰의 시적 향연을 연출한다.

유하의 시가 '하나대'와 '압구정'에 매혹되면서도 동시에 반성적 성찰을 보여줄 수 있었다는 점은 대단히 중요하다. 그것은 시인이 '하나대'의 세계는 (추억으로만) "겨우 존재" 할 뿐이고, '압구정'의 세계는 "체제가 만들어낸 욕망의 통조림 공장"일 뿐임을 명확하게 인식하고 있기 때문이다. '하나대'가 없는 '압구정'은 맹목적인 유혹에 이끌리기 쉽고, '압구정'이 없는 '하나대'는 퇴행적인 추억에 안주하기 쉽다. 우리는 유하 시의 전개 과정을 통해 그가 '하나대'와 '압구정' 사이의 긴장을 놓치지 않고, '하나대'에 대한 추억을 통해 '압구정'을 비판하고, '압구정'의 세계 속에서 '하나대'의 세계를 발견하고자 했음을 확인하게 될 것이다. 또한 우리는 유하 시를 통해 소비사회로 명명되는 새로운 문학 환경 속에 처한 현대시의 운명과 미래를 가늠해 볼 수도 있을 것이다.

유하가 말(言)의 사원(寺)을 지으려는(詩) 곳은 욕망이 들끓는 일상과 하나대로 상징되는 원초적 고향이다. 먼저 욕망이 들끓는 일상의 풍경은 이 땅의 천민자본주의를 배태한 군사독재에 대한 풍자와 그 결과로서의 '압구정'에 대한 적나라한 묘사를 통해 구체화된다. 이때 서정적 주체는 대상과 적절한 거리를 유지하거나 또는 대상에 완전히 매혹 당하곤 한다. 서정적 주체가 대상과 적절한 거리를 유지할 때, 유하의 시는 시적 긴장으로 팽팽하지만, 그 거리가 사라질 때, 유하의 시는 시적 유희로 전락하기도 한다. 유하 시의 시적 긴장을 유지시키는 대상과의 거리는 앞에서 지적한 '하나대'로 상징되는 "이제 모두 소멸하려"는 것들에 대한 서정적 주체의 사랑과 그리움이다. 물론 유하 시의 서정적 주체가 매번 이러한 "이제 모두 소멸하려"는 것들에 대한 사랑과 그리움만을 보여주는 것은 아니다. 반대로 유하 시의 서정적 주체는 '압구정'의 매혹과 유혹에 자연스럽게 이끌리는 모습도 보여주고 있다. 그러나 이러한 서정적 주체의 매혹과 유혹에로의 이끌림은 다시 서정적 주체의 반성과 성찰의 계기로 작용한다는 점에서 자기 성찰적 이끌림이다. 그리고 그 자기 성찰의 중심에는 어김없이 '하나대'에 대한 그리움과 사랑, 그리고 추억의 아픈 상처가 깊게 새겨져 있다.

그러므로 '하나대'와 '압구정'은 유하의 모든 시를 범주화할 수 있는 강력한 시적 공간이자 상징어이다. '하나대'에 대한 추억에 바쳐지고 있는 서정시들과 '하나대'와 동의소를 이루고 있는 '사랑'과 '자연'을 노래한 서정시들이 유하 시의 첫 번째 범주라면, 이 땅의 천민자본주의를 묘사하고 있는 '압구정' 연작은 유하 시의 두 번째 범주이다. 다음으로 무협지, 영화, 광고, T·V, 재즈 등 다양한 대중 장르를 패러디한 시들이 그 세 번째 범주를 이루고, 마지막으로 자신의 성장 체험을 노래한 일련의 시들이 그 네 번째 범주를 이루고 있다.[3]

---

3) 유하 시의 서정시 양식과 패러디 양식의 관계에 대해서는 오형엽의 논의를 참조할 수 있다. 그에 의하면, "첫 시집 『무림 일기』와 둘째 시집 『바람부는 날이면 압구정동에 가야한다』는 서정시 양식과 풍자시, 혹은 패러디적 양식의 병행이라는 공통점을 통해 연속선상에 놓여 있다. 물론 이때 병행이란 두 가지 양식이 보여 주는 형태상의 차원을 의미하며, 내면적 차원에서 이 둘은 시의 겉과 속, 혹은 상층부와 하층부를 이루는 친연성으로 결부되어 있다." 이에 대해서는 오형엽, 「서정과 패러디, 양식의 통합과 분화 - 마음과 세계의 중층적인 만남의 길」, ≪문학사상≫(1996, 10월호), pp.56∼57을 참조.

4-2. 일탈과 탈주, 그리고 일상의 발견

유하의 첫 시집 『무림일기』와 두 번째 시집 『바람부는 날이면 압구정동에 가야 한다』는 서정시 양식과 풍자 양식, 그리고 패러디 양식이 전략적으로 배치되어, 개별 시들만으로는 드러나지 않던 유하의 시 세계를 명료하게 보여준다. 개별적으로 추구되던 서정 양식과 풍자 양식, 그리고 패러디 양식이 촘촘히 짜여 시의 집(詩集)을 이루고 있는 것이다.

『무림일기』는 총 4부로 구성되어 있다. 1부에는 일상의 작은 깨달음을 형상화한 시들이 놓여 있고, 2부에는 무협지 장르를 차용한 무림일기 연작이 놓여 있으며, 3부에는 영화를 패러디한 영화 사회학 연작이 놓여 있다. 그리고 마지막 4부에는 '하나대'의 세계를 추억하는 시와 '하나대'의 세계와 대립하는 물질문명의 세계를 비판하는 시들이 놓여 있다.

한편 『바람부는 날이면 압구정동에 가야 한다』는 총 3부로 구성되어 있다. 1부에는 '여치'로 상징되는 농경 문화적 삶과 물질문명에 길들여진 '나' 사이의 불편한 관계가 형상화되어 있고, 2부에는 '압구정'으로 상징되는 체제에 길들여진 왜곡된 욕망을 비판하고 있으며, 3부에는 하나대에 대한 그리움과 사랑을 노래한 서정시들이 놓여 있다.

시집의 전체적인 체제를 통해서도 드러나듯이, 유하는 자신의 시들이 '체제에 의해 길들여진 욕망' 또는 '왜곡된 욕망'에 대한 비판으로 읽히기를 원하고 있다. 그런 점에서 '시집'은 시인의 의도를 전략적으로 드러내는 방식이다. 시인의 이러한 시적 전략에 순진하게 속아줄 필요도 없지만, 무턱대고 비판만 할 수도 없을 것이다. 그러므로 필자는 시인의 의도를 최대한 존중하면서, 그 의도의 시적 성취 여부를 면밀하게 살펴보도록 하겠다.

유하 시의 90년대적 감수성을 누구보다 가장 먼저 간취한 사람은 김현이다. 김현은『무림일기』해설을 통해 유하가 키치 - 반성자/키치 - 중독자의 양면성을 공유하고 있다는 사실을 밝혀냈다.[4] 이러한 지적은 유하의 시가 80년대를 강력하게 의식하면서 씌어졌다는 사실을 역설적으로 드러낸다. 키치 - 반성자로서의 유하가 80년대의 자장 안에 머물러 있다면, 키치 - 중독자로서의 유하는 80년대의 자장 밖으로 탈주하고 있다. 유하의 개별시들은 분명 이러한 정주와 탈주의 복합적인 관계망 속에 놓여 있다. 먼저 유하는 전략적으로 80년대 시들로부터 탈주하고자 한다.

> 온 세상이 다 노랗다
> 봇물 터지듯 만발한
> 개나리꽃
> 시대의 노란 신호등
> 해빙의 봄일수록
> 돌아가시오
> 돌아가시오
> 한다.
>
> — 「개나리꽃」전문(『무림일기』, p.9.)

---

4) 이에 대해서는 김현, 「키치 비판의 의미 - 유하 시가 연 새 지평」, 『무림일기』(중앙일보사, 1989), p.114를 참조.

80년대 시적 주류를 형성했던 민중시들은 계절의 순환 속에서 '희망'
을 발견하곤 했다. 그 시들 속에서 서정적 주체는 절망의 '겨울'을
견디며 '봄'을 예감하거나, 칠흑의 '밤'을 세워 '새벽'을 기다린다. 계절
적 순환을 선조적 목적의식으로 대치하는 이러한 상상력은 이미 식상
할 대로 식상한 상식이 되어버린 것이다. 『무림일기』의 서시격인 위의
시는 이러한 주류적 상상력에 대한 의도적 일탈로 읽힌다.

이 시의 서정적 주체는 봄날 활짝 핀 '개나리꽃'을 통해 시대의 '노란
신호등'을 읽는다. 색채의 인접성을 토대로 한 단순한 비유에 불과한
듯하지만, 사실 이러한 시적 상상력은 놀라운 것이다. 진보에 대한
믿음을 상실한 자의 더 이상 머물 수도 전진할 수도 없는 당혹감을
사실적으로 재현하고 있기 때문이다. 이 때 서정적 주체의 선택은 길로
상징되는 목적론적 행로에서의 의도적인 일탈이다. 그에게 "별이 빛나
는 창공을 보고, 갈 수가 있고 또 가야만 하는 길의 지도를 읽을 수
있던"[5] 시대는 이제 존재하지 않는다. 이러한 길에 대한 회의를 통해
유하는 그 길들이 배제했던 세계로 나아간다. 그리고 그 배제되었던
세계는 작고, 하찮고, 무의미한 것이라 여겨졌던 일상의 새로운 발견과
깨달음으로 풍성해진다.

> 새로운 무거움의 고통을 감수하며
> 하나, 하나, 바벨을 늘려가는 자만이
> 결국 새로운 세계를 견딜 수 있으리니
> — 「인생공부」 중에서(『무림일기』, p.11.)

---

5) 루카치, 『소설의 이론』(심설당, 1985), p.29.

별 하나에 어쩌구
별 둘에 어쩌구
그 작은 소시민적 낭만을 얻기 위해서도
밤새 딱딱 손뼉을 치며
역센 모기들과 피비린내나는 싸움을 벌여야 했다.
— 「피서지에서 생긴 일」 중에서(『무림일기』, p.15.)

이 시에서 우선 눈에 띄는 것은 '몸'에 대한 의미 부여이다. 서양에서 최초로 이론적 사유가 탄생할 때부터 몸은 때로 비진리와 오류의 원인으로, 때로 죄와 인간적 유한성의 뿌리로 이해되었다.[6] '정신'과 '육체'의 이분법에 의해 유지되었던 이러한 '몸'에 대한 억압과 배제는 현대 철학의 중요한 쟁점의 하나로 부각되었으며, 위의 시들에도 이러한 몸에 대한 새로운 성찰이 단편적으로 제시되어 있다. "새로운 세계"를 견딜 수 있는 자는 "새로운 무거움의 고통"을 감수하는 자라는 시적 진술과 "소시민적 낭만을 얻기 위해서도" "역센 모기들과 피비린내 나는 싸움을 벌여야 했다"라는 시적 진술은 '몸'을 경유하지 않는 어떠한 형이상학도 불가능하다는 인식을 보여준다. 이러한 '몸'의 귀환은 자연스럽게 '몸'의 욕망을 승인한다. '몸'의 욕망은 어떠한 형이상학적 전제도 거부한다는 점에서 순수한 욕망의 담지체이다. 그러나 '몸'의 욕망은 그 순수함 때문에 체제에 의해 손쉽게 관리되고 규격화될 수도 있다. '압구정' 연작이 문제 삼고 있는 욕망도 바로 이러한 체제에 의해 관리되고 규격화되는 '욕망'이다.

---

6) 이에 대해서는 김상환, 「전미래 시제의 패러독스」, 『해체론 시대의 철학』(문학과 지성사, 1996), p.39를 참조.

①
그러나, 헉헉대는 그대들의 숨통 속으로
단비처럼 달콤히 스며드는 저 산소 방울들은
진정 생명을 구워하는 손길인가
투명한 수족관을 바라보며 나는
투명하게 깨닫는다
산소라고 다 산소는 아니구나
저 수족관이라는 틀의 공간 속에서는
생명의 산소도
아우슈비츠의 독가스보다
더 잔인하고 음흉한 의미로
뽀글거리고 있는 것 아니냐

　　　　　　　　　　　　　　　 ― 「체제에 관하여」 중에서
　　　　　　　　　(『바람부는 날이면 압구정동에 가야한다』, p.49.)

②
압구정동은 체제가 만들어낸 욕망의 통조림 공장이다
국화빵 기계다 지하철 자동 개찰구다 어디 한번 그 투입구에
당신을 넣어보라 당신의 와꾸를 디밀어보라 예컨대 나를 포함한 소
설가 박상우나
시인 함민복 같은 와꾸로는 당장은 곤란하다 넣자마자 띠 - 소리와
함께
거부 반응을 일으킨다
　　　　　　　 ― 「바람부는 날이면 압구정동에 가야한다 2」 중에서
　　　　　　　　　　(『바람부는 날이면 압구정동에 가야한다』, p.60.)

①에서 인간의 삶은 횟집 수족관에 갇혀 있는 '산낙지'에 비유되고 있으며, 체제는 달콤한 산소를 공급함으로써 '산낙지'의 삶을 통제하는 "잔인하고 음흉한" 것으로 묘사되고 있다. 이러한 체제의 '잔인하고 음흉한' 의도는 인간의 욕망마저 자신의 의도대로 통제하는 데까지 나아간다. ②에서 압구정은 "체제가 만들어낸 욕망의 통조림 공장"이다. 그것은 인간의 욕망을 일정하게 규격화한다. 압구정에 대한 욕망이 사실은 체제에 의해 은밀하게 통제된 욕망에 불과하다는 인식은 「무림일기」 연작에 나타난 체제의 정통성에 관한 풍자와 맞물려 체제에 대한 비판적 독해를 가능하게 한다. 그리고 압구정 연작과 무림일기 연작의 전·후 또는 중간에 의도적으로 배치된 하나대 시편들은 이러한 비판적 독해로 우리를 유인한다.

시인은 하나대 시편에서 자신의 삶이 '물뱀의 서늘한 감촉'을 '놓치듯 살아'(『무림일기』, p.141.) 온 날들이라고 고백한다. 그리고 그 '물뱀의 서늘한 감촉'은 서정적 주체의 기억을 통해 현재로 호출된다. 그렇지만 현재로 되살려낸 '물뱀'은 매번 '나'의 손을 스치고 달아날 뿐 다시 나의 것이 되지 못한다. 그리하여 그것은 '그리움'과 동의어가 된다. 그리고 그 '그리움'들을 총칭하는 시적 근원으로서 '하나대'가 존재한다. 추억으로 존재할 수밖에 없다는 점에서 그것은 비극적 세계관을 보여주지만, 추억만으로도 존재할 수 있다는 점에서 그것은 또한 아름다운 서정을 연출하기도 한다.

4-3. 덫, 진부한 서정과 맹목적 욕망

우리는 '하나대'가 유하의 잊어버린 것들에 대한 그리움과 사랑의 시적 등가물이며, 또한 유하 시의 시적 근원임을 예상할 수 있다. 그리고 이러한 의미에서 유하의 '하나대'가 자본주의의 왜곡된 욕망 체계 속에서 시인의 자기동일성 확보를 위한 세계와의 팽팽한 고투의 마지막 근거지가 될 것임을 충분히 예상할 수 있다. 결국 유하가 압구정으로 상징되는 후기자본주의 욕망 체계에 이끌리면서도 동시에 이를 비판할 수 있었던 근거는 그가 하나대로 상징되는 시적 공간을 소중하게 간직하고 있었기 때문이다.

그러나 유하가 시집 전체를 통해 의도한 '하나대'와 '압구정' 사이의 긴장은 개별시 차원으로까지 확장되고 있지는 못하고 있는 듯하다. 때때로 유하의 압구정 연작과 대중장르를 패러디한 시들은 서정적 주체와 대상간의 분열의 징후만을 보여주거나 서정적 주체의 대상에로의 매혹만을 보여주고 있으며, 하나대 시편들과 사랑과 자연을 노래한 서정시들은 서정적 주체와 대상간의 동일시 혹은 정서적 합일만을 보여주고 있기 때문이다. 유하의 하나대가 압구정의 왜곡된 욕망 체계의 대척점에 놓이는 순간 유하 시의 새로움은 진부한 서정성에 귀착될 위험성이 있으며, 반대로 유하의 '압구정'이 '하나대'와의 긴장을 놓치는 순간, 그의 시는 후기자본주의의 욕망 체계에 무비판적으로 휩쓸릴 위험성이 있다. 아래에 인용한 두 시는 이러한 위험성의 적절한 예가 될 것이다.

①
사람도 산그늘 아래 깊이 저물면 산을 닮는다

늙은 황소를 이끌고
황토빛 땅거미 지는 언덕을 넘어오는
할머니의 구부러진 허리
저 둥근 산의 마음을
오래오래 되새김질하고 싶다

이, 치밀어 오르는 흙냄새
　　　 － 「둥근 산의 마음」 전문(『세상의 모든 저녁』, p.86.)

②
나는 미국판 마분지 소설
휴먼 다이제스트로 영어를 공부했고
해적판 레코드에서조차 지워진 금지곡만을 애창했다
나의 영토였던 동시 상영관의 지린내와, 부르라이또 요코하마
양아치, 학교의 개구멍과 세운상가의 하고방,
난 모든 종류의 위반을 사랑했고
버려진 욕설과 은어만을 사랑했다.
　　　　　　　 － 「세운상가 키드의 사랑 3」 중에서
　　　　　　　　　　　 (『세운상가 키드의 사랑』, p.105.)

　①은 깔끔한 서정시의 문법을 그대로 답습하고 있다. 세 번째 시집
인 『세상의 모든 저녁』에는 확장된 '하나대'로서의 자연을 노래한 시들
이 많이 등장하고 있다. 『무림일기』와 『바람부는 날이면 압구정동에

가야 한다』가 도시적 상상력이 주가 되고 있다면, 이 시집은 농경적 상상력이 주가 되고 있다. 따라서 전자의 시집들이 보여주었던 '압구정'과 '하나대'의 공간적 긴장은 사라지고 자연과 자신을 동일시하려는 서정적 주체의 내면만이 시의 전면에 드러나게 된다. "내 피멍울 든 지친 기억들아 철쭉꽃 속의 동굴로 가자"(「꽃의 동굴」, 『세상의 모든 저녁』, p.13.)라든가 "꽃자리 속에 한 이틀 푹 꺼지고 싶다"(「한 마리 날벌레가 되어」, 같은 책, p.20.)라는 표현은 서정적 주체의 자연에 동화하려는 욕망을 단적으로 보여준다. 이러한 자연으로의 도피 내지는 초월 심리는 대상에 대한 매혹에 서정적 주체가 완전히 함몰되었다는 것을 의미한다.

② 역시 대상에 대한 매혹에 서정적 주체가 완전히 함몰되고 있음을 보여주는 전적인 예이다. 유하에게 '세운상가'는 추억이라는 이름으로 호출된 그리운 것들 중의 하나로 존재한다. 유하에게 하나대가 유년기의 체험에 기반하고 있다면, '세운상가'는 청년기의 체험에 기반하고 있다. 이러한 청년기의 체험은 키치-중독자를 잉태한 공간이기도 하다. 인용시에서 키치-반성자로서의 서정적 주체는 사라지고 없다. 맹목적인 일탈에의 욕망과 그 욕망의 풍경만이 제시되고 있을 뿐이다. '미국판 마분지 소설', '해적판 레코드', '동시 상영관', '욕설과 은어' 등은 유하가 제도(체제)에 길들여지기 않기 위해 의도적으로 선택한 위반의 기호들이다. 그 위반의 기호들은 금지된 것이기에 매혹적이다. 매혹 당한 주체는 대상과의 비판적 거리 두기에 실패하고 있다.

위의 두 시들은 '자연'과 '세운상가'라는 이질적인 공간을 시적 배경으로 거느리고 있다는 차이점에도 불구하고, 대상에 대한 매혹에 서정적 주체가 완전히 함몰되고 있음을 보여주는 공통점을 지니고 있다. 또한 '겨우 존재하는 것들'과 '이제는 소멸하려는 것들'에 대한 과도한 애정이 대상과의 비판적 거리를 소멸시키고 있다. 앞에서 지적했듯이 '하나대'의 세계는 이미 (추억으로만) "겨우 존재"할 뿐이고, '압구정'의 세계는 "체제가 만들어낸 욕망의 통조림 공장"(『바람부는 날이면 압구정동에 가야한다』, p.60.)일 뿐이다. 그렇다면 '세운상가'는 '압구정'의 세계에서 얼마만큼이나 멀리 떨어져 있는 공간인가. 그런 의미에서 '세운상가'는 추억이라는 이름으로 되살려 낼만한 가치가 있는 공간인가. '세운상가'가 추억이라는 이름을 획득할 때, 그것은 '압구정'의 대척점에 놓이는 '하나대'만큼 비현실적이고 관념적인 공간으로 추락하고 만다. 모든 위반을 사랑한 자가 도달한 곳이 '자연'과 '추억'이라면, 그 '자연'과 '추억'은 위반에 값할 만한 시적 상상력을 요구한다. '하나대'와 '압구정'의 공간적 긴장이 사라진 유하의 시들은 거품 빠진 맥주처럼 싱겁다.

　①
사랑하는 이여
아직은 나를 안으려 하지 말아요

내 사랑 얼마나 더 무심해져야
늦가을 밤처럼 깊고 깊은 그대 가슴,
찌르르 귀뚜라미 울겠습니까
　　　　　　　　　－「찌르르, 울었습니다」 중에서
　　　　　　　　(『나의 사랑은 나비처럼 가벼웠다』, p.37.)

②

나는 보이는 모든 길을 의심한다

길만이 길이 아니다

꽃은 향기로 나비의 길을 만들고

계절은 바람과 태양과 눈보라로

철새의 길을 만든다

진리와 법이 존재하지 않는 그 어떤 길을

도시와 국가로 향하는 감각의 고속도로여

나는 길에서 얻은 깨달음을 버릴 것이다

나를 이끌었던 상상력의 바퀴들아

멈추어라

그리고 보이는 모든 길에서 이륙하라

　　　　　　　　　　－ 「길 위에서 말하다」 중에서

　　　　　　　　（『나의 사랑은 나비처럼 가벼웠다』, p.17.）

　①은 대상에 대한 집착을 버려야만 대상의 가슴을 울릴 수 있다는 아주 평범하고 진부한 서정을 전달한다. 시라는 형식적 의장은 갖추었지만, 범작에 머물러 있다. 유하의 재치 있는 시들이 대부분 말장난에 떨어지는 것 역시 그가 상식의 수준을 넘어서는 새로운 시적 인식의 지평을 제시하지 못하고 있기 때문이다. 각종 대중매체를 패러디한 시들도 원전이 갖고 있는 대중성에 기대어 그것을 약간 비틀어 보여줄 뿐이다.

　②는 제도화된 길에 대한 거부라는 유하 시에서 자주 발견할 수

있는 시적 주제를 반복하고 있다. 이때 그가 상정하는 길은 "진리와 법이 존재하지 않는 어떤 길"이다. 그리고 그 길은 "꽃은 향기로 나비의 길을 만들고, 계절은 바람과 태양과 눈보라로 철새의 길을 만"드는 길이기도 하다. 유하는 우선 자신의 '상상력'이 "도시와 국가로 향하"고 있었음을 반성하고, 다음으로 "길에서 얻은 깨달음'을 버릴 것을 선언한다. 이러한 과정을 거쳐, 마침내 그는 "보이는 모든 길에서 이륙하라"고 명령하는 데까지 나아간다. 이 시는 유하가 '자연' 또는 '추억'이라는 비현실적이고 관념적인 공간으로 도피 내지는 초월하려는 욕망을 적나라하게 보여준다.

위의 시들은 유하가 '하나대'와 '압구정' 또는 농경적 상상력과 도시적 상상력의 긴장을 놓치고 있음을 여실히 보여준다. 이미 우리는 유하의 '하나대'가 자본주의의 왜곡된 욕망 체계 속에서 시인의 자기동일성 확보를 위한 세계와의 팽팽한 고투의 마지막 근거지가 될 것임을 충분히 예상할 수 있었다. 그러나 유하는 자본주의의 왜곡된 욕망 체계 속에서 그가 상정한 '자연' 또는 '추억'의 공간 역시 훼손되고 유린된 형태로 존재할 수밖에 없다는 사실을 간과하고 있는 것 같다. 체제는 유하가 상정한 내면성의 공간마저도 체계적으로 관리할 수 있을 만큼 충분히 노회하다.

4-4. 말(馬)과 말(言)의 질주, 그리고 성찰과 산책

유하의 6번째 시집 『천일馬화』를 통해서 우리는 유하 시의 진면목을 다시 한 번 확인하게 된다. 유하는 무림, 압구정, 세운상가를 거쳐 마침내 경마장에 도착한다. 경마장이란 무엇인가. 특히 한국사회에서 경마장이란 무엇인가. 그 곳은 대박을 꿈꾸는 자들의 집단적 백일몽이 흘러넘치는 곳이다. 대박을 꿈꾸는 자들이 많다는 것은, 그만큼 우리 사회가 건강하지 못하다는 뚜렷한 징표이다. 대박은 우승이 거의 힘든 말에 걸어야만 가능하다. 다시 말해 대박의 꿈은 현실에서는 거의 불가능한 꿈이다. 따라서 대박에 대한 희망은 불가능한 확률에 자신의 인생을 걸어야만 하는 한국 사회의 암담하고 우울한 자화상이다.

생전에 그에겐 많은 돈이 걸렸다
물론 사람들이 원하는 건 바람 같은 질주가 아니었다
그는 시간이라는 조롱 속에 갇혀
끝없이 황금 고래에 대한 이야기를 해야만 했다.
— 「천일馬화 - 명마 捕鯨船」 중에서(『천일馬화』, p.12.)

포경선은 이제는 박제가 되어버린 과거의 명마이다. 바람을 가르며 갈기를 휘날리는 야생마의 질주는 야성과 자유의 상징으로 흔히 쓰인다. 인용한 시에서 '바람 같은 질주'는 이러한 야성과 자유를 상징하는 야생마의 질주를 시적 문맥의 배경에 거느리고 있다. 그러나 포경선은 '시간이라는 조롱 속에 갇혀' '황금 고래'로 상징되는 대박의 꿈만을 이야기 해야하는 존재로 전락한다. 야성과 자유의 질주가 자본의 질주로 전락하는 순간이다.

이렇듯 자본은 그 모든 것을 자신의 논리에 굴복시키는 마력을 지닌

다. 자본의 질주는 눈을 가린 채 앞으로만 달려간다는 점에서 맹목적이
다. 자본의 질주와 경주마의 질주는 그만큼 닮아있는 것이다. 유하는
경마장 연작을 통해 일상 속에 편재한 우리사회의 천민자본주의적
속성을 날카롭게 포착한다.

또한 위의 시는 말(馬)과 말(言)의 운명에 대한 중첩된 사유를 보여
준다. 말(馬)의 질주는 말(言)의 질주이기도 한 것이다. 이러한 비유가
가능한 것은, 이 시집의 제목이 '천일야화'를 패러디하고 있기 때문이
다. '천일야화'의 세헤라자드는 자신의 죽음을 담보로 자신의 죽음을
연기한다. 말 또는 이야기는 발화자의 죽음을 연기하려는 절박함과
수신자의 죽음을 연기해주고 싶은 매혹 사이의 팽팽한 긴장 속에서
탄생하는 것이다. 그러나 이러한 죽음과 맞닿아 있는 고전적 의미의
말 또는 이야기에 대한 비유는 자본의 논리 앞에 여지없이 무너진다.
이제 말 또는 이야기조차 자본의 논리에 철저히 종속되어 버린 것이다.
따라서 경마장은 말(馬)의 질주처이자 말(言)의 질주처이며 결국은
자본의 질주처이다.

이처럼 모든 것이 자본의 질주를 닮아 있는 사회에서도 서정시가
쓰여질 수 있을까. 유하의 시들은 이러한 질문을 의식적으로 제기하고
있는 듯하다. 물론 유하의 대답은 쓰여질 수 있다는 것이다. 그 대답은
개별시의 차원에서 그리고 시집 전체의 전략적 배치를 통해서아주
정교하게 이루어지고 있다.

유하의 유니크함을 가장 잘 보여준 『무림일기』와 『바람부는 날이면
압구정동에 가야한다』와 마찬가지로 『천일마화』역시 개별시들이 어
떻게 시집 전체와 유기적으로 맞물리는지 그리고 어떻게 자신의 시세

계를 시집의 체계를 통해서 구축하는지를 잘 보여주고 있는 시집이다. 다른 점이 있다면, 매혹보다는 성찰 쪽으로 무게 중심이 이동되어 있어서 이전의 시집들보다 훨씬 안정감을 얻고 있다는 점이다. 매혹보다는 성찰이 중심이 되고 있음은 시집 2부에 실려 있는 산책과 여행을 모티프로 한 시들을 통해서 확인해 볼 수 있다.

> 은륜의 중심은 텅 비어 있다
> 그 텅 빔이 바퀴살과 페달을 존재하게 하고
> 비로소 쓸모 있게 한다
> — 「無의 페달을 밟으며」 중에서(『천일馬화』, p.71.)

> 숲으로 난 샛길을 사랑하는 산책가의 몸이다
> 산책가는 누구를 추월하지 않는다
> 그러므로 나는 추억보다 느리게 간다
> — 「나는 추억보다 느리게 간다」 중에서(『천일馬화』, p.72.)

> 속도의 권력이 허가한 세상
> 밖에 있는 것들이여
> 길들여지지 않은 들꽃의 길이여
> — 「들꽃에 관한 명상」 중에서(『천일馬화』, p.91.)

자본의 질주는 가속의 관성을 따른다. 그렇기 때문에 자본주의 사회는 속도가 모든 것을 지배하는 사회이다. 그렇다면 속도를 거스르는 가장 효과적인 방법은 무엇인가. 그것은 '속도의 권력' 밖으로 나아가

는 것이다. 산책과 여행은 속도를 가장 치명적으로 거스르는 행위가
될 수 있다. 속도 없는 산책과 정처 없는 여행은 그 자체가 목적이
되는, 효용 가치로 환산될 수 없는 순수하고도 절대적인 가치를 갖는
다. 그러한 산책과 여행의 과정에서 발견하게 되는 삶의 작지만 소중한
비의들은 위의 시들에서 산뜻 하고 재치 있는 표현을 얻고 있다. 은륜
의 쓸모 없음이 오히려 쓸모 있음이 된다는 노자적 깨달음, 추월하지
않는 느림의 즐거움, 속도 밖의 길들여지지 않은 야생의 건강함 등등이
산책자와 여행자의 시선에 의해 새롭게 발견된 목록들이다. 이러한
작지만 소중한 것에 대한 보는 자(見者)의 시선은 유하의 초기시들에
서도 흔히 발견되는 시인의 범상치 않은 시적 자질이다. 차이가 있다
면, 초기시에서 그것이 '일상의 영역 안'에 놓여 있었다면, 후기시에서
그것은 '일상의 영역 밖'으로 확산되고 있다는 차이이다. 아니 좀 더
정확하게 표현하자면, 일상의 영역 밖에 초라하게 은폐되어 있던 존재
를 일상의 영역 안으로 화려하게 되돌려 주는 차이라고 할 수 있다.
그렇다면 유하 시의 작지만 큰 의미를 가져 온 이 차이를 만든 요인은
무엇일까. 아래에 인용한 시는 그 비밀을 푸는 중요한 단서를 제공할
듯 싶다.

> 나의 母語가 아무리 못난 엄마라도 좋다 그 방외의 말이
> 아무리 나를 가두는 좁은 감옥이라도 좋다고 그 감옥 안에서 나는
> 행복하다
> 시는 변방으로 귀양 가버린 노래, 그리고 그 변방 중의 변방에 있는
> 나의 말을 나는 사랑한다 이는 결코 자기 위안이 아니다

　　　　이제 시의 운명은 그 邊方性의 극점에서 완성될 수 있는 것이므로
　　　　　　　　　- 「천변 풍경」 중에서(『천일馬화』, p.78.)

　　인용한 시에서 우리는 "전통은 아무리 더러운 전통이라도 좋다"
혹은 "역사는 아무리 더러운 역사라도 좋다"(김수영, 「거대한 뿌리」중
에서)라는 김수영식 도저한 자기 선언의 유하식 변주를 듣게 된다.
'변방성'으로 표현된 소비사회라는 지극히 불리한 시대 속에 던져진
'시의 운명'이 오히려 '시의 극점'이 될 수 있다는 어쩌면 오만하기까지
한 이러한 자기 선언은 나에게 유하 시의 과거와 현재를 정리하고
미래를 예고할 수 있도록 하는 중요한 키워드를 제공하는 것처럼 보인
다. 유하 시의 과거가 변방성에 대한 명료한 의식 없이 변방성을 실험
한 단계였다면, 유하 시의 현재는 변방성에 대한 인식을 통해 변방성을
성찰하는 단계라 할 수 있다. 그렇다면 유하 시의 미래는? 아마도 그것
은 변방성을 자신의 표현대로 극한으로 밀어 붙여 '변방성의 극점'을
완성하는 일이 될 것이다. 그러나 유하가 그 변방성의 극점으로 나아갈
수 있을 것인가, 아니면 변방성의 변방만을 배회하고 말 것인가를 우리
는 확신할 수 없다.

4-5. 맺음말

　'서늘한 감촉'으로 존재하는 잊혀진 것들에 대한 그리움과 사랑은
유하 시의 비밀을 푸는 열쇠이다. 지금까지 우리는 그 열쇠를 통해

유하가 지은 말의 사원(詩)과 그 집(詩集)들을 산책해 보았다. 그 산책
은 즐겁고 흥미로웠지만 조금은 아쉬움을 동반한다. 그 아쉬움은 '하나
대'와 '압구정' 사이의 긴장이 풀어져 있는 '자연'과 '추억'에 바쳐진
시들 때문이다.

우리는 유하의 '하나대'가 왜곡된 욕망 체계 속에서 시인의 자기동일
성을 확보하기 위한 최후의 보루로 남게 될 것임을 초기 시들을 통해
예감했다. 그리고 유하가 '하나대'와 '압구정'의 공간적 긴장을 포기하
지 않고, 그것을 넓고 깊게 탐색하고 있음을 또한 확인했다. 그러나
우리는 유하가 '하나대'와 '압구정'의 공간적 긴장을, 즉 세계와의 팽팽
한 고투를 때때로 포기하고 있는 것을 또한 지켜보았다. 그래서 그가
귀의한 '자연'과 '추억'은 아름답지만 공허하게만 느껴지기도 했다.

물론 이러한 우리의 우려는 유하의 마지막 시집을 읽으면서 어느
정도 불식되기는 했지만, 그러한 우려가 말끔히 걷힌 것도 아니다.
그 이유는 유하 시를 견인하고 있는 팽팽한 경계선 혹은 긴장선이
붕괴될 경우, 유하의 모든 시가 헛것의 신기루로 전락할 위험이 있기
때문이다. 다시 말해 '하나대'와 '압구정'이라는 시적 공간이자 강력한
상징이 삶의 구체적 현장으로부터 견인된 것이 아니다 라는 의심으로
이어질 수 있다는 것이다. 유하에게 '하나대'와 '압구정'은 그저 또 다른
텍스트로 존재할 뿐인 것은 아닌가? 무협지, 영화, 재즈. 포르노, 영화
등과 별반 다를 것이 없지 않은가? '하나대'와 '압구정'이 하나의 텍스
트에 불과하다면, 유하는 단지 그것을 언어적으로 비틀고, 조롱하고,
탐닉하고, 비판한 것에 불과한 것이 아닌가. 이러한 의심은 유하의
시에는 삶에 대한 진지한 열정이 없는 게 아닌가. 또한 그가 제시한

'자연'도 전혀 인간적 체취가 느껴지지 않는 게 아닌가 하는 의심으로 확대되어, 결국에는 유하가 제시한 90년대적 감수성이란 것이 헛것으로서의 시, 또는 진정성이 훼손된 물화된 시에 불과한 것은 아닌가 하는 생각으로 나아갈 수도 있다.

우리는 우리의 이러한 의심이 기우이기를 바란다. 그렇기 때문에 우리는 유하가 '하나대'와 '압구정'의 긴장 속으로 매번 고통스럽게 되돌아오기를 기대하는 것이다. 그 고통스러운 되돌아오기야말로 유하가 개척한 '변방의 시학'을 더욱 심화하고 확대하는 길이기 때문이다.

참고
문헌

제1부

1. 기초자료

『김수영 문학 전집 ① 시』. 민음사. 1981.
『김수영 문학 전집 ② 산문』. 민음사. 2003.

2. 학위논문

강웅식. 「김수영의 시 의식 연구」. 고려대 박사논문. 1995.
강연호. 「김수영 시 연구」. 고려대 박사논문. 1996.
강영기. 「김수영 시와 김춘수 시의 대비적 연구」. 제주대 박사논문. 2003.
구용모. 「김수영의 시론 연구」. 한양대 석사논문. 1996.
권혁웅. 「한국현대시의 시작방법 연구」. 고려대 박사논문. 2000.
김명인. 「김수영 시의 '현대성' 연구」. 인하대 석사논문. 1994.
김오영. 「김수영론」. 연세대 석사논문. 1992.
김종윤. 「김수영 시 연구」. 연세대 박사논문. 1986.
김혜순. 「김수영 시 연구」. 건국대 박사논문. 1993.
금동철. 「1950-60년대 한국 모더니즘 시의 수사학적 연구」. 서울대 박사논문.
    1999.
남기택. 「김수영과 신동엽 시의 모더니티 연구」. 충남대 박사논문. 2002.
남기혁. 「1950년대 시의 전통지향성 연구」. 서울대 박사논문. 1998.
남진우. 「미적 근대성과 순간의 시학 연구」. 중앙대 박사논문. 2000.
류순태. 「한국모더니즘시의 표상 연구」. 서울대 박사논문. 1999.
박수연. 「김수영 시 연구」. 충남대 박사논문. 1999.

박지영. 「김수영 시 연구 -시론의 영향 관계를 중심으로」. 성균관대 박사논문. 2002.

배개화. 「1930년대 후반 전통담론의 탈식민성 연구」. 서울대 박사논문. 2004.

송 무. 「영문학 교육의 정당성과 정전의 문제」. 고려대 박사논문. 1994.

엄성원. 「한국 모더니즘 시의 근대성과 비유 연구」. 서강대 박사논문. 2002.

여지선. 「한국 근대시에 나타난 전통론과 전통 수용 양상 연구」. 건국대 박사논문. 2004.

오문석. 「김수영의 시론 연구」. 연세대 박사논문. 2002.

유재천. 「김수영의 시 연구」. 연세대 박사논문. 1986.

윤정용. 「1950년대 한국 모더니즘 시 연구」. 서울대 박사논문. 1992.

이광수. 「1950년대 모더니즘 시 연구」. 고려대 박사논문. 1995.

이기성. 「1950년대 모더니즘 시의 시간의식과 시쓰기」. 이화여대 박사논문. 2001.

이은정. 「김춘수와 김수영 시학의 대비적 연구」. 이화여대 박사논문. 1993.

이종대. 「김수영 시의 모더니즘 연구」. 동국대 박사논문. 1993.

이 중. 「김수영 시 연구」. 경원대 박사논문. 1994.

조명제. 「김수영 시 연구」. 우석대 박사논문. 1994.

장석원. 「김수영 시의 수사적 특성 연구」. 고려대 박사논문. 2004.

전영주. 「1950년대 시의 전통주의 연구 : 김관식, 박재삼, 이동주의 시를 중심으로」. 동국대 박사논문. 2001.

정재찬. 「현대시 교육의 지배적 담론에 관한 연구」. 서울대 박사논문. 1995.

차승기. 「1930년대 후반 전통론 연구 : 시간·공간 의식을 중심으로」. 연세대 박사논문. 2003.

최승호. 「1930년대 후반기 시의 전통 지향적 미의식 연구」. 서울대 박사논문. 1992.

한명희. 「김수영의 시정신과 시방법론 연구」. 서울시립대 박사논문. 2000.

한수영. 「1950년대 한국 문예비평론 연구」. 연세대 박사논문. 1995.

한형구. 「일제말기 세대의 미의식에 관한 연구」. 서울대 박사논문. 1992.

황종연. 「한국문학의 근대와 반근대」. 동국대 박사논문. 1992.

황혜경. 「김수영 시의 아이러니 연구」. 이화여대 박사논문. 1998.

3. 일반논문

고종석. 「김수영의 '거대한 뿌리'」. ≪한국일보≫. 2005. 3. 22.

강웅식. 「긴장의 시론과 힘의 시학」. 『詩, 위대한 거절』. 청동거울. 1998.

강진구. 「문학텍스트의 정전화 과정과 문학권력」. 문학과비평연구회 편, 『한국
    문학권력의 계보』. 한국출판마케팅연구소. 2004.

고 은. 「미당 담론」. ≪창작과 비평≫. 2001 여름호.

구모룡. 「도덕적 완전주의」. ≪조선일보≫. 1982. 1월 8. 13. 14. 16. 20. 21일.

권오만. 「김수영 시의 고백시적 경향」. 김승희 편. 『김수영 다시 읽기』. 프레스
    21. 2000.

김경린. 「매혹의 연대」. 『새로운 도시와 시민들의 합창』. 도시문화사. 1949.

_____. 「현대시의 이메이지와 메타포어」. ≪자유문학≫. 1957 6월호.

김경린·한수영 대담. 「현대성의 경험과 모더니즘」. 강진호·이상갑·채호석
    편, 『증언으로서의 문학사』. 깊은샘. 2003.

김규동. 「시의 음악성」. 『새로운 시론』. 산호장. 1959(단기4292).

김규동·이재무 대담. 「사랑하지 않으면 다 죽습니다」. ≪계간 시작≫. 2004.
    봄호.

김기림. 「모더니즘의 역사적 위치」. 『김기림 전집 2 시론』. 심설당. 1988.

_____. 「오전의 시론」. 『김기림 전집 2』. 심설당. 1988.

_____. 「속 오전의 시론」. 『김기림 전집 2』. 심설당. 1988.

_____. 「시와 현실」. 『김기림 전집 2』. 심설당. 1988.

김기중. 「윤리적 삶의 밀도와 시의 밀도」. 김승희 편. 『김수영 다시 읽기』.
    프레스21. 2000.

김명인. 「급진적 자유주의의 산문적 실천」. ≪작가연구≫. 1998 5호.

김명환. 「민족문학론 갱신의 노력」. ≪내일을 여는 작가≫. 1997 1·2월호.

_____. 「달을 가리키는 손가락보다 달을」. ≪내일을 여는 작가≫. 1997. 9·10
    월호.

김연수. 「암흑 속에서 오들오들 떨면서 국경을 넘는 일」. ≪한국문학≫. 2005.
    봄호.

김용직. 「1930년대 한국시의 스티븐 스펜더 수용」. ≪관악어문연구≫4집.
    1979.

김우창. 「예술가의 양심과 자유」. 『궁핍한 시대의 시인』. 민음사. 1978.

김윤식. 「임화연구」. 『한국근대문예비평사 연구』. 일지사. 1976.

_____. 「김수영 변증법의 표정」. 황동규 편. 『김수영의 문학』. 민음사. 1983.

김인환. 「한 정직한 인간의 성숙 과정」. ≪신동아≫. 1981 11월호.

김재용. 「김수영 문학과 분단 극복의 현재성」. ≪역사비평≫. 1997. 가을호.

김지하. 「풍자가 아니면 자살이다」. 『이것 그리고 저것』. 동광출판사. 1991.

_____. 「민족의 노래 민중의 노래」. 『이것 그리고 저것』. 동광출판사. 1991.

김진석. 「초월에서 포월로」. 『초월에서 포월로』. 솔. 1994.

김 철. 「한국 보수우익 문예조직의 형성과 전개」. 『구체성의 시학』. 실천문학사. 1993.

김 현. 「자유와 꿈」. 『거대한 뿌리』해설. 민음사. 1974.

김현승. 「김수영의 시사적 업적과 위치」. 황동규 편. 『김수영의 문학』. 민음사. 1983.

김화영. 「미지의 모험. 기타」. 황동규 편. 『김수영의 문학』. 민음사. 1983.

나희덕. 「김수영 시에 있어서 '전통'의 문제」. ≪배달말≫29집. 2001.

남진우. 「공허한 너무도 공허한」. ≪문학동네≫. 1995. 봄호.

노 철. 「김기림의 모더니즘과 김수영의 모더니티」. ≪민족문학사연구≫16집. 2000.

류근조. 「韓國 詩文學 傳統의 代替槪念으로서 韓國的 아이덴티티」. ≪어문논집≫33집. 2005.

문혜원. 「김기림 문학에 미친 스펜더의 영향」. ≪비교문학≫18집. 1993.

박지영. 「김수영의 초기 시에 끼친 영미 시론의 영향」. 황정산 편. 『김수영』. 새미. 2002.

_____. 「번역과 김수영의 문학」. 김명인 편. 『살아있는 김수영』. 창작과비평사. 2005.

백낙청. 「김수영의 시세계」. 황동규 편. 『김수영의 문학』. 민음사. 1983.

백지연. 「주체의 기원. 문학의 기원」. ≪무애≫. 1998. 여름호.

서우석. 「시와 리듬 - 김수영. 리듬의 희열」. 황동규 편. 『김수영의 문학』. 민음사. 1983.

안한상. 「해방 직후의 문단조직 및 문학론 연구 -「문건」과 「문동」의 좌우합작 노선을 중심으로」. ≪선청어문≫20집. 1992.

_____.「해방 직후의 문단 조직과 노선 -우파 문단을 중심으로」. ≪선청어문≫ 21집. 1993.

_____.「해방기의 문단 조직과 문학론 연구 -소위 '중간파'의 입장과 문학론을 중심으로」. ≪전농어문연구≫8집. 1996.

염무웅.「김수영론」. 황동규 편. 『김수영의 문학』. 민음사. 1983.

오문석.「김수영 시론과 실존주의 철학」. ≪국제어문≫21집. 2000.

오성호.「리얼리즘시의 적실성과 가능성」. ≪시와 사상≫. 1999. 겨울호.

오형엽.「김수영 시의 미적 근대성 연구 - 첨단과 정지의 변증법」. ≪국어국문학≫125권. 1999.

_____.「한국근대시론의 구조적 연구」. 『한국근대시와 시론의 구조적 연구』. 태학사. 1999.

_____.「김춘수와 김수영 시론 비교 연구」. ≪한국문학이론과 비평≫16집. 2002.

유종호.「다채로운 레파토리 -수영」. 황동규 편. 『김수영의 문학』. 민음사. 1983.

유재천.「시와 혁명」. 김승희 편. 프레스21. 2000.

윤지관.「문제는 모더니즘의 수용이 아니다」. ≪사회평론 길≫. 1997. 1월호.

_____.「민족문학에 떠도는 모더니즘의 유령」. ≪창작과 비평≫. 1997. 가을호.

_____.「놋쇠하늘에 맞서는 몇 가지 방법」. ≪창작과 비평≫. 2002. 봄호.

이동하.「박인환 평전」. 이동하 편. 『박인환』. 문학세계사. 1993.

이성혁.「시의 모더니티 추구와 그 정치화」. ≪한국시학연구≫11호. 2005.

이 찬.「내재적 초월로서의 힘, '사랑과 혁명'」. 황정산 편. 『김수영』. 새미. 2002.

이희중.「온몸의 뜻」. 『기억의 지도』. 하늘연못. 1999.

임규찬.「리얼리즘과 모더니즘을 둘러싼 세 꼭지점」. ≪창작과 비평≫. 2001. 가을호.

임동확.「왜 우리는 아직도 김수영인가 : 김수영 시세계와 하이데거」. ≪문학과 경계≫. 2005. 여름호.

임우기.「미당 시에 대하여」. 『그늘에 대하여』. 강. 1996.

장만호. 「김수영 시의 변증법적 양상」. 최동호 편. 『다시 읽는 김수영 시』. 작가. 2005.

장석원. 「김수영의 새로움 연구 -전위 의식과 부정의식을 중심으로」. ≪현대시학연구≫8호. 2003.

정과리. 「현실과 전망의 긴장이 끝간데」. 『문학. 존재의 변증법』. 문학과지성사. 1985.

정남영. 「김수영의 시와 시론」. ≪창작과 비평≫. 1993. 가을호.

_____. 「바꾸는 일, 바뀌는 일 그리고 김수영의 시」, 김명인 편. 『살아있는 김수영』. 창비사. 2005.

정효구. 「이어령과 김수영의 '불온시' 논쟁」. 『20세기 한국시와 비평 정신』. 새미. 1997.

조달곤. 「자유의 이행으로서의 김수영 시론」. ≪어문학≫75호. 2002.

조현일. 「김수영의 모더니티관에 관한 연구」. ≪작가연구≫5호. 1998.

진영복. 「반파시즘 운동과 모더니즘」. 상허문학회 편. 『근대문학과 구인회』. 깊은샘. 1996.

진정석. 「민족문학과 모더니즘」. ≪민족문학사연구≫11호. 1997.

_____. 「모더니즘의 재인식」. ≪창작과 비평≫. 1997. 봄호.

최두석. 「한국 현대 리얼리즘시 연구」. 『시와 리얼리즘』. 창작과비평사. 1996.

_____. 「현대성론과 참여시론」. 한계전 외. 『한국현대시론사 연구』. 문학과지성사. 1998.

_____. 「김수영의 시세계」. 김승희 편. 프레스21. 2000.

최문규. 「가상. 진리. 심미적 경험의 소용돌이 속에서의 예술」. 『(탈)현대성과 문학의 이해』. 민음사. 1996.

_____. 「근대성과 심미적 현상으로서의 멜랑콜리」. ≪뷔히너와 현대문학≫24호. 2005.

최원식. 「'리얼리즘'과 '모더니즘'의 회통」. 『문학의 귀환』. 창작과비평사. 2001.

하정일. 「김수영. 근대성 그리고 민족문학」. ≪실천문학≫. 1998. 봄호.

한 기. 「박인환과 김수영, 혹은 문학사적 짝패의 초기 동행여정」. 김명인 편. 『살아있는 김수영』. 창작과비평사. 2005.

한명희. 「김수영 시에서의 고백시의 영향」. ≪전농어문연구≫9집. 1997.

_____. 「김수영 시의 영향관계 연구」. ≪비교문학≫29집. 2002.

현택수. 「문학 생산의 장」. 김인환 외. 『문학의 새로운 이해』. 문학과지성사. 1996.

홍기돈. 「현대의 순교와 부활하는 사랑」. ≪작가세계≫. 2004. 여름호.

황동규. 「정직의 공간」. 황동규 편. 『김수영의 문학』. 민음사. 1983.

황인숙. 「제23회 '김수영 문학상' 수상 소감」. ≪세계의 문학≫. 2004. 겨울호.

황정산. 「김수영 시론의 두 지향」. ≪작가연구≫5호. 1998.

황종연. 「문학이라는 譯語」. 문학사와비평연구회 편. 『한국문학과 계몽담론』. 새미. 1999.

_____. 「모더니즘에 대한 오해에 맞서서」. ≪창작과 비평≫. 2002. 여름호.

황현산. 「모국어와 시간의 깊이」. 『현대한국문학 100년』. 민음사. 1999.

_____. 「김수영 시 자세히 읽기」. 『김수영』. 새미. 2002.

4. 단독저서

강웅식. 『시, 위대한 거절』. 청동거울. 1998.

_____. 『김수영 신화의 이면』. 웅동. 2004.

권명아. 『가족이야기는 어떻게 만들어 지는가』. 책세상. 2000.

권혁웅. 『한국현대시의 시작방법 연구』. 깊은샘. 2001.

김규동. 『새로운 시론』. 산호장. 1959(단기4292).

김기림. 『김기림 전집 2 시론』. 심설당. 1988.

김명인. 『김수영. 근대를 향한 모험』. 소명. 2002.

김상환. 『풍자와 해탈 혹은 사랑과 죽음』. 민음사. 2000.

김우창. 『궁핍한 시대의 시인』. 민음사. 1978.

김윤식. 『이광수와 그의 시대』. 한길사. 1986.

김재명. 『한국현대사의 비극 -중간파의 이상과 좌절』. 선인. 2003.

김종윤. 『김수영 문학 연구』. 한샘출판사. 1994.

김지하. 김지하 전집 ④ 『이것 그리고 저것』. 동광출판사. 1991.

김진석. 『초월에서 포월로』. 솔. 1994.

김 철. 『구체성의 시학』. 실천문학사. 1993.

금동철.『구원의 시학』. 새미. 2000.

김혜순.『김수영』.건국대학교 출판부. 1995.

남진우.『미적 근대성과 순간의 시학』. 소명. 2002..

문광훈.『시의 희생자 김수영』. 생각의 나무. 2002.

박명림.『한국전쟁의 발발과 기원 Ⅱ : 기원과 원인』. 나남. 1996.

변광배.『타자와 시선』. 살림. 2004.

_____.『존재와 무 -자유를 향한 실존적 탐색』. 살림. 2005.

백승영.『니체 디오니소스적 긍정의 철학』. 책세상. 2005.

서정주.『미당 자서전 2』. 민음사. 1994.

오문석.『시는 혁명이다』. 깊은샘. 2005.

오형엽.『한국근대시와 시론의 구조적 연구』.태학사. 1999.

윤지관.『놋쇠하늘 아래서』. 창작과비평사. 2001.

이광호.「미적 근대성과 한국문학사」. 민음사. 2001.

이문재.『내가 만난 시와 시인』. 문학동네. 2003.

이승훈.『한국모더니즘 시사』. 문예출판사. 2000.

이차석.『전쟁과 학교』. 삼인. 2005.

이희중.『기억의 지도』. 하늘연못.

임우기.『그늘에 대하여』. 강. 1996.

오봉옥.『김수영을 읽는다』. 랜덤하우스 중앙. 2005.

임철규.『눈의 역사. 눈의 미학』. 한길사. 2004.

장정인.『서구중심주의를 넘어서』. 아카넷. 2004.

정과리.『문학. 존재의 변증법』. 문학과지성사. 1985.

정효구.『20세기 한국시와 비평 정신』. 새미. 1997.

최두석.『시와 리얼리즘』. 창작과비평사. 1996.

최문규.『(탈)현대성과 문학의 이해』. 민음사. 1996.

최성침.『물의 모험』. 아세아문화사. 2000.

최원식.『문학의 귀환』. 창작과비평사. 2001.

최승호.『한국적 서정의 본질 탐구』. 다운샘. 1998.

_____.『21세기 문학의 유기론적 대안』. 새미. 2000.

_____.『서정시의 이데올로기와 수사학』. 국학자료원. 2002.

최하림.『김수영 평전』. 실천문학사. 2001.

황종연.『비루한 것의 카니발』. 문학동네. 2001.

5. 공·편저서

강진호·이상갑·채호석 편.『증언으로서의 문학사』. 깊은샘. 2003.

구모룡 외.『서정시의 본질과 근대성 비판』. 다운샘. 1999.

김명인 편.『살아있는 김수영』. 창작과비평사. 2005.

김승희 편.『김수영 다시 읽기』. 프레스21. 2000.

김인환 외.『문학의 새로운 이해』. 문학과지성사. 1996.

문학과비평연구회 편.『한국문학권력의 계보』. 한국출판마케팅연구소. 2004.

상허문학회 편.『근대문학과 구인회』. 깊은샘. 1996.

이동하 편.『박인환』. 문학세계사. 1993.

황동규 편.『김수영의 문학』. 민음사. 1983.

황정산 편.『김수영』. 새미. 2003.

최동호 편.『다시 읽는 김수영의 시』. 작가. 2005.

최승호 외.『21세기 문학의 동양 시학적 모색』. 새미. 2001.

한계전 외.『한국현대시론사 연구』. 문학과지성사. 1998.

6. 외국 문헌

Augustine. 선한용 역.『오거스틴의 고백록』. 대한기독교서회. 2003.

Blackmur, Richard. 김수영 역.「제스츄어로서의 언어」.≪현대문학≫. 1959
    5월호.

Baudelaire, Charles-Pierre. 박기현 역.「현대적 삶의 화가」.≪세계의 문학≫.
    2002 봄호.

Bourdieu, Pierre. 하태환 역.『예술의 규칙』. 동문선. 1999.

Brenkman, Jhone. 조형준 역.「문학의 혁신」.≪세계의 문학≫. 2001 가을호.

Calinescu, Matei. Five Faces of Modernity. Duke University Press. 1987.

Charles, Russell. Poets. Prophets. and Revolutionaries : The Literary Avant-
    Garde from Rimbaud through Postmodernism. Oxford University

Press. 1985.

Chen, Xiaomei. 김정아·정계영 공역. 『옥시덴탈리즘』. 강. 2001.

Cohen, Paul. 최하영 역. 『자유의 순간』. 동문선. 2002.

Freud, Sigmund. 김정일 역. 「가족 로맨스」. 『성욕에 관한 세편의 에세이』. 열린책들. 1996.

Goldmann, Lucien. 송기형·정과리 공역. 『숨은 신』. 연구사. 1986.

Hobsbawm, Eric. Eds. 박지향·장문석 공역. 『만들어진 전통』. 휴머니스트. 2004.

Kearney, Richard. 이지영 역. 『이방인. 신. 괴물』. 개마고원. 2004.

Myers, Tony. 박정수 역. 『누가 슬라보예 지젝을 미워하는가』. 앨피. 2005.

Nietzsche, Friedrich. 임수길 역. 『반시대적 고찰』. 청하. 1982.

Pound, Ezra. 이덕형 역. 『시를 어떻게 읽을 것인가』. 문예출판사. 1987.

Robert, Marthe. 김치수·이유옥 공역. 『기원의 소설. 소설의 기원』. 문학과지성사. 1999.

Shils, Edward. 김병서·신현순 공역. 『전통』. 민음사. 1992.

Sloterdijk, Peter. 이진우·박미애 공역. 『냉소적 이성 비판 1』. 에코리브르. 2005.

Spears, Monroe, K. Dionysus and the City. Oxford University Press. 1970.

三好行雄(미요시 유키오). 정선태 역. 『일본문학의 근대와 반근대』. 소명. 2002.

柳父章(야나부 아키라). 서혜영 역. 『번역어 성립 사정』. 일빛. 2003.

今村仁司(이마무라 히토시). 이수정 역. 『근대성의 구조』. 민음사. 1999.

제2부

1. 기초자료

김남주. 『조국은 하나다』. 남풍. 1988.
_____. 『저 창살에 햇살이 1』. 창작과비평사. 1992.
_____. 『저 창살에 햇살이 2』. 창작과비평사. 1992.

김용택. 『섬진강』. 창작과비평사. 1985.
_____. 『맑은날』. 창작과비평사. 1986.
_____. 『누이야 날이 저문다』. 청하. 1988.
_____. 『꽃산 가는길』. 창작과비평사. 1988.
_____. 『그리운 꽃편지』. 풀빛. 1989.

박노해. 『노동의 새벽』. 풀빛. 1984.
_____. 『참된 시작』. 창작과비평사. 1993.
_____. 『사람만이 희망이다』. 해냄. 1997.
_____. 『오늘은 다르게』. 해냄. 1999.
_____. 『겨울이 꽃핀다』. 해냄. 1999.

유 하. 『무림일기』. 중앙일보사. 1989.
_____. 『바람부는 날이면 압구정동에 가야 한다』. 문학과지성사. 1991.
_____. 『세상의 모든 저녁』. 민음사. 1993.
_____. 『세운상가 키드의 사랑』. 문학과지성사. 1995.
_____. 『나의 사랑은 나비처럼 가벼웠다』. 열림원. 1999.
_____. 『천일馬화』. 문학과지성사. 2000.

2. 참고자료

고종석. 「두 권의 책에 대한 메모」. 『인물과 사상』11. 인물과 사상사. 1999.
김동춘. 『전쟁과 사회』. 돌베개, 2000.

김상환. 「전미래 시제의 패러독스」. 『해체론 시대의 철학』. 문학과지성사. 1996.

김용택. 「나는 이렇게 쓴다」. ≪사상문예운동≫. 풀빛. 1989. 가을호.

김정환. 「마음의 감옥과 마음 밖 감옥」. 『전망은 그릴 수 없는 아름다운 그림』. 사회평론. 1999.

김 현. 「키치 비판의 의미 -유하 시가 연 새 지평」. 유하. 『무림일기』. 중앙일보사. 1989.

반경환. 「원형상징의 꿈」. 『시와 시인』. 문학과지성사. 1992.

박노해. 「이 땅의 자식으로 태어나서」. ≪신동아≫. 1990. 12월호.

백낙청 김지하. 「권두대담 -민족, 민중 그리고 문학」. ≪실천문학≫. 1985. 봄호.

송승철. 「외로움에 갇히면 철인도 녹이 슨다」. ≪작가세계≫. 1997. 겨울.

시와사회사 편집위원회 엮음. 『김남주 문학에세이 -불씨 하나가 광야를 태우리라』. 시와사회사. 1994.

_____. 『김남주의 삶과 문학 -피여 꽃이여 이름이여』. 시와사회사. 1994.

양진오. 「새로운 연대의 노동소설 읽기」. 『비평의 시대2』. 문학과지성사. 1993.

오형엽. 「서정과 패러디, 양식의 통합과 분화 -마음과 세계의 중층적인 만남의 길」. ≪문학사상≫. 1996. 10월호.

윤지관. 「풍자 정신과 투쟁적 리얼리즘」. 『피여 꽃이여 이름이여』. 시와시학사, 1995.

이동하. 「낭만적 상상력의 세계인식」. 『이문열론』. 삼인행. 1991.

이인성. 「푸른 비밀의 공간 -유하의 연애시편이 보여주는 욕망의 역동성」. ≪문학과사회≫. 1991. 겨울호.

이정호. 『포스트모던 문화읽기』. 서울대학교출판부. 1995.

정효구. 「농촌시의 성과와 한계」. 『상상력의 모험』. 민음사. 1992.

_____. 「부활을 창조하는 시인」. 박노해. 『겨울이 꽃 핀다』. 해냄, 1999.

채광석. 「노동현장의 눈동자」. 박노해. 『노동의 새벽』. 풀빛, 1984.

루카치, 『소설의 이론』(심설당, 1985), p.29.

에른스트 피셔, 『예술이란 무엇인가』,돌베게, 1984.

프란츠 파농, 『대지의 저주받은 자들』, 평민사. 1974.

저자 류찬열

　중앙대학교 국어국문학과를 졸업한 후 2006년 같은 대학 대학원에서 「김수영 문학 연구」로 박사학위를 취득했다. 박사 학위 취득 후 「1970년대 한국 현대시 연구」로 중앙대학교 신진우수연구자 지원을 받았다. 현재 중앙대와 남서울대에 출강하고 있다.

현대 시인 연구

김수영, 김용택, 김남주, 박노해, 유하

초판인쇄　2007년 11월 13일
초판발행　2007년 11월 24일

저자　류찬열
발행　제이앤씨

주소　132-040 서울 도봉구 창동 624-1 현대홈시티 102-1206
전화　(02)992-3253
팩스　(02)991-1285
등록　7-220호
　　　e-mail, jncbook@hanmail.net ｜ http://www.jncbook.co.kr

ISBN 978-89-5668-558-8 93810　　　　　　　　　　　　　　정가 18,000원